椿姫

デュマ・フィス
西永良成＝訳

角川文庫
19235

LA DAME AUX CAMÉLIAS
1848
Alexandre Dumas fils
Traduit par Yoshinari Nishinaga
Publié au Japon par KADOKAWA CORPORATION

目次

第一章

私はかねがね、ある国の言葉を真剣に学んだ場合にしかその言葉が話せないのと同じように、人間をきちんと研究したあとでなければ小説の登場人物を創りだせないと思っている。

私はまだそのような創作する歳になっていないので、ここではもっぱら事実だけを語ることにする。

だから読者はどうか、ヒロインを除くすべての登場人物が現存しているこの話が、じっさいにあったことなのだと信じていただきたい。

もっともパリには、ここに書きとめる事実の証人たちの大半もいるのだから、もし私の証言が充分でなければ、彼らがその裏づけをしてくれるだろう。ある特別な事情によってこの事実を書くことができたのは、ただ私ひとりが詳細な経緯を打ち明けられたからにほかならない。そうでなければ、これを興味深い完結した物語にはできなかっただろう。さて、以下に述べるのは、私がいかにしてその詳細な経緯を知ることになったかという顚末《てんまつ》である。

一八四七年三月一二日、私はラフィット街[1]で、家具類や豊富な骨董《こっとう》品の競売を予告する大きな黄色のポスターを見かけた。競売は持ち主の死亡によるもので、故人の名前は伏せられていたが、一六日の正午から五時までアンタン街[2]九番地でおこなわれる予定だという。

ポスターにはさらに、一三日と一四日の両日、家と家具類の下見ができるとも書かれていた。

私にはもともと骨董趣味があった。そこでこの機会をのがさず、買わないまでも、せめて見るだけは見ておこうと心に決めたのである。

翌日、アンタン街九番地におもむいた。

早朝にもかかわらず、その家にはもう何人もの下見客、しかも婦人の下見客までいた。婦人たちはビロードの服を着て、そのうえにカシミアのショールなどを引っかけ、瀟洒《しょうしゃ》な箱馬車を門口に待たせていたのに、つぎつぎと目のまえに繰りひろげられる豪華な品々に驚き、感嘆さえしながら眺めいっていた。

私はしばらくしてその驚き、感嘆の理由を理解した。というのも、じっさいわが目で吟味してみて、これは商売女の住まいに間違いないと、わけなく感づいたからである。ところで、社交界の婦人たちが覗《のぞ》いてみたいものと言えば——そしてここにはたしかに社交界の婦人たちがいた——、この種の女たちの内幕に決まっている。じぶんたちの車馬が毎日この種の女たちの車馬に泥水を跳ねかけられるのだし、オペラ座や3イタリア劇場では、この種の女たちがじぶんたちと同じように、しかもじぶんたちと肩を並べて堂々と桟敷《さじき》席に陣取り、図々《ずうずう》しくもパリ中にその美しさ、宝石、そして醜聞をたっぷりひけらかしているのだから。

いま私がいるこの家の女主人はとうに死んでいる。だから、どんな淑《しと》やかなご婦人方でも、ここの女主人の寝室にまで足を踏みいれることが許される。壮麗な掃き溜《だ》めともいうべきこの家の空気を死が清めてくれたからだ。それにこのご婦人方は、もし必要なら、だれの家に行くのか知らないまま、この競売にきたと弁解することもできる。ポスターを見たので、そこで予告されているものを下見して、あらかじめ品定めしておくのよ、とでも言ってしまえばすむ話なのだ。それでも、さんざん奇怪な噂話をきかされていた高級娼婦《クルティザーヌ》なるものの生活の名残をこれらの貴重品から嗅《か》ぎつけようとせずにいられないのである。

残念なことに、神秘は女神の死とともに消えさってしまっている。その奥様方がいくら熱心に探ってみても、みつけることができたのは死後に売りに出されたものばかかりで、この女主人が過去になにを生業《なりわい》にしていたのか、まるでわからなかった。

もっとも、あれこれ買いあさるには不足しない品数があった。家具調度は贅《ぜい》を尽くし、紫檀《したん》やブール[4]細工の家具、セーヴル焼や中国磁器の花瓶、マイセン磁器の小立像、繻子《しゅす》、ビロード、レースなどと、なにからなにまでそろっている。

私はその家のなかを、物見高い貴婦人たちのあとについてあちこち歩きまわった。貴婦人たちがペルシャ布を張った一室に入ったので、つづいて入ろうとすると、まるでそんな好奇心をおこしたことを恥じるかのように、貴婦人たちがそそくさと苦笑しながら出てきた。そうなるとかえってその部屋に足を踏みいれたくて堪《たま》らなくなった。そこは化粧室で、こまごまとした小道具が一面に並べられている。だが、その小道具にこそ、死んだ女の贅沢三昧《ぜいたくざんまい》がもっとも如実に窺《うかが》われるように思われた。

壁を背にした大きなテーブルは幅一メートル、長さ二メートルほどあったが、そのうえにオーコック[5]やオディオによる金銀細工の名品の数々が輝いている。まことに豪《ごう》奢《しゃ》なコレクションで、この家の主人のような女の身支度にぜったい欠かせないものだった。しかも、どれひとつとして金製、銀製でないものなどなかった。とはいえ、このコレクションは時間をかけて集められたにちがいなく、ただひとりの男の愛情などではとうてい完成しうる代物ではなかった。

私はひとの囲い者の化粧室を見るぐらいで怖《お》じ気づく人間でないから、なんであれ嬉々《きき》として吟味していると、見事に彫金がほどこされた道具にはそれぞれ異なった頭文字、違った紋章がついていることに気がついた。

一つひとつが哀れな女の売春を意味しているこれらの品々を眺めながら、私は心に思った。神様はこの女に慈悲深かったのだと。なぜなら、この女には通常の劫罰《ごうばつ》をうけることを許されず、高級娼婦の最初の死ともいうべき老残の日々を迎えるまえに、栄華と美貌《びぼう》を保ったまま死なせておやりになったのだから。

じっさい、身を持ち崩した人間の老残の姿ほど無惨なものはない。それが女の場合となればなおさらだ。どんな品位が隠されているわけでもなく、だれの関心を呼ぶわけでもない。じぶんが悪道に足を踏みいれたことを棚にあげ、やれ当てが外れただの、やれ無駄遣いしてしまったなどと、さんざん後悔してみせるのは、この世の中で耳にできるもっとも情けない事柄のひとつであろう。私はかつて派手に浮き名を流したひとりの老女を知っている。その老女の過去の生活が残したのは娘ひとりきりだった。往時を知る人びとの噂では、娘は母親に負けないほどの美女だった。母親がこの哀れな娘に「おまえは、あたしの娘なんだからね」と一度だけ言ったことがある。じぶんが幼い娘を養ってやったのと同じ遣《や》り方で、今度は娘が老後の母を養ってくれる番だと命じたときだった。ルイーズというこの哀れな少女は、ただ親に言われるまま、意志も、情熱も、喜びもなく身を任せていた。もしだれかが別の仕事を教えてやっていたなら、きっとその仕事を従順にこなしたにちがいなかっただろうに。

この娘はつねひごろ、ひとの放蕩《ほうとう》のさまをさんざん目にし、年端も行かぬ身空で悪所に落ちたうえ、しょっちゅうからだをこわしていたせいで、神様があたえてくださった善悪の区別すらなくしてしまっていた。だというのに、持って生まれてきたはずの善悪の区別をその娘にわきまえさせてやろうとする者など、だれひとりいなかったのである。

ほとんど毎日、同じ時刻に大通りを渡り歩いていたあの少女を、私はいつまでも思いおこすことだろう。少女にはつねに母親が付き添っていたが、その熱心さだけは実の母親が娘に付き添うのとそっくりだった。当時私はまだ若く、この時代の安直な道徳にならって一度ぐらい試してみるのも悪くないという気がした。ところが、母親のそんな悪擦れした監視ぶりを見ているうちに、ただ軽蔑《けいべつ》と不快感しかおぼえなかったことを思いだす。

付けくわえておけば、いかなる処女の顔にも、これほどあどけない感情、これほど憂いにみちた苦しみの表情を見ることはできなかっただろう。

それはまるで〈諦観《ていかん》〉そのものの姿だと言ってもよかった。

ある日、その娘の顔がぱっと明るく輝いた。神様は、母親に指図されたふしだらな生活のなかにもひとつの幸福をお許しくださったのだ、とこの罪深い娘に思える出来事があったのだ。じっさいよくよく考えてみれば、娘を無力な人間にお作りになった神様のことだから、ここまで辛《つら》い生活に押しつぶされている少女を、そのまま慰めひとつない状態に捨ておかれるはずもなかったのである。だからある日、じぶんが身ごもっているのに気づいた娘はまだ純真なこころを残していたから、喜びに打ちふるえた。まことに人間の魂には、不思議な避難所があればあるものだ。ルイーズはこんなにも嬉《うれ》しい報《しら》せを早く知らせようと、いそいそと母親のもとに駆けつけた。ただ、ここから先は口にするのもはばかられることだが、私としてはなにも好きこのんで不道徳な話をでっち上げるわけでなく、本当にあった事実を語っているにすぎない。もしかすると、この事実は黙しておくべきかもしれないが、私は世間が頭ごなしに非難して端から軽蔑するあの女たちの苦難のことをときには明らかにすべきだと信じている。たしかに恥ずべきことではあったのだが、じつは母親は娘にこう言ったのである。おまえの稼ぎじゃ二人の生活さえ楽じゃないんだから、これが三人ともなると、とてもじゃないがやっていけない。だいたい子供なんぞ一文の足しにもならないし、そもそも妊娠なんかしていた日には、おまえは商売もできないじゃないか。

翌日、ここではただ母親の友だちとだけ言っておくが、ある産婆がルイーズに会いにきた。彼女はそれから数日ベッドに寝たきりで、ふたたび起きあがったときには、以前よりもさらに青ざめ、弱々しくなっていた。

その三か月後、ある男がルイーズを不憫《ふびん》に思って、心身ともに立ち直らせてやろうとした。だが、いかんせん最後の衝撃が激しすぎたためか、彼女はその堕胎のせいで死んでしまったのである。

母親のほうはまだ生きている。いったいどうしてだろうって？ そんなことは神様にでもきいてもらいたい。

その話がふと頭に浮かんできたのは、私が銀の道具類に眺めいっているあいだだった。あれこれ考えているうちに、どうやらかなりの時間が経ったらしい。というのも、この家にいるのが私と守衛だけになってしまっていたからだ。その守衛は、私がこっそりなにか盗み出しでもしないかと、戸口のほうからじっと見守っていた。

私はそんなにまではらはらさせてしまったこの善良そうな男に近づき、「すみません」と言った。「ここに住んでおられたのは、どういう名前のお方だったのでしょうか？」

「マルグリット・ゴーティエさまでございます」

私はその女の名前も顔も知っていた。

「なんですって！」私は守衛に言った。「マルグリット・ゴーティエが死んだのですか？」

「そうなんです」

「で、それはいつのことですか？」

「三週間まえだった、と思います」

「でも、なんでまた、こうやって家を下見なんかさせるんですか？」

「債権者のほうでは、こうやれば競売の値段が上がるとふんだんですよ。まえもって織物類や家具類の品定めができれば、客はいよいよ買おうという気になるって寸法ですよ。おわかりでしょう」

「すると彼女には借金があったと？」

「まあ、そりゃあなた、ずいぶんとあったんですよ」

「でも、きっと競売で片がつくんでしょう？」

「お釣りが出ますよ」

「じゃあ、あまった分はだれのものになるんです？」

「遺族のものです」

「すると彼女には家族がいるんですね？」

「そのようです」

「どうも、ありがとう」

守衛はようやく私の気持ちがわかったらしく、安心して挨拶《あいさつ》に応じてくれた。私は表に出た。

「かわいそうな女だ！」私は自宅に帰る道すがら思った。彼女はさぞかし寂しい死に方をしたにちがいない。なにしろ、あの社会ではからだが丈夫でなければ、男の友だちもいなくなるのだから。そこで私は図らずも、マルグリット・ゴーティエの運命を憐《あわ》れんだのだった。

こんなことを言えば、多くの人びとに笑われるかもしれない。しかし私は高級娼婦《しょうふ》と言われる女性たちにはとことん寛大なのであって、この寛大さについてあれこれ議論する必要すらないと思っている。

ある日のこと、私は役所に旅券をとりに行く途中、近くの道でふたりの憲兵に連行される女を見かけた。その女がなにをしたのか知らないが、私に言えるのはただ、逮捕によって生き別れになる生後数ヶ月の乳飲み子を抱きしめながら、その女が熱い涙を流して泣いていたということだけだ。この日からというもの、私はどんな女でも、見かけだけで軽蔑することができなくなってしまったのである。

1　パリ九区に現存。大銀行家のラフィットが一八三〇年にここに居を構えた。

2　パリ二区に現存。ヒロインのモデル、マリー・デュプレシーがこの二二番地に住んでいた。

3　当時のオペラ座は現在のパリ九区ル・ペルティエ街六番地にあった。またイタリア劇場は現在のオペラ＝コミック座のあるパリ二区のボワエルデュー広場一番地にあった。

4　指物師アンドレ＝シャルル・ブール（一六四二―一七三二年）制作の豪華な家具類。

5　ルイ・オーコック、ジャン＝バティスト＝クロード・オディオはいずれも帝政時代の高級貴金属店の創立者。

第二章

競売は一六日に予定されていた。

下見と競売のあいだに一日余裕があったのは、室内装飾業者に壁掛けやカーテンなどの釘《くぎ》を抜く時間を残してやるためだった。

当時私は旅先から帰ったばかりだった。いつもなら、噂の都というべきパリにもどってきた者に、友人たちが留守中の一大ニュースを教えてくれる。そんな大ニュースのひとつとして、私がマルグリットの死についてだれからも聞かされなかったことには、それなりの理由がある。マルグリットは美しかった。だが、この類《たぐい》の売れっ子の娘の生活が生前あれこれ取り沙汰《ざた》されればされるほど、かえってその死は表沙汰になりにくいのだ。それはちょうど、昇るときも沈むときも輝きのない太陽と同じことだ。

彼女たちが若くして死んだ場合には、その死の報せは愛人だった男たちに同時に伝わる。というのも、パリでは、ある有名な高級娼婦の愛人たちはだいたい顔見知りだからだ。その高級娼婦の思い出話がいくらか交わされても、めいめいの生活はこれまで通りつづけられて、ただ一滴の涙によってもそんな出来事に乱されることがないのである。

こんにちでは、人間二十五歳にもなると、めったに涙を見せない。だから、行きずりの女のために涙を流すことなどできないわけだ。せめて親がわが子に金を払い、その金額に応じて泣いてもらえるのが関の山、というところだろう。

私の場合、じぶんの頭文字がマルグリットの小道具のどれにも見られるわけでなかったが、さきほど白状したような本能的な寛大さ、生来の憐憫《れんびん》の情から、われながらそこまで考えるには及ばないと思えるくらい長いあいだ、彼女の死についてあれこれ考えにふけったのである。

しばしばシャンゼリゼでマルグリットに出会ったことが思いだされた。彼女は毎日のように、鹿毛色の立派な二頭の馬に引かせた小型の青の箱型馬車《クーペ》に乗ってやってきたものだった。そんなとき、この種の女たちにはめったに見られない気品——なんとも並はずれた美しさによっていっそう引き立つ気品を漂わせている彼女の姿に、はっと目を瞠《みは》らされたこともある。

こういう不幸な女たちが外出するときは、つねにだれとも知れぬ取り巻きを連れている。

どんな男もそんな類の女たちとの夜の情事のことを堂々と人前にさらさないし、またこの女たちもひとりぼっちの侘《わ》びしさをひどく嫌う。だから、じぶんより不幸せで、馬車ももっていない女たちとか、昔はお洒落《しゃれ》で鳴らしたのに、今ではお洒落をする気などすっかりなくしてしまった女たちを引き連れている。もし当の女についてなにか詳しいことが知りたければ、この連れの女たちに遠慮なく声をかけることもできるのだ。

ところがマルグリットはそうしなかった。彼女は馬車でひとりシャンゼリゼにやってきて、冬ならカシミアの大きなショールに身を包み、夏ならごく簡単なドレスを着て、できるだけ目立たないようにしていた。お気に入りの散歩道には大勢の知り合いがいたが、たまに彼女がその知り合いに微笑みかけても、その微笑は相手にしかわからず、公爵夫人ならきっとそんなふうにするだろうと思わせるような微笑だった。

今も昔も同業の者たちがそうするように、彼女は円形広場《ロン・ポワン》からシャンゼリゼの入り口まで散策するのではなく、二頭の馬にブーローニュの森へと一目散に運んでもらう。そこで馬車を降り、小一時間ほど歩いてから、ふたたびじぶんの箱馬車に乗ってそそくさと帰宅するのだった。

ときおり見かけたそのような情景の一駒ひとこまが脳裏をよぎり、私はちょうど、見事な美術品がすっかり破壊されたのを惜しむような気持ちで、あの女性の死を悼んでいた。

だれがなんと言おうと、マルグリットほどの魅力的な美女は、おいそれと見られるものではなかったのだ。

極端なくらい背が高くてほっそりした彼女は、身にまとうものを小粋に着こなすだけで、その生来の欠点を完璧《かんぺき》に隠してしまう術《すべ》を心得ていた。端が地面までにふれるカシミアのショールの両端から、絹のドレスのたっぷりとしたフリルをのぞかせ、両手を隠して胸のあたりにあてる厚手のマフのまわりには、なんとも巧みに襞《ひだ》がとってある。どんなにうるさいひとの目から見ても、その姿かたちには一点の非の打ちどころもなかったのである。

天下一品と言うべきその顔には、一種独特の艶《なま》めかしさが見られた。それは本当に小さく、ミュッセ[2]なら、母親がことさら念入りに作ろうとして、そんなにも小さくこしらえたようだと言うかもしれない。

なんとも言えぬ優美なうりざね顔にふたつの黒目をいれ、そのうえにまるで筆で描いたような、くっきりした弓形の眉毛《まゆげ》を置いてやる。その眼に長い睫毛《まつげ》を添える。眼を伏せると、薔薇色《ばらいろ》の頬に影がおちるだろう。繊細で筋がとおり、利発そうな鼻をつけてやる。その鼻孔は淫蕩《いんとう》な生活への激しい憧《あこが》れにややふくらんでいるだろう。端正な口もとを描いてやる。するとその唇は優美に開いて、牛乳のように真っ白な歯をのぞかせるだろう。そして最後に、だれの手にもふれられていない桃を包む、あのビロードのような感触で肌に色づけしてやる。そうすれば、あの魅力的な顔の全貌《ぜんぼう》が得られることになる。

　生まれつきかどうか、黒玉のような漆黒の髪にはウェーブがかかり、額のうえで大きくふたつに分けられ、頭のうしろに流れている。そのしたにのぞかせている耳の端には、どれも四、五千フラン[3]はするふたつのダイヤモンドが輝いている。

　あんな爛《ただ》れるような生活をしていながら、いったいどうしてマルグリットが処女のような、あの独特のあどけないほどの表情を顔に残していたのか、理由こそわからないものの、その事実だけは認めざるをえない。

　マルグリットはヴィダル[4]の筆になる見事なじぶんの肖像画を一枚もっていた。このひとこそ、マルグリットの面影を生き写しにできる唯一の画家だった。マルグリットの死後、私は数日その肖像画を心ゆくまで眺めさせてもらったが、驚くほど実物そっくりだった。だからその肖像画は、私の記憶だけではあいまいだったところを補うのに役立ってくれたのである。

　この章には、あとになって知った細々とした事柄もふくまれているのだが、いずれこの女性の逸話の多い物語がはじまるときに、あともどりしなくてもいいように、そうした事柄についてもここに書いておこう。

マルグリットは芝居の初演にはかならず姿を見せ、夜はいつも劇場や舞踏会で過ごしていた。なにか新しい出し物がかかると、きまって彼女の姿が見られたが、そんなときの彼女はいつも三つのものを忘れず、[5]一階桟敷《さじき》のじぶんの席のまえに置いていた。オペラグラス、ボンボンの袋、そして椿の花束である。

椿は月の二五日間は白で、残りの五日間は赤だった。どうしてそのように色を変えるのか、だれにもわからなかった。私も説明できないまま、ただ書いておくわけだが、これは私だけでなく、彼女がいちばんよく行った劇場の常連や彼女の男友だちも気づいていたことだった。

マルグリットが椿以外の花を手にしているのを見た者はいない。だから、彼女の行きつけの花屋バルジョン夫人の店で、とうとう〈椿姫〉と渾名《あだな》されるようになり、これがそのまま彼女の通り名になったのである。

さらに私は、パリの一部の社会で暮らしている者たちと同様に、マルグリットが若いとびきりの伊達男《だておとこ》たちの愛人だったことも知っている。これは彼女も公然と言っていたことだし、色男たち自身も鼻にかけていたことを見れば、きっと双方とも満足していたにちがいない。

ところが、ほぼ三年まえ、バニェール[6]の旅から帰ってきてからというもの、彼女は外国のさる老公爵ひとりを頼りに暮らしていたのだという。莫大《ばくだい》な資産をもつこの老公爵は、彼女をできるだけ過去の生活から引き離そうとつとめ、しかも彼女のほうでもさほど嫌がりもせずに、されるままになっていたらしい。

この点について私が聞かせてもらったのはこんなことである。

一八四二年の春、マルグリットはひどくからだが衰弱し、すっかり変わり果てた姿になったので、医者から湯治を命じられてバニェールに出かけた。

さて、そこに湯治にきた患者のなかに例の公爵の娘がいた。その娘はマルグリットと同じ病を患っていたばかりでなく、ひとから姉妹と見られてもいいほど瓜二《うりふた》つの顔をしていた。ところが、若い公爵令嬢は肺結核の第三期の病状だったものだから、マルグリットが到着した数日後に死んでしまった。

じぶんの心の一部を埋葬した土地を去りがたいのは人情である。そこで公爵もバニェールにとどまっていたわけだが、ある朝、散歩道の曲がり角で、ふとマルグリットの姿を見かけた。

まるでわが子の亡霊が通りすぎていくような気がした公爵は、さっそく彼女のほうに歩み寄り、その手をとって涙ながらに口づけした。それから、相手の身元などたずねもせずに、今後ともどうかじぶんに会って、あなたのなかに見ることができる、死んだわが娘の面影を愛することを許してほしいと懇願した。

マルグリットは小間使いだけを連れ、ひとりでバニェールにいたのだし、べつに身を危うくするような気遣いもなさそうだったので、公爵の願いを聞きいれた。

だが、バニェールには彼女を知っている者たちがいた。そしてその者たちが正式に公爵を訪問し、ゴーティエ嬢のありのままの素性を明かしたのである。老人にはショックだった。なにしろ、娘とマルグリットが似ているという思いもそこで終わってしまうのだから。しかし、もう遅すぎた。その若い女性は老人の心のたったひとつの欲求、なおも生きながらえるたったひとつの縁《よすが》、たったひとつの生き甲斐《がい》になってしまっていたのだ。

彼は少しも彼女を咎《とが》めだてしなかったし、だいたいそんな権利もなかった。そこで、今後生活を変える気があるのかどうかとだけたずね、もしそのような犠牲を払ってくれるなら、どんなことでも望みどおりの埋め合わせをさせてもらおうと申し出た。彼女はそうしますと約束した。

ただここで私は、生まれつき激しやすかった彼女が当時は病気だったと言っておかねばならない。彼女は過去の生活がじぶんの病気の主な原因だと思っていた。そこで一種迷信を信じるような気持ちから、そんな改悛《かいしゅん》と改心と引き替えに、神様が美しさと健康をじぶんに残してくださるだろうと期待したのである。

じっさい、温泉、散歩、適度な疲労、そして睡眠などのおかげで、彼女の健康がほとんど回復したころ、ようやく夏が終わった。公爵はマルグリットといっしょにパリに帰り、バニェールにいたときと同じように、ずっと彼女に会いにきた。

この関係は、だれにも本当の原因も理由もわからなかったため、パリでは一大センセーションを巻きおこした。というのも、大資産家で有名だった公爵が、いまやその散財ぶりで知られるようになったのだから。

老公爵とその若い女性の結びつきは、金持ちの老人によくある色狂いのせいだろうと噂された。さらにあれこれいろんな憶測もなされたが、正鵠《せいこく》を射たものはひとつもなかった。

けれども、この父親のような老人のマルグリットにたいする感情は、まったく邪心のない動機から出たものだったから、こころのつながり以外の関係はすべて近親相姦《きんしんそうかん》のように思われたろうし、じじつ公爵は、じぶんの娘に聞かれて恥ずかしいようなことは一言も口にしなかったのである。

もとより私としては、この小説のヒロインを実物とは別人に仕立て上げるつもりなどいささかもない。だからこう言っておこう。バニェールにいるかぎり、公爵との約束を守ることは苦にならず、じっさい彼女はその約束を守っていた。ところがいったんパリに帰ってみると、ふしだらな生活や舞踏会、さらには乱痴気騒ぎにさえ慣れていたこの娘には、定期的に公爵が訪ねてくるだけの孤独な侘住《わびずま》いが、退屈で、退屈でたまらなくなってきた。そこで昔の生活の、あの焼けつくような熱風に、身も心も煽《あお》られるようになったのだと。

付けくわえておけば、その旅からもどってきたマルグリットは以前にもまして美しくなっていた。年は二十歳で、治ったのではなく、ただまどろんでいたにすぎない病は、だいたい胸の病気によく見られるあの熱っぽい欲情を、たえず彼女にあたえてもいたのである。

そんなわけで公爵は、ある日友人たちが訪ねてきて、いざご注進におよんだとき、たいそう心を痛めることになった。友人たちは公爵がその若い女に引っかかったのだと主張して、なんとかしてその女のスキャンダルの現場をおさえてやろうといつも見張っていた。その結果、公爵が会いにこないのがはっきりしている時間帯に、彼女が男たちの出入りを許すばかりか、その男たちが泊まっていくこともよくあるという証拠までつかみ、公爵に突きつけたのである。

問いただされたマルグリットはすべてをあっさり認め、公爵に忌憚《きたん》なくこう言った。あたしなんかの世話をするのは、もうおやめになられてはいかがでしょうか。あたしにはじぶんでした約束さえ守る力がないのだし、騙《だま》している男の方のご親切に、これ以上甘えたくはありませんから。

公爵は一週間姿を現わさなかったが、それが限界だった。八日目にやってきて、また会ってくれるようにマルグリットに哀願した。わたしと会ってさえくれるなら、あなたがなにをしようとそのまま受けいれると約束するし、たとえこのわたしが死ぬようなことになっても、今後ぜったい非難がましいことは口にしないと誓ってもいいと。

以上が、マルグリットがパリにもどってからの三か月後、すなわち一八四二年十一月もしくは十二月の情況だった。

1 四輪・有蓋《ゆうがい》の高級箱馬車、二頭立て二人乗り。
2 アルフレッド・ド・ミュッセ（一八一〇—五七年）。当時の人気作家のひとり。
3 当時の一フランは現在の日本円換算で千円見当だから、このダイヤモンドは四、五百万円見当になる。以下この小説では金銭がきわめて重要な役割を果たすことに注意されたい。いずれ見られることになるが、たとえばマルグリットの生活費は一年十万フラン（約一億円）、彼女に恋したアルマンの年収は八千フラン（八百万円）にすぎなかったという勘定になる。なお、この時代の小説にはエキュ（＝五フラン）、ルイ（＝二十フラン）など旧時代の通貨名も登場するが、ここではいずれもフランに換算して訳してある。
4 ヴァンサン・ヴィダル（一八一一—八七年）はパリの上流社会の肖像画家として有名。

5　椿（カメリア）はイエズス会のカメリー神父が日本からヨーロッパにもたらした花で、一九世紀中葉のフランスではもろく高価な花と見なされていた。なお、解説で詳述するがマルグリットにはモデルがいたのは事実だが、この「椿姫」という通り名はみずからの創意によるものだと作者は言っている。

6　ピレネー地方の温泉保養地バニェール＝ド＝ビゴールのこと。

第三章

一六日の午後一時、私はアンタン街におもむいた。

表門のところからはもう、競売吏たちの叫び声がきこえてくる。

その家は物見高い人びとでいっぱいだった。

そこには粋筋で名の通っている花形たちが顔をそろえていた。その花形たちを何人かの貴婦人がこっそりと窺《うかが》っている。貴婦人たちは競売を口実にして、この種の女たちをもう一度間近に見てやろうとしているのである。なにしろ、この折角の機会をのがせば、もう二度とこの類《たぐい》の女に出会うことがないのだから。またもしかすると、彼女たちみたいな気軽な享楽生活を心秘《ひそ》かに羨《うらや》んでいたのかもしれない。

　F公爵夫人が、当世風高級娼婦《しょうふ》のもっとも浅はかな見本というべきA嬢と肘《ひじ》を突き合わせている。M侯爵夫人がある家具を買おうかどうかためらっていると、お洒落《しゃれ》なことでは当代きっての有名な姦婦であるD夫人がその値をつりあげる。マドリードではパリで破産したと噂され、パリではマドリードで破産したと噂されているが、そのじつ、じぶんの収入ほども金をつかっていないY公爵がいる。彼はこの時代のもっとも才気《さいき》煥発《かんぱつ》な語り手で、じぶんの語ることをときどき書き物にしたり、その書き物に署名して出版したりしているM夫人と歓談しながらも、N夫人となにやら秘密めいた目配せを交わし合っている。このN夫人というのは、ほとんどいつもピンクか青の装いでしゃなりしゃなりとシャンゼリゼを散策している美女で、トニー[1]が一万フランで売りつけ、そして、なんと彼女が自腹で支払ったという二頭の大きな黒馬に馬車を引かせている。最後に風邪をおしてなにか買い物をしようとやってきたR嬢。これはじぶんの才覚だけで、社交界の女性たちが持参金を元手に作る二倍、別口の女性たちが色仕掛けで手にする三倍もの金を稼いでしまうという遣《や》り手だったから、人目を引くという点では、けっして劣るものではなかった。

　この客室に集まり、たまたま同席することになって驚いている多くの人びとのイニシアルを、私はまだいくらでも挙げることもできるが、読者を退屈させるだけなので省略する。

そこでこう言っておくだけにしよう。だれもかれも馬鹿にはしゃいでいて、居合わせた女性たちのうち、故人を知っていた者も多かったのに、故人のことを思いだしている様子はいっこうに見えなかったと。

みんながけたたましく笑い、競売吏たちが声をかぎりに叫んでいる。競売のテーブルのまえに並べられた腰掛けを占領している商売人たちが、ゆっくり落ち着いて取り引きするために騒ぎをしずめようとしても、そうはいかない。じっさい、これほど多彩で騒々しい集まりもなかったにちがいない。

あの哀れな女性が息を引き取った寝室のすぐそばで、借金の返済のために家具道具の競売がなされているのかと思いながら、私は身をちいさくしてその悲しい喧騒《けんそう》のなかにもぐりこんだ。買うためでなく、観察するためにきたのだから、品物を売らせている出入り商人たちの顔を眺めていると、その顔は、なにかの品物が思いがけない値で落ちるたびにぱっと明るくなった。

これらの御仁たちは、この女性の商売の弱みにつけこんで十割もの利益をせしめ、その証文を楯《たて》にいまわの際まで彼女を追いまわした挙げ句、死んだ今になっても、ご立派な打算の果実はもとより、恥ずべき貸し金の利息まで手に入れようとしているのである。

古代の人びとが商人の神と泥棒の神を同じにしていたのも、じつにもっともな話だったわけだ！

ドレス、カシミアのショール、宝石類などがどんどんと、信じられないはやさで売れていくが、私はそんなものにはいっさい心を惹《ひ》かれないので、そのままずっと待っていた。

すると突然、こんな叫び声が耳に入ってきた。

「書籍一冊。極上の製本。天金。表題は『[2]マノン・レスコー』。扉に書きこみあり。十フラン」

かなり長い沈黙のあとで、「十二フラン」という声があがった。

「十五フラン」と、私は言った。

どうしてだか、じぶんでもわからなかったが、たぶん「書きこみ」というところに気をそそられたのだろう。

「十五フラン」競売吏が繰りかえした。

「三十フラン」最初に値をあげた男が、どうだ、まいったか、というような挑発的な口調で言った。

こうなると闘いだ。

そこで私も同じ口調で、「三十五フラン」と叫んだ。

「四十フラン」

「五十フラン」

「六十フラン」

「百フラン」

もし私が受けを狙おうとしたのなら、これは大成功だったと言えよう。というのも、この競り値に会場はしーんと静まりかえり、是が非でもその本を手に入れようと決心しているらしいこの男はいったい何者なのだと、みんなが私のほうを見たのだから。その最後の一語に力をこめた私の気勢に、どうやら相手も得心したらしい。そこで彼は、ほんらいの値打ちの十倍も私に払わせることになった争いを打ち切り、やや遅すぎる嫌いはあったものの、一礼しながらなんとも愛想よくこう言ったのだった。

「あなた様にお譲りいたしましょう」

これでもう、だれも文句はなくなったわけだから、その本はわたしが落札することになった。

いくぶん自尊心を満足させられても、また新たに意地を張り、あまり手元が不如意になっては困るので、私は本にじぶんの名前をつけて預かっておいてもらってから、階下におりた。その場に居あわせた人びとは、あの男はいったいなにが目的で、せいぜい十フランか十二フランでどこでも入手できる本に、わざわざ百フランも払いにきたのだろうかと、さぞかしあれこれ考えたにちがいない。

一時間後、私はひとを遣わして落札した本を引き取らせた。

その本の最初のページには、贈り主の流麗な筆跡の献辞があった。献辞はこのような数語だけだった。

マノンをマルグリットに

敬服しつつ

この献辞にはアルマン・デュヴァルという署名があった。

この「敬服しつつ」とは、いったいどういうことなのか？

アルマン・デュヴァル氏によれば、さしものマノンもマルグリットには淫蕩《いんとう》において負けるということだろうか、それとも愛情の点でかなわないということだろうか？

後者の解釈のほうがずっと妥当だったろう。というのも、マルグリットがじぶんのことをどう考えていたにしろ、前者のほうはあまりにもあけすけな不作法だから、いくらなんでもマルグリットがそんな献辞をうけいれることなどなかっただろうから。

私はそれからまた外出したので、その本のことは夜寝るときになるまで失念していた。

たしかに『マノン・レスコー』は感動的な物語であり、私はそのどんな細部でも憶えている。それでもこの本を手にとるたびに、いつも共感に引きこまれるように何度も読みかえしては、アベ・プレヴォーのヒロインとともに生きることになる。しかもこのヒロインはじつに生き生きと描かれているから、まるで昔からの知り合いだったような気もしてくるのだ。さらに今の新しい状況では、マノンをマルグリットに引き比べてみないわけにはいかないので、読書に思わぬ興趣もくわわってくる。この本を遺贈してくれたともいえる、あの哀れな女性にたいする同情、というか、ほとんど愛情に近い気持ちから、私はさらに彼女にたいして寛大になった。なるほどマノンが砂漠で死んだのは事実だが、それは魂のありったけの力をこめて彼女を愛し、彼女が死ぬと墓穴を掘ってやり、そこを涙で濡《ぬ》らして、じぶんのこころもいっしょに埋めてしまった男の腕に抱かれながらのことだった。他方マルグリットのほうは、マノンと同じく罪深い女で、おそらくは同じように改心もしたのだろうが、私が見たものを信じるなら、以前と変わらぬベッドで、贅《ぜい》を尽くした豪奢《ごうしゃ》な品々にかこまれて死んだ。しかしそれは、マノンが埋葬された砂漠よりも、ずっと荒涼とした、広大で酷薄な、愛の砂漠の真ん中だったのだ。

じっさい、私が彼女の最後の日々の状況を知っている友人たちから教えてもらったところでは、マルグリットには苦しみがじわじわ押しよせた最後の二か月のあいだ、枕辺にすわって心から慰めてくれる者などひとりとしていなかったという。

やがて私の思いは、マノンとマルグリットから、いつも変わりのない死への道を、ほとんど鼻歌交じりに辿《たど》っていくのを見て知っていた女たちのほうに移っていった。

かわいそうな女たち！ もしその女たちを愛するのが悪いというなら、せめて気の毒に思ってやっても罰は当たるまい。ひとはお日様の光を一度も見たことがない者、自然の調べを一度も聞いたことがない者、じぶんの魂の思いを一度も声に出すことができなかった者を気の毒に思う。そのくせ、慎み深さという偽りの口実をもうけて、そんな心の盲目、魂の聾唖《ろうあ》、良心の沈黙のことを気の毒に思おうとはしないのだ。それこそが苦しめられた不幸な女の気を狂わせ、心ならずも善を見ることができず、神の声を聞くことができず、愛と信仰の清らかな言葉を話せなくしている当のものだというのに。

ユゴー[3]は『マリオン・ドゥロルム』を、ミュッセは『ベルヌレット』を、アレクサンドル・デュマは『フェルナンド』を書いた。あらゆる時代の思想家や詩人たちはそれぞれ、遊女に慈悲の捧《ささ》げものをおこなった。ときには偉大な人物がその愛、そしてその名声によって、彼女たちの名誉を回復してやったりもしている。私がこの点を強調するというのも、これから本書を読まれる方々の多くがきっと、ここには背徳と売春の弁護しか見られないのではないかと危惧《きぐ》され、もうすでにこの本を投げだそうとしておられるにちがいないからだ。あまつさえ作者[4]の年齢が、そのような懸念をいっそう強くするのかもしれない。そんなふうに考えておられる方々が、もしその懸念だけにとらわれておられるのなら、それは見当違いというものだ。だから、どうかこのまま読みつづけていただきたい。

私はつぎのような原則を確信しているだけだ。神はほとんどいつも、教育によって善を教えられなかった女性にふたつの小径を開かれ、その女性をじぶんのもとにお連れになる。そのふたつの小径とは苦しみと愛だ。その小径は嶮《けわ》しく、そこに踏みこんだ者は足に血を流し、手に傷を負う。だが同時にその者たちは、背徳の虚飾もまた路傍の茨《いばら》に残していくのだから、神のまえに出てもなんら恥じることのない裸の姿で、めいめい目的地にたどり着くのである。

そんなふうに果敢な旅をする女性たちに出会う者は、彼女たちを支えてやり、彼女たちに出会ったことをみんなに話してやらねばならない。なぜなら、それを公にすることが人びとに道を示すことになるのだから。

ここで大事なのは、なんの芸もなく、人生の入り口にひとつを《善の道》、もうひとつを《悪の道》といったふうに二本の標識を立て、そこにきた者に「どちらかを選びなさい」と言うことではない。キリストのように、途中で誘惑に負けた者たちを、後者の道から前者の道に連れもどす道筋を示してやらねばならないのだ。肝心なのは、その道筋の始まりがあまりにも辛《つら》かったり、あまりにも近寄りがたく見えたりしてはならないということである。

幸いにも、キリスト教というものがあって、あの素晴らしい[5]放蕩《ほうとう》息子という譬《たと》え話で、わたしたちに寛大さと許しを勧めている。イエスは人間の情念によって傷ついた魂にたいする愛にあふれ、傷そのものから引き出した香油を塗ることで傷口の手当をされた。たとえばマグダナのマリアには、「なんじ多くを赦されるべし。なんじ多くを愛せばなり」と言われたのである。これこそ至高の信仰をめざめさせる無上の赦《ゆる》しというべきだろう。

どうして私たちは、キリストよりも厳格な態度をとっていいわけがあるだろうか？どうして私たちは、じぶんの強さをみせようとするあまり、必要以上に厳格な現世の俗説に頑なにしがみついて、血まみれの魂を打ち捨てていいわけがあるだろうか？しばしばこの魂は、病人の悪い血を取りさるように、なんとか手当して傷口から過去の悪を流しだし、こころの恢復《かいふく》をはかってくれる親切な手をひたすら待っているというのに。

私はじぶんと同じ世代の人びと、幸いにしてヴォルテール[6]氏の理念などもう存在していないと考えている人びと、私と同じようにこの十五年来人類がもっとも大胆な飛躍のうちにあることを理解している人びとにこう言いたい。善悪の認識は永久に獲得され、信仰は再建され、神聖なものにたいする敬意は取りもどされている。たとえ世界は完全に良くなっていないとしても、すくなくともより良くはなっている。すべての聡明《そうめい》な人間たちの努力は同じ目的に向かい、すべての高邁《こうまい》な善意は同じ原則につながれている。すなわち、善良であろう、若々しくあろう、真実であろうとしているのだ！　悪は虚妄でしかないのだから、善にたいする矜持《きょうじ》をもとう。そしてとりわけ、絶望しないようにしよう。母親でも、娘でも、妻でもない女性を軽蔑《けいべつ》しないようにしよう。敬意を家族だけにとどめ、寛大さを利己主義のなかに閉じこめてはならない。神は一度も罪を犯さなかった百人の義人よりも、ひとりの罪人の悔悟のほうを嘉《よみ》されるのだから、神を喜ばすように努めよう。そうすれば、神はその喜びに利子をつけてお返しくださるかもしれない。私たちの途上に、地上の欲望によって破滅したけれども、おそらく主のご期待によって救われるかもしれない人びとにたいして赦しという施しを残していこう。これは善良な老女たちが自己流の治療法を勧めるときと同じで、たとえそれで良くはならないとしても、悪くなることもないだろうから。

なるほど、私が今あつかっているような、些細《ささい》な題材からそこまで大きな結果を引きだそうとするのは、ずいぶん大胆なことに思われるかもしれない。しかし、私は万事は瑣事《さじ》のうちにあると考える者だ。子供はちいさいけれども、大人の部分を隠しもっている。頭脳はせまいけれども、思想を蔵している。目はただの一点にすぎないけれども、遠く何里をも一望に収めるのである。

1　当時シャンゼリゼにあった馬商人。

2　フランスの作家アベ・プレヴォー（一六九七―一七六三年）作の小説『マノン・レスコー』（一七三一）。

3　ユゴー（一八〇二―八五）の劇作『マリオン・ドゥロルム』（一八三一）は、一七世紀の有名な遊女の恋人ディディエにたいする尊敬のこもった貞淑な愛を描いた作品。ミュッセの短編『フレデリックとベルヌレット』（一八三八）は、お針子《グリゼット》ベルヌレットが恋人フレデリックの父親の依頼で、あえて恋人を裏切る話。作者の父・アレクサンドル・デュマ・ペール（一八〇二―七〇）の小説『フェルナンド』（一八四四）は貴族出身の孤児だった高級娼婦フェルナンドが、身を捨てて恋人モーリスへの純愛を貫き通す物語。いずれも娼婦のある種無私の、崇高な愛をテーマとしている。

4　作者アレクサンドル・デュマ・フィスがこの作品を発表したのは二四歳のとき。

5　新約聖書ルカ伝一五章第一一節―三二節。放蕩《ほうとう》息子の弟が帰ってきて、父親が喜ぶのを咎《とが》める品行方正な兄にたいして、父親は「お前は私と一緒に暮らしているのだから私の物はすべてお前の物だ。ところがお前の弟は一度死んだのに、このように生き返ってきたのだから、私が喜ぶのも当然ではないか」と言ったという話。

6　ヴォルテール（一六九四―一七七八年）は一八世紀の有名な作家・思想家だが、ここでは典型的な「無信仰者」と考えられている。ちなみに、ユゴーなども同じような評価をヴォルテールに下している。

第四章

二日後、競売がすっかり終わって、十五万フランの売り上げがあった。債権者たちはそのうちの三分の二をたがいに配分し、残りは妹ひとりに甥《おい》ひとりの家族が相続した。

その妹は代理人から五万フラン相続したと知らされると、目を丸くして驚いた。この若い女は六、七年まえから姉に会っていなかった。姉はある日ふっと家を出たのだが、この家出のあとどういう暮らしをしていたものか、その詳細は姉からも他人からも知らされることがなかった。

そこで彼女は大急ぎでパリに駆けつけたわけだが、マルグリットを知っていた者たちは、彼女のたったひとりの相続人が、それまで一度も村を離れたことのなかった、ぽっちゃりして美しい田舎娘だったのを見て、大いに驚いたものだった。

彼女は一挙に財産持ちになったわけだが、その思いもかけない財産がどういう経緯で舞いこんできたのか見当もつかなかった。

その後の噂では、彼女は姉の死をひどく悲しみながら田舎に帰っていったけれども、その悲しみは彼女がおこなった年利四・五パーセントの資産運用でたちまち償われたのだという。

醜聞の温床というべきパリの町で、そんな事情が人びとの口の端にさんざんのぼったあと、やがてすっかり忘れられそうになり、この騒ぎにかかわりをもった私でさえも忘れかけていたとき、ひとつの新しい出来事があった。その結果、私はマルグリットの全生涯を知ることになり、哀切きわまりないその一部始終も教えられたので、彼女の物語を書いてみたくなり、現にいまこうして書いているのである。

すべての家具類が売られて空き家になったマルグリットの家が、三、四日まえから借家の貼り紙をつけられていた。そんなある朝、私の家の呼び鈴を鳴らす者があった。私の召使い、というか召使いの役も果たしてくれる門番が戸を開けにいって、一枚の名刺を持ちかえり、この名刺をわたされたお方があなた様にお話ししたいとのことですと告げた。

ちらりと名刺を見ると、アルマン・デュヴァルの二語が読みとれた。

どこかで見たことのある名前だが、あれはどこだったかなと考えているうちに、例の『マノン・レスコー』の最初のページのことを思いだした。

あの本をマルグリットに贈った人物が、いったい私になんの用があるのか？　待っているお方をすぐにお通しするようにと私は命じた。

入ってきたのは、ブロンドの背の高い青年だった。顔は青ざめ、旅行服を着ていたが、その服もこの数日来着たままらしく、パリに着いてからブラシも当てていないようだった。服は埃《ほこり》だらけだったのである。

デュヴァル氏はひどく動揺していたが、その動揺をいささかも隠そうとしなかった。そして、目に涙をうかべ、ふるえる声で私に言った。

「すみません。こんな恰好《かっこう》で、こんなふうにお邪魔したことをどうかお許しください。若い者どうしでは、そう遠慮はいらないと思っただけではありません。今日はどうしてもお目にかかりたかったので、荷物を送っておいたホテルに行く時間も惜しんで、こうしてお宅に駆けつけたわけです。朝早くとはいえ、お出かけになっていて、お会いできないのではないかと心配だったものですから」

私が、どうか暖炉のそばにおすわりくださるようにと言うと、デュヴァル氏は勧められるままに腰をおろし、ポケットからハンケチを出して、しばらく顔をおおった。

「きっと見当がおつきにならないと思います」と、彼は悲しそうに嘆息しながらふたたび口を開いた。「見ず知らずの人間が、こんな時刻に、こんな恰好で、こんなふうに泣きながら、いったいなんの用事があるのかと。じつは、折り入ってお願いしたいことがあって、そのためにやってきたのです」

「どうぞ、おっしゃってください。なんなりとお聞きしましょう」

「あなたはマルグリット・ゴーティエの競売にいらっしゃいましたか？」

その名前を口にしたとたん、しばらく抑えていた動揺がいちだんと激しくなり、この青年は両手を目にあてざるをえなかった。

「きっとひどく滑稽《こっけい》に思われるにちがいありません」と、彼は付けくわえた。「こんな体たらくのぼくをもう一度お許しください。もしそれでも辛抱強く、ぼくの話をお聞きいただけるなら、ご厚意はけっして忘れません」

「さあどうぞ」と私は答えた。「もしわたしにできることで、あなたの悲しみをすこしでも和らげられることがあるなら、なにをすればよいのか、はやくおっしゃってください。わたしとしても、なにかお役に立てることがあれば嬉《うれ》しいのです」

デュヴァル氏の苦しみは共感を誘うものだから、私としても思わず彼を喜ばせてあげたくなったのである。

すると彼が言った。

「マルグリットの競売で、なにかお買いになったのですか？」

「ええ、本を一冊」

「『マノン・レスコー』ですか？」

「そうです」

「まだおもちですか？」

「わたしの寝室にありますよ」

この知らせに、アルマン・デュヴァルは大きな肩の荷でもおろしたようにほっとした顔になり、私がその本をとっておいたということだけで、なにか恩恵でも施したと言わんばかりに礼を言った。

そこで私は立ちあがって寝室に行き、本をとって彼にわたした。

「まさにこれです」彼は最初のページの献辞を眺め、本をめくりながら言った。「まさにこれです」

それから二粒の涙をページのうえに落とした。

「ところで」と、彼はふたたび私のほうに顔をあげて言ったのだが、じぶんが泣いてしまい、また泣きそうになっていることを隠そうともしなくなった。

「この本は、あなたにはとても大切なものなのでしょうか？」

「どうしてです？」

「ぼくにお譲りいただきたいからです」

そこで、「こんなことをお尋ねするのは失礼ですが」と私は言った。「それでは、これをマルグリット・ゴーティエに贈られたのはあなたなんですね？」

「はい、このぼくです」

「じゃあ、この本はあなたのものです。どうか、おもちください。お返しできて嬉しく思います」

「でも」と、デュヴァル氏が困惑してつづけた。「せめて本の代金ぐらいお支払いしなくては」

「わたしに進呈させてください。あのような競売では、本一冊の値段なんてただ同然ですよ。いくら払ったか、わたしはもう覚えていないくらいです」

「百フラン払われましたね」

「そうでした」今度は私のほうが困惑して言った。「そんなことをどうしてごぞんじなのですか？」

「話は簡単です。ぼくはなんとかマルグリットの競売に間に合うようパリに着こうと思っていたのに、着いたのは今朝でした。でも、どうしてもなにか遺品が欲しかったもので、競売吏のところに駆けつけ、販売品一覧と購買者名簿を見せてくれるように頼んだのです。そこでこの本があなたに買われたことを知って、なんとかお譲りいただけないものか、お願いしてみようと決心したわけです。もっとも、お支払いになった金額が金額だけに、あなたがこの本を所有される、なにか特別の想い出でもおありになるのではないか、じつはそんな心配もしていたのですが」

こう話しながらも、アルマンは明らかに、じぶんが関係したのと同じようなかたちで、私がマルグリットと関係があったのではないかと疑っていたらしい。

そこで私は急いで彼を安心させるために、「わたしはゴーティエさんの顔を知っているだけなのです」と言った。「ときたま道で見かけるたびに嬉しい思いをしていた美しい女性が死んだとなれば、若い男ならいつもある種の感銘をうけるものです。彼女の死を知ってわたしが感じたことも、まあ、それに近かったのです。わたしは彼女の競売でなにか買いたいと思いました。そして意地になってこの本の値を競りあげたというのも、どういうわけだか、やけに突っかかってきて、買えるものなら買って見ろと言わんばかりに、わたしを挑発する男をかっかとさせてやるのが面白かったからにすぎません。だから繰りかえし申しあげますが、この本はあなたのものです。どうぞ受けとってくださるよう、改めてお願いします。わたしとしても、じぶんが競売吏から手に入れたのと同じ遣《や》り方で、この本をあなたにおもどししたくはないのです。それに、これが機縁となって、今後わたしたちが末長く、親しくお付き合いできればとも願っているのです」

「よくわかりました」アルマンは手を差しだし、私の手を握りながら言った。「それでは、ありがたく頂戴《ちょうだい》します。ご恩は生涯忘れません」

私はアルマンにマルグリットのことを尋ねてみたかった。本の献辞、この青年の旅、この本への執着などに好奇心を刺激されたからだ。しかし、この訪問客にいろいろ尋ねようものなら、なんだ、本の代金をうけとらないのは、じぶんの私事に立ち入る権利を得るためだったのかと思われかねなかった。

そんな私の気持ちを、彼はよく見抜いたようだった。なぜなら、こう言ったのだから。

「この本をお読みになられましたか？」

「ええ、すっかり」

「ぼくが書いた二行についてどう思われましたか？」

「わたしにはすぐわかりました、この本を贈られたあのかわいそうな人は、あなたにとって特別の女性だったということが。あの二行がありふれたお世辞だとはとうてい思えなかったものですから」

「まったく、そのとおりなんです。あのひとは天使でした。ほら」と、彼は私に言った。「この手紙を読んでください」

そして何度も読みかえされた形跡のある一枚の紙を差しだした。

私は開いてみた。その手紙の内容は以下のとおりである。

《いとしいアルマン。お手紙うけとりました。あなたがいまでも親切にしてくださるので、あたしは神様に感謝しています。そうなの、アルマン、あたしは病気なの。それも、あの治らない病気のひとつ。でも、こんなあたしなんかをまだ気にかけてくださるのかと思うと、苦しみもずっと軽くなります。たぶんあたしは長くは生きられないでしょう。いま受けとったこのやさしいお手紙、もしもなにかがあたしを治せるものなら、それはきっとこのお手紙のような言葉にちがいありません。でも、このお手紙を書いたひとの手をにぎりしめる幸せな日はもうやってきません。あたしはもう二度とあなたにお目にかかれないでしょう。だって、死があたしのごくそばまできているというのに、あなたのほうは何百里もはなれたところにいらっしゃるんですもの。ああ、かわいそうなアルマン、あなたのマルグリットもいまではすっかり変わりはて、昔のおもかげはありません。だから、こんなマルグリットの姿を見るくらいなら、ぜんぜん見ないほうがよっぽどいいのかもしれないわ。あたしがあなたをゆるすかですって？　ええ、アルマン、もちろん喜んでゆるすわよ。だって、あなたがむごい仕打ちをしたといっても、あれはあたしにたいする愛のあかしにほかならなかったんですもの。あたしが病の床についてからもう一か月になります。でもあたしは、あなたにだけは悪い女だったと思っていただきたくない一心で、お別れしたときから毎日欠かさず、日々の暮らしの日記をつけていますし、じぶんに書く力がなくなるときまで、この日記を書きつづけていくつもりです。

もしあたしのことを気にかけてくださるというのがほんとうなら、お帰りになったときには、どうかジュリー・デュプラのところに行ってくださいね。彼女が日記をわたしてくれるはずです。そこには、あたしたちのあいだにあったことの理由も、あたしの言い分もちゃんと書いてあります。ジュリーは、それはそれは親切にしてくれるのよ。あたしたちはいっしょに、よくあなたの話をしています。あなたのお手紙がとどいたときも、彼女がここにいてくれて、読みながらふたりして泣きました。

もしあなたのほうからお便りがない場合でも、あなたがフランスにお帰りになったら、この手記をおわたしするよう彼女にたのんであります。それをごらんになっても、どうかあたしに感謝なんかしないでくださいね。毎日こんなふうに日記を書くことで、あたしの人生でたった一度だけ幸せだったあのころにもどっていける、ただそれだけで、どんなにうれしいことかしれないんですから。そしてもし、あなたがそれをお読みになり、あたしの過去の言い訳を認めてくださるようなことがあれば、あたしとしてはもう、なんの心残りもないのです。

できれば、あたしのことをいつもあなたに思いだしていただけるような、なにかの形見でも残していきたい。でも、この家ではなにもかもぜんぶ差し押さえられているので、あたしのものはなにひとつないのです。

ねえ、わかるでしょう、アルマン。あたしがいまにも死にそうだというのに、この寝室からでも、見張りのひとが客間をあるく足音がきこえてくるのよ。あたしの債権者たちがあんな見張りのひとまでつけて、だれかになにか持ちだされないように、また万が一、あたしが死なない場合でも、手元になにも残らないようにしているのです。せめてあたしが死ぬまで、この競売をのばしてくれたらいいのに。

ああ、人間なんてこんなに血も涙もないものだったのね！　いいえ、これはあたしのほうがまちがっているのかもしれないわ。きっと神様が正しく、いまきびしいお裁きを下されているのでしょう。

では、いとしいアルマン、競売のときはきっときてくださいね。そしてぜひ、なにか買ってくださいね。あたしがあなたのためになにか取っておいて、もしそれがみつかったら、差し押さえ物件を横取りしたといって、こんどはあなたが訴えられることになるからです。

なんて悲しい人生なんでしょう、あたしが去っていくこの人生は！

ああ、神様がお慈悲をかけられて、死ぬまえにもう一度だけ、あなたにお会いできればいいのに！　でも、どうみても、アルマン、これが最後のお別れです。これ以上書けないのをゆるしてくださいね。あたしを治してみせると言っている人たちに血をとられて、あたしはもうぐったりしてしまい、もっと書こうとしても、手が言うことをきいてくれないのです。

マルグリット・ゴーティエ》

じっさい、最後のほうの言葉はほとんど読みとれなかった。

私がその手紙をアルマンに返した。彼はきっと、私が紙のうえで読んでいたときに、心のなかでそれを繰りかえし読んでいたにちがいない。というのも、その手紙をうけとるとき、こう言ったからだ。

「これを書いたのがひとりの商売女だなんて、いったいだれが思うでしょうか？」そしていろんな想い出にすっかり感動した面持ちで、しばし手紙の文字をじっと見つめていたが、やがてその手紙をそっと唇に押しあてた。

「あのひとは」彼はつづけて言った。「ぼくと再会できないまま死んでいった。そしてもう二度とあのひとに会えないんだ。ああ、あのひとはじつの妹でもしてくれそうにないことを、ぼくにしてくれたんだと思うと、あんなふうに死なせてしまったじぶんが許せないのです。

ああ、死んでしまった！　ぼくのことを考え、ぼくに手紙を書き、ぼくの名前を口にしながら、死んでしまったんです！　あのかわいそうな、いとしいマルグリットは！」

それからアルマンは、じぶんの思いも涙も押しとどめようともせずに、私に手を差しだして言葉をつづけた。

「あんな女がひとり死んだからといって、こんなにも嘆き悲しむぼくを見て、なんと子供みたいな奴だと思うひともいるかもしれません。でもそれは、ぼくがどんなにあのひとを苦しめたか、ぼくがどれほど残酷だったか、なのにあのひとがどれほど心優しく、諦《あきら》めのいいひとだったのか知らないからですよ。これまでぼくは、もし許すとすれば、それはこっちのほうだと考えていました。でもいまは、あのひとに許してもらう資格なんて、じぶんにはないと思っているのです。ああ、ぼくは、あのひとの足元で一時間泣くことさえできるなら、十年ぐらい命を縮めたってかまわないんですよ」

みずからに経験のない苦しみを慰めるのはいつも難しいものだ。しかし私はこの青年に熱い共感をおぼえ、また青年のほうでも私に率直に悲しみを打ち明けてくれるものだから、こんな言葉をかけてもまんざら無意味ではないだろうと考えて、こう言ったのだった。

「あなたにはご両親も、お友だちもいらっしゃるんでしょう？　希望をおもちなさい。彼らに会ってみることですよ。その方々ならあなたを慰めてくれるかもしれません。というのも、このわたしにできることと言えば、ただひたすらお気の毒に思うことだけなのですから」

「おっしゃるとおりです」彼は立ちあがって、私の寝室を大股《おおまた》で歩きまわりながら言った。「さぞかしうんざりされたことでしょう。どうも、すみませんでした。ぼくの苦しみなど、ひとさまにはそれほど重大事でないことを忘れていました。あなたにはまるで興味がない、また興味があるはずもない話で、さんざんご迷惑をおかけしました」

「いや、わたしの言葉をそんなふうに誤解されては困ります。わたしはなんなりとお役に立つつもりでいるのです。ただ、あなたの悲しみを和らげてさしあげたくても、じぶんにはそんな力がないのが残念なだけなのです。もしわたしなり、わたしの友人たちなりが、あなたといっしょにいることでお気が紛れるようなら、またなんであれ、なにかのことで、このわたしが必要でしたら、喜んでご希望に添いたいと願っているのです」

「すみません、すみません」と、彼は言った。「あんまり苦しくて、ついつい気持ちが高ぶってしまうんです。どうか、もうしばらくここにいさせてください。いえ、涙を拭《ふ》くあいだだけです。こんな大きな子供が泣きべそなんかかいていたら、通りの物見高いひとたちにさぞかし変に見られるでしょう。それが厭《いや》なんです。さきほどはこの本を恵んでいただいて、どんなに嬉《うれ》しかったかしれません。このご恩にどんなふうに感謝していいものやら、ぼくにはわかりません」

「では、多少なりとも親しくしていただき」私はアルマンに言った。「あなたの悲しみのわけをお話しいただけませんか。苦しみを口に出して言ってみると、すこしは気が楽になるものですよ」

「おっしゃる通りです。でも今日のぼくは、泣きたくて、泣きたくてどうしようもないのです。なにか言っても、とりとめのない言葉ばかりになってしまうでしょう。この話はいつかお聞かせします。そうすれば、あのかわいそうなひとを悼むぼくが間違っているのか、いないのか、きっとおわかりになるでしょう。で、さしあたっては」彼は最後にもう一度目をこすり、鏡にじぶんの顔を映して見ながら言った。「どうか、ぼくのことをあまり馬鹿な奴だと思わないでください。いずれまたお邪魔させてください」

その青年の眼差《まなざ》しは優しく穏やかだった。私はもうすこしで抱擁するところだった。彼のほうはと言えば、ふたたび目が涙で曇りかけたが、私に気づかれたのを察して、そっと目をそらした。

「まあまあ」と、私は彼に言った。「元気を出してください」

すると彼は、「さようなら」とだけ言った。

そして泣くまいと必死に努めながら、私の家から出ていくというよりは、逃げだしていった。

私は窓のカーテンをあげた。すると、門に待たせてあった二輪馬車《カブリオレ》[1]に彼が乗りこむのが見えた。しかし乗りこむとすぐ、わっと涙にかきくれてハンカチで顔を隠した。

1 折り畳み式幌《ほろ》のある二輪馬車、二人乗り。

第五章

それからかなり長いこと、私はアルマンの消息を耳にしなかったが、そのかわりにマルグリットの名前はよく耳にした。

読者は気づかれたことがあるかどうか、人生にはこういうことが起きる。これまでずっと知らないままか、すくなくとも縁がないように思われていた人物の名前がだれかの口から出たのがきっかけで、やがてその名前にまつわる詳細がだんだん集まってくるようになる。そうなると、今度は友人たちのほうも、以前には一度も話題にしなかったことを聞かせてくれるようになる。そこで、その人物がじぶんのごく身近にいたことがわかってきて、そのときこそうっかりしていたものの、じつはその人物がたびたびじぶんの生活のそばを通りすぎていたことに気がつくようになる。すると、ひとが語ってくれるいろんな出来事にはじぶん自身の人生に生じたいくつかの出来事と偶然一致するところや、関連するところがあったと思えてくるのだ。私とマルグリットの場合は、じっさいに見たり出会ったりして、顔も習慣も知っていたのだから、かならずしもそのとおりだったとは言えない。それでもあの競売以来、私はたびたび彼女の名前を耳にするようになったのは事実だし、前章で述べた出来事があって、その名前にあのようなじつに深い悲しみまで加わったものだから、私の驚きはますます大きくなり、好奇心はいちだんと募っていったのである。

そこで、これまで一度もマルグリットのことを話題にしなかった友人たちに声をかけるとき、私はきまってこう言うのだった。

「きみはマルグリット・ゴーティエって名前の女を知っている？」

「あの椿姫のことか？」

「そう」

「よく知っていたよ！」

この「よく知っていたよ！」という返事にはときどき微笑がついてまわるが、その意味するところに関してはいかなる疑いの余地もなかった。

「どんな女だった？」私は言葉をつづけた。

「いい女だったね」

「それだけ？」

「ああ、そうだな。ほかの女より才気があったし、それにたぶんちょっとだけ情もあったかな」

「彼女について、なにか特別知っていることはないの？」

「G男爵を破産させたんだよ」

「それだけか？」

「なんとかという老公爵の愛人だったこともあるね」

「ほんとうに愛人だったのか？」

「そういう話だ。ともかく、爺《じい》さんずいぶん散財させられたらしいね」

こんなふうに、いつも同じように曖昧《あいまい》な話ばかりだった。

ただ私は、マルグリットとアルマンの関係についてなにか知りたくてうずうずしていた。

ある日、いつも名の売れた女たちと親しくしている友人に出会ったので、そのことをたずねてみた。

「きみはマルグリット・ゴーティエを知っていた？」

答えはやっぱり「よく知っていたよ！」だった。

「どんな女だった？」

「美人で気っぷのいい女だった。死なれたんで、ちょっとまいったな」

「彼女にはアルマン・デュヴァルという恋人がいたんじゃないか？」

「背の高い金髪の男かい？」

「うん」

「そうだよ」

「で、そのアルマンというのは、どういう男だったんだ？」

「たしか、わずかな有り金をふたりで使い果たし、それで泣きの涙で別れたっていう話でね。なんでも、彼女にめろめろだったそうだ」

「それで、彼女のほうは？」

「これもやっぱり噂だけど、彼女のほうもずいぶん愛していたらしい。もっとも、あの手の女らしい愛し方だがね。まあ、それ以上求めたって、あの類の女にはどだい無理な相談なんだよ」

「アルマンはどうなったんだい？」

「知るもんか。おれたち、あの男とはほとんど面識がなかったんだよ。マルグリットとは五、六か月いっしょに暮らした。といっても田舎で、だがね。彼女がパリにもどってくると、彼のほうは姿をくらましていたっていうんだよ」

「それ以来、きみは彼に会っていないのか？」

「一回も」

　私もまた、あれ以来アルマンには会っていなかった。そこで、彼が私の家に現れたときはマルグリットの死を知ったばかりだったので、昔の恋を、したがって、今の苦しみを大げさに考えすぎていたのではないかと思うようになった。そしてたぶん彼は死者のことといっしょに、私の家にくるという約束も、すっかり忘れたのかもしれないと思ったりした。

　そのような推測は他の者になら当てはまったかもしれない。だが、アルマンの絶望には、あれほど真摯《しんし》な響きがあったのだ。そこで私の考えは極端から極端に走って、彼は悲しみのあまり病気になったのかもしれず、なんの音沙汰《おとさた》もないのは彼が病気だから、あるいはひょっとしてもう死んでしまったからではないかと想像したりもした。

　こんなふうに、私は心ならずもあの青年にすっかり関心をもってしまっていた。その関心には、たぶんこんな利己心がまじっているにちがいない。つまりあの苦しみのかげに感動的な愛の物語を見て、その物語を知ってみたいという願望が、アルマンの沈黙についてあれこれ案ずるのと大いに関係があったかもしれないということだ。

　ともかく私は、デュヴァル氏が私の家にこないのだから、こっちのほうから彼のところに行ってやろうと決心した。口実を見つけるのはそう難しいことではなかった。しかし、あいにく彼の住所を知らなかったし、友人にたずねてみても、だれひとり教えられる者はいなかった。

私はアンタン街におもむいた。マルグリットの家の門衛ならきっと知っているだろうと思ったのだ。ところが門番は新しい門番に代わっていたので、私と同様なにも知らなかった。そこでゴーティエ嬢が埋葬されている墓場はどこかとたずねてみた。それは[1]モンマルトルの墓地だった。

すでに四月がめぐってきて、気候も麗《うら》らかなので、墓石も冬のように重苦しく荒涼としていないはずだ。しかも、生者が死者のことを思いだし、墓参りするにはもう充分暖かくなっている。私は墓地に向かう道々こう思っていた。マルグリットの墓を一《いち》瞥《べつ》するだけで、アルマンがまだ苦しみつづけているかどうかわかるだろうし、たぶんその後の彼がどうしているのかも知れるだろうと。

私は墓守の番小屋にはいって、二月二二日、マルグリット・ゴーティエという名前の女性が、モンマルトルの墓地に埋葬されなかったかどうかとたずねてみた。

その男はこの最後の安住地にはいる者たち全員が登録され、番号の付けられている分厚い台帳をめくってみて、はい、たしかに二月二二日正午、その名前の女性が埋葬されておられますと答えた。

私は墓守に、その墓場まで案内してもらえないだろうかと頼んだ。というのも、生者の町と同じく、この死者の町にもいろんな道があって、案内役でもいないと、じぶんの居場所さえわからなくなってしまうからだ。墓守はひとりの園丁を呼んで必要な指示をあたえたが、園丁はその言葉をさえぎって、「わかってまさ、わかってまさ……」と言い、それから私のほうを振り向いて、こう言葉をついだ。「ああ、そのお墓ならすぐ見つかるんですよ」

「どうしてですか？」

「ほかとは花がぜんぜん違っているもんで」

「あなたがその墓の世話をされているんですか？」

「そうなんですよ。あたしはね、どのご家族にも故人に、あの墓をまかせてくだすった若い旦那《だんな》みたいなお世話をしていただければと思っているんですよ」

いくつかの道を曲がったあと、園丁は立ちどまって私に言った。

「ここです」

じっさい、私が目の当たりにしたのは、名前の書かれた白い大理石がなかったら、とても墓場とは思えないような四角の花壇だった。

大理石の墓は真っ直ぐに立ち、買い取られた土地が鉄格子にかこまれて、白い椿に覆われている。

「どうです？」

「じつに美しい」

「しかも、椿が一本でもしおれたら、そのたびに新しいのに替えるようにとおっしゃるんですよ」

「だれがそんふうに命じたんですか？」

「初めてこちらにいらしたときに、たいそうお泣きになった若い旦那さんですよ。きっと、亡くなった方の昔馴染《むかしなじ》みだったんでしょうね。だってこのお方、玄人《くろうと》だったというじゃないですか。それも、とびっきりの別嬪《べっぴん》さんだったとか。旦那さんもごぞんじでしたんで？」

「まあね」

「じゃあ、もうひとりの旦那と同じってわけで」園丁はいたずらっぽく微笑しながら言った。

「いや、わたしのほうは一度も口をきいたことはない」

「それでも、ここに会いにきなすったんですか。それはそれは、なんともご親切なことでございますね。と言いますのも、このかわいそうな女に会いにくるひとも、そうそういらっしゃらないものですから」

「じゃあ、だれもこないと？」

「一度いらしたあの若い旦那のほかは、だれひとり」

「一度だけですか？」

「そうです」

「じゃあ、それ以後こなくなったと？」

「ええ、でも旅からもどられたら、またいらっしゃいますよ」

「じゃあ、いま彼は旅に出ているわけですね？」

「そうなんです」

「彼がどこにいるか、ごぞんじですか？」

「たしか、ゴーティエさまの妹さんのところだとか」

「そんなところでなにをしているんですか？」

「遺体を掘りかえして、別の場所に移す許可をお求めにいらしたんですよ」

「どうしてこのまま、ここに置いておかないんです？」

「まあ、旦那さん、死者をどうするかってことについては、ひとさまによっていろいろお考えがあるんでございますよ。あたしらは、そんなこと毎日のように見ています。この土地は五年分しか買い取っていないので、あの若い旦那は永代の、もっと広い土地をお望みなんです。それも新墓地のほうがよろしいようです」

「新墓地というのは？」

「現在売りに出されている、左側の新しい土地のことでございますよ。この墓場もずっと今みたいに手入れされていたら、きっと世界一のものになっていたんでしょうがね。でも、申し分のないくらい立派なものにするには、まだまだやることがあるってわけでして。それに、世の中にはずいぶんとおかしなひともいらっしゃいますから」

「それは、どういうことですか？」

「つまり、こんなところにきてまで、威張りちらすひとがいるってことですよ。たとえばの話、このゴーティエというお方、こう言っちゃなんですが、ちょいとふしだらな暮らしをされていたそうですね。でも今じゃ、かわいそうなこのひとも、こうして亡くなっておられるんですよ。残っているものといったら、あたしらが毎日水をやっている、いわゆる良家のご婦人たちとなにひとつ変わりゃしないじゃありませんか。ところがでございますよ、この方のそばに埋葬されている人たちのご親族ときたら、その素性を知ると、そんな女がこんなところにいるのは怪《け》しからん、その種の女たちは貧乏人といっしょにして、どこか別の場所に片づけてもらわないと困る、などとおっしゃるんですからね。そんな話ってありますか？　あたしは、さんざんそんな手合いにお目にかかってきたもんです。たんまりお金をもっているくせに、年に四回だって故人の墓参りにきやしない。きてもじぶんで花をもってきなさるが、まあ、それがなんという代物なんですかね！　口では悲しい悲しいと言いながら、墓の維持費のことばかりやたら気にしている。一粒の涙だって流したことがないくせに、墓石には涙たらたらの言葉を刻ませている。その挙げ句に、となりの墓のことでなんやかやと難癖をつけてくる。ねえ、旦那さん、どうか信じてやってくださいな、あたしはべつにこの娘さんの知り合いだったわけじゃなし、この方がなにを生業《なりわい》にされていたのかぞんじませんよ。ですがね、このかわいそうな娘さんのことが好きなんですよ。だもんで、せいぜいお世話申しあげ、椿の値段だってできるだけお安くさせていただいているんです。まあ、あたしのごひいきの死人さん、てところですかね。ねえ、旦那さん、あたしらみたいな商売をやっていますとですね、どうしたって死人が好きになってくるものなんですよ。なにせ忙しくて忙しくて、ほかのものなんぞ好きになる暇もありゃしないくらいなんですから」

私はその男を見ていた。読者の何人かは、わざわざ説明しなくとも、この話を聞きながら私がおぼえた感動をご理解くださるだろう。

彼もまたそれに気づいたらしい。というのも、こう話をつづけたのだから。

「この娘さんのために身上をつぶした方とか、この娘さんを崇《あが》め奉っていた男などもずいぶん多かったという話ですね。なのに、だれひとりここにきて、花の一本も買わないのかって思うと、なんとも腑《ふ》に落ちないし、悲しいことじゃございませんか。それでもこの娘さん、まあ文句を言えた義理じゃありませんやね。だって、こうしてじぶんの墓もあるんだし、思いだしてくれるひとがたったひとりきりだといっても、そのひとが他の者たちにかわって、いろいろやってくださるんですから。ところが、こちらには共同墓地に投げ捨てられる同じ稼業の、同じ年頃の娘さんたちもいるんですよ。そんな娘さんたちの遺体が土のなかに落ちる音を聞いていますとね、あたしはもう、胸が張り裂けそうになるんです。いったん死んじまったら、面倒を見てくれる者なんか、ひとりだっていやしないんですからね！ あたしらみたいな商売をしていますと、とりわけ情ってものがちっとでも残っていますとね、そりゃいつもいつも愉快なことばかりというわけにはまいりません。でも、こればっかしはなんとも仕方がない。あたしらにはどうしようもないことじゃござんせんか。じつは、あたしにも今年二十歳のきれいな娘がひとりいるんですが、同じ年頃の死人がこちらに運ばれてくると、ついつい娘のことを考えてしまうんですよ。そして、それが良家のお嬢さまだろうと、宿無しの不良娘だろうと、なんだがぐっと胸にきてしまうんですね。いや、こりゃまた、うっかり愚にもつかない話をしてしまいまして、さぞ退屈されましたろう。旦那はこんな話をきくために、ここにいらしたわけじゃなかったんですね。ゴーティエさまの墓にお連れしろということでした。今いるのがその場所です。ほかになにかご用はございませんか？」

「アルマン・デュヴァルさんの住所を知りませんか？」私はその男にたずねた。

「はい、……街にお住まいです。いずれにしろ、ごらんのこの花の代金はすべて、そちらに頂戴《ちょうだい》しに行くんです」

「どうも、ありがとう」

私は花いっぱいのその墓に最後の一瞥《いちべつ》をくれたのだが、われにもあらず、できることなら土の奥底をさぐり、そこに投げいれられた美しい女性がどんなふうに変わり果てたのか見てみたいような気がした。それから、悲しい思いをいだきながらそこから立ち去った。

「旦那《だんな》はデュヴァルさまにお会いになられたいんですか？」私の脇を歩いていた園丁が言葉をついだ。

「ええ、そうです」

「あたしが思うに、きっとまだお帰りではないですよ。そうじゃなきゃ、もうとっくにここでお見かけしているはずですから」

「じゃあ、彼はマルグリットのことを忘れていないと信じておられるんですね？」

「そう信じているばかりか、あたしは賭《か》けてもよろしいんですが、墓を替えたいというのは、じつはあのひとの顔をもう一度見てみたいということなんでございますよ」

「それはまた、どういうことですか？」

「あの旦那がこの墓場にいらして、あたしに最初に言われた言葉は、『あのひとの顔をもう一度見るには、どうすればいいんですか？』というものでした。それには墓場を替えるほかないじゃございませんか。そこであたしは、その変更の許可をとる手続きをすっかりお教えしたってわけです。と言いますのも、これはごぞんじだと思いますが、死人をある墓から別の墓に移しかえるには、警視の立ち会いのもとでおこなわれる遺体確認が必要なんでございます。そして、その作業の許可をあたえることができるのは遺族だけなんですよ。デュヴァルさまがゴーティエ嬢の妹さんのところにいらしたのも、じつはその許可をもらうためだったんです。ですから当然、お帰りになったら真っ先にこちらにいらっしゃるはずなんです」

私たちは墓地の門についた。私は小銭を握らせながら、あらためて園丁に礼を言い、教えられた住所におもむいた。

アルマンは帰っていなかった。

私は彼に一筆書き残して、帰り次第私に会いにくるか、さもなければ会える場所を指定してもらいたいと頼んでおいた。

翌朝、デュヴァルから手紙をうけとった。その手紙は旅から帰ってきたことを告げ、ぜひじぶんのところに立ち寄っていただきたいと述べてから、疲労のせいで外出がかなわないもので、と書き添えてあった。

1 一八二五年に開設されたパリ北部の墓地。ベルリオーズやスタンダールら一九世紀の著名な芸術家や文人が埋葬されているが、マルグリットのモデルになった女性マリー・デュプレシー、また作者アレクサンドル・デュマ・フィス自身の墓もここに現存する。

第六章

アルマンは床についていた。

私を見ると手を差しだしたが、その手は燃えるように熱かった。

「熱がありますね」と、私は彼に言った。

「大丈夫でしょう。慌ただしい旅をして疲れただけですよ」

「マルグリットの妹さんのところからもどられたんですって？」

「そうです。そんなこと、だれが言いました？」

「わたしは知っているのです。それで、お求めだったものが手に入りましたか？」

「ええ。でも旅のことや、旅の目的のことを、いったいだれが教えたんですか？」

「墓地の園丁ですよ」

「じゃあ、あの墓をごらんになったんですね？」

私は返事しかねた。というのも、その問いの口調からして、当人はあいかわらず、私が以前に目の当たりにした動揺におそわれるらしく、じぶんの考えや他人の言葉がその辛《つら》い話題にふれるたびに、しばらくのあいだ意志の力ではその動揺を抑えきれないようだったから。

そこで私は、頭でうなずくだけにした。

「ちゃんと手入れがしてあったでしょうね？」

思わず二粒の大きな涙が頬を流れたので、この病人はそれを隠そうと顔をそむけた。私は見えないふりをして、話題を変えようとこう言ってみた。

「お出かけになってから、もう三週間になりますね」

アルマンは手で目をこすりながら答えた。

「ちょうど三週間です」

「長い旅でしたね」

「ああ、ぼくはずっと旅をしていたわけじゃないんですよ。二週間も病気だったんです。そうじゃなきゃ、とっくにもどっていましたよ。でも、むこうに着くとすぐに熱を出して、ずっと部屋に閉じこもっていなければならなかったんです」

「じゃあ、治りきらないうちに、もどってこられたんですね」

「あんな辺鄙《へんぴ》なところにもう一週間もいたら、死んでいましたよ」

「でも、いまはこうしてお帰りになったんですから、ちゃんと養生されなくてはね。

いずれ、お友だちだって見舞いにいらっしゃるでしょう。もしお許しがあるなら、このわたしが真っ先にまいりましょう」

「なに二時間もすれば、起きあがれますよ」

「そんな無茶な！」

「そうしなきゃならないんです」

「なにをそう急いですることがあるんですか？」

「警察に行かなきゃならないんですよ」

「そんな用事など、ひとに任せたらいいじゃないですか。病気がもっとひどくなると困りますよ」

「そうすることだけが、ぼくの病気を治してくれるんです。どうしてもあのひとの姿を見なくてはならないのです。あのひとが死んだと知ってからというもの、ことにあのひとのお墓を見てからというもの、ぼくは一睡もできないんです。別れたときにあんなに若く、あんなに美しかったあのひとが、もうこの世にいないなんて想像できないんですよ。じぶんの目で見届けなくちゃならない。ぼくがあんなに愛したひとを、神様がどういう姿にされたのか見届けなくちゃならないんです。ひょっとすると、その姿のおぞましさに、あまりにも悲しいぼくの想い出もすっかり消えさってしまうかもしれませんが。もし……もしご迷惑でなかったら、ごいっしょ願えないでしょうか?」

「妹さんはどうおっしゃったんです?」

「とくになにも。ただ、赤の他人が土地を買って、マルグリットのお墓をつくりたがっていることにひどく驚いた様子でした。でも、頼んだら、すぐ許可書に署名してくれましたよ」

「悪いことは言いません。墓を移しかえるのは、すっかり元気になってからにされてはいかがですか?」

「ああ、ぼくなら大丈夫ですよ、どうかご心配なく。それに、この決心をなるべくはやく実行しないと、ぼくは気が狂ってしまいそうになる。そうでないと、この苦しさはどこにももっていきようがないんですよ。これは本当です。マルグリットを見ないうちは、ぼくの気がどうにも休まらないんですよ。ぼくの身を焦がしているのは熱病の渇きか、眠れぬ夜の夢か、錯乱の結果なのかわからない。でも、一目見たあと、たとえあのド[1]・ランセ氏のように修道士になってもかまやしない。ぼくはどうしても見る覚悟です」

「お気持ちはわかります」私はアルマンに言った。「なんでもおっしゃるようにしましょう。ところで、ジュリー・デュプラにお会いになりましたか?」

「ええ、もちろん! もどってきた最初の日に会いましたよ」

「マルグリットがあなたに残したという、例の日記をわたしてくれましたか？」

「ほら、ここにありますよ」

アルマンは枕のしたから巻紙を取り出したが、すぐにもとにもどして、

「この日記に書いてあることはそらで覚えています」と言った。「この三週間というもの、ぼくは日に十回もこれを読んでいましたから。いずれ、あなたも読んでください。でもそれはもっとあとで、ぼくがもうすこし落ち着いて、この告白が明らかにする真情と愛情をゆっくりと説明できるようになってからです。とりあえずは、ひとつお願いがあります」

「なんでしょう？」

「したに馬車を待たせておられますか？」

「そうですが」

「じゃあ、ぼくの旅券をもって郵便局の窓口に行き、ぼく宛ての局留め郵便がきているかどうか見てきていただけませんか？　父と妹がパリのぼくに手紙をよこしたはずなんです。でも、なにしろあのときは大急ぎで出発してしまったもので、問い合わせる時間もなかったんです。あなたがもどられたら、いっしょに明日の改葬の届けを警察に出しに行きましょう」

アルマンが旅券をあずけてくれ、私はジャン＝ジャック・ルソー街に向かった。

デュヴァル宛《あて》の手紙が二通あったので、それを受けとってもどった。

帰ってみると、アルマンはすっかり着替えをすませて、出かける用意をしていた。

「ありがとうございました」と彼は手紙を手に取りながら言い、住所を見てから付けくわえた。「そう、そう、これは父と妹からです。ぼくからなんの音沙汰《おとさた》もないので、ふたりともさっぱり訳がわからなかったんだろうな」

彼は手紙を開いたが、読むというよりはむしろ、ざっと内容に目を通しただけだった。というのも、いずれも四ページもある手紙だったからで、彼は間もなくその手紙を折りたたんで、

「行きましょう」と言った。「返事は明日にします」

私たちが警察に行くと、アルマンはマルグリットの妹の委任状を提出した。

警視は引き換えに墓守宛の通知書を彼にあたえた。私たちは墓の移し替えを翌日の朝十時と定め、私が一時間まえに彼を迎えに行って、いっしょに墓場に向かうことにした。

私とて、そんな光景に立ち会うのは興味津々だったから、正直言って、その夜は一睡もできなかった。

いろんな思いが私に押しよせたことから考えると、アルマンにとっても、それはそれは長い夜だったにちがいない。

翌日九時に彼の家にはいると、彼は顔面こそ蒼白《そうはく》だったが、落ち着いているように見えた。

彼は私に微笑んで、手を差しだした。

部屋の蠟燭《ろうそく》はすっかり燃え尽きていた。アルマンは出かけるまえに、一通の分厚い手紙を手にとった。それは父親宛の手紙で、きっと昨夜のさまざまな思いを打ち明けたものにちがいない。

半時間後、私たちはモンマルトルに着いた。

警視がもう私たちを待っていた。

私たちはゆっくりとマルグリットの墓の方角に向かった。警視が最初に歩き、アルマンと私は数歩遅れてあとにつづいた。

私はときどき、連れの腕が急に悪寒におそわれたように、痙攣《けいれん》しながら震えるのを感じた。そこで彼を見やると、私の眼差《まなざ》しの意味を理解して微笑んでみせた。彼の家を出てからというもの、私たちはただの一言も言葉を交わしていなかったのだ。

アルマンは墓のすこし手前で立ちどまり、顔一面にびっしり浮かんだ大粒の汗をぬぐった。

私はその合間にほっと息をついた。というのも、私自身がまるで万力で胸が押さえつけられたような気持ちになっていたからだ。

この種の光景を見てひとが感じるあの苦痛が入りまじった悦びは、いったいどこからくるものなのだろうか！　私たちが墓に着いたときには、園丁によって花の鉢がすべて片づけられ、鉄格子が取り払われて、ふたりの男がつるはしで地面を掘っていた。アルマンは一本の木にもたれて眺めていた。

彼の全生命が両目に乗り移ったようだった。

突然、二本のつるはしの一本がガチッと石にあたった。

その音をきいてアルマンは、まるで電気ショックでも受けたように後ずさりし、痛いほど強く私の手を握りしめた。

墓掘り人のひとりが大きなシャベルをとって、すこしずつ墓穴の土を取りのけていった。やがて、棺を覆っているのが石だけになると、その石をひとつずつ外に放りだした。

私はアルマンを見守っていた。というのも、見るからに張りつめた気持ちのせいで、彼がいまにも参ってしまうのではないかと心配だったからだ。しかし、彼はあいかわらず眺めている。気が狂ったように両目をじっと大きく見開き、頰と唇だけをかすかに震わせているので、激しい神経発作に見舞われていることは明らかだった。

私のほうは、こんなところに来てしまったことをひたすら悔やんでいた、と言うほかない。

棺がすっかり露《あら》わになると、警視は墓掘り人に言った。

「開けるんだ」

彼らはいとも無造作に命令に従った。

棺は樫《かし》材で出来ていたが、彼らは蓋《ふた》になっている上部壁のねじ釘《くぎ》を外しはじめた。地面の湿気でねじ釘が錆《さ》びついてしまっていたから、さんざん苦労させられたあと、やっと棺が開いた。棺には芳香性の植物が敷かれていたものの、たちまち悪臭がむっと鼻についてきた。

「ああ、神様！　神様！」とアルマンが呟《つぶや》き、その顔面はさらに蒼白になった。

墓掘り人たちでさえ、たまらずに後ずさりしてしまった。

白い大きな経帷子《きょうかたびら》が遺体を覆い、ところどころ遺体の曲線を浮かびあがらせている。布の隅はほぼ完全に蝕《むしば》まれ、そこから死人の片足がのぞいている。

私は気分が悪くなりそうだった。そしていまこの文章を書いていても、あの光景がまだ圧倒的な生々しさで蘇《よみがえ》ってくる。

「さあ、急いで」と、警視が言った。

すると男のひとりが手をのばし、経帷子の縫い目をほどきにかかった。それから端をつかんで、いきなりマルグリットの顔を剝《む》きだしにした。

それは見るもぞっとする光景だった。いまそれを語るのも恐ろしい。

両目はもはやふたつの穴でしかなく、唇は消えうせて、固く食いしばった白い歯だけが見える。ひからびた長い黒髪がこめかみに貼りつき、両頬の緑色の窪《くぼ》みをやや覆い隠している。とはいえ、私はその顔に、昔よく見かけた白く、ばら色の、晴れやかな面影を認めたのだった。

アルマンはその顔から目をそむけることができず、口元にハンカチをあてて嚙《か》んでいた。

私はと言えば、頭を鉄の輪で締めつけられ、目をヴェールで覆われ、耳ががんがん鳴るような気がしていた。かろうじてできたのは、たまたま持ってきていた気付け薬の小瓶を開けて、強く吸うことだけだった。

そんな眩暈《めまい》のさなかに、警視がデュヴァルにこう言うのが聞こえた。

「間違いないですね？」

「はい」青年は消えいりそうな声で答えた。

「じゃあ、蓋を閉めて、運んでくれ」と警視が言った。

墓掘り人たちは死体の顔に白い布をかぶせて棺を閉じてから、それぞれ片方ずつもって、指定された場所に運んでいった。

アルマンは身じろぎひとつせず、その目はじっと、うつろになった墓穴に向けられていた。彼の顔はいましがた見た死体と同じように蒼白だった……まるで化石にでもなったように。

やがてこの光景が目のまえから遠のき、苦しみが薄らいだとき、つまり彼を支えるものがもうなくなったときに、どういうことが起きるのか私にはわかった。そこで私は警視に近づいて、

「この人が立ち会うことが」と、アルマンを指さして言った。「まだ必要なのでしょうか?」

「いや」警視は言った。「むしろ、連れて帰ってあげたほうがよろしいでしょう。どうも具合が悪そうですからな」

そこで私はアルマンの腕をとって、「いらっしゃい」と言った。

「なんですか?」彼は私のことがわからないとでもいうように、じっと見つめながら答えた。

「もう終わったんですよ」と、私はつづけて言った。「さあ、帰らなくちゃ。顔色が真っ青ですよ。寒気がするんでしょう。そんなに興奮していると、命にかかわるじゃありませんか」

「そうですね。帰りますか」彼は心も空《うつ》ろに答えたものの、一歩も動こうとしなかった。

そこで私は彼の腕をとって連れだした。

彼は子供のようにされるままになっていたが、ただときどきこう呟いていた。

「あの目を見ましたか?」

そして、まるでその目に呼びもどされるとでもいうように、何度も何度もうしろを振りかえるのだった。

そのうち、彼の足取りはぎくしゃくしてきた。もうふらふらとしか歩を進められないようだった。歯ががちがち鳴り、手は冷たく、神経の激しい興奮がからだ全体をとらえている。

私が話しかけても答えなかった。

彼にできたのはただ、なすすべもなく連れて行かれることだけだった。

門までくると、一台の馬車が客待ちしていた。ぐずぐずしてはいられない。

乗りこむがはやいか、彼の震えが激しくなり、紛れもない神経発作がはじまった。

それでもなお、彼は私を心配させるのを恐れて、私の手を握りしめて呟くのだった。

「なんでもありません。なんでもないんです。ぼくは泣きたいだけなんですよ」

やがて彼が胸に大きく息を吸う音が聞こえ、目が血走ってきたものの涙は出てこなかった。

私はさきほど役に立ってくれた気付け薬を嗅《か》がせてやった。彼の家に着いたときには、彼の震えばかりがいちだんと目立つようになっていた。

私は召使いの手を借りて、彼を寝かしつけ、部屋に赤々と火をくべるように言いつけた。それから、走って医者を呼びに行き、彼の症状を説明した。

医者はさっそく駆けつけてくれた。

アルマンは真っ赤な顔をしてうなされていた。ぶつぶつと、なんだか取りとめのないことを口走っていたが、ただマルグリットという名前だけは、はっきり聴きとれた。

「どんな具合でしょうか？」私は診察を終えた医者に言った。

「そうですね、これはまさしく脳炎です。かえって幸いでした。まあ、こう言ってはなんですが、脳炎でなかったら、このひとは気が狂っていたでしょう。都合のいいことに、からだの病がいずれ、こころの病を消滅させてくれるはずです。そして、おそらくひと月もすれば、この患者さんはその両方の病から救われることになるでしょう」

1　フランスの宗教家（一六二六―一七〇〇年）。若いころは美貌《びぼう》と富裕のために悦楽的な生活を送ったが、やがて一念発起して厳格な宗教生活に入り、シトー修道会を刷新しトラピスト修道会の創立者となる。

第七章

アルマンが罹《かか》った病気は、ただちに命取りになるか、あるいはたちまち治ってしまうか、そのどちらかだという明快なものだった。

前章で述べた出来事の二週間後、アルマンはすっかり恢復《かいふく》にむかい、私たちは緊密な友情によって結ばれるようになっていた。病気のあいだ、私が彼の病室を離れることはほとんどなかった。

春は花や、葉や、鳥や、歌をふんだんにまき散らし、私の友の病室の窓は明るく庭に開いていたから、清々《すがすが》しい匂いが彼のところまで立ちのぼってきた。

彼が医者から起きあがってもよいと許可されたので、私たちはよく、正午から二時までの、太陽がもっとも暖かい時刻に、開けはなった窓辺であれこれ雑談した。

私はマルグリットのことを話題にするのをずっと控えていた。その名前を耳にしたとたん、この病人の穏やかな外見のしたに眠っている悲しい想い出が目覚めるのではないかと恐れたのだ。ところがアルマンのほうは逆に、彼女のことを話すのが嬉《うれ》しい様子だった。しかも、以前のように目に涙をためるのではなく、優しい微笑をうかべながら話すので、私としても彼の精神状態についてひと安心したのだった。

私はすでにこんなことに気づいていた。最後に墓場を訪れてからというもの、つまり激しい発作を引きおこしたあの光景を目の当たりにしてからというもの、どうやら病気のためにこころの苦しみの定量が満たされ、マルグリットの死にたいする見方も以前とは違ってきたらしいということだ。彼女の死をはっきり確認したことで、ある種の慰めのようなものがもたらされたのだろう。そして彼は、しばしば浮かんでくる暗いイメージを追いはらうために、ひたすらマルグリットとの関係の幸福な想い出にふけって、その想い出以外のものは受けつけないようだった。

発作によって、また熱病の快癒の過程によってさえも疲れきった彼の精神は、激しい動揺には耐えられなくなっていた。しかもアルマンを取りまき、いたるところに満ちあふれている春の喜びのなかで、彼の考えも知らず識《し》らず、晴れやかなイメージのほうに引きよせられるようだった。

彼はずっと、じぶんが危険な状態になったことを家族に知らせるのを頑なに拒んでいた。だから彼が快癒したときも、父親は彼の病気のことをまったく知らなかったのだった。

ある夕方、私たちはいつもより遅くまで窓辺にすわっていた。その日は一日中素晴らしい天気で、太陽は紺碧《こんぺき》と黄金のまぶしい黄昏《たそがれ》のなかにまどろもうとしていた。私たちはパリにいるというのに、まわりを取りまく緑のおかげで、まるで世間から孤立しているように思われるほどで、ふたりの会話はときどき通りかかる馬車の音に乱されるだけだった。

「一年のこんな季節の、こんな日の夕方だったんですよ、ぼくがマルグリットを知ったのは」とアルマンは言い、私の言葉ではなく、じぶん自身の考えのほうに耳をかたむけようとした。

私はなにも答えなかった。

すると彼は私のほうに顔をむけて言った。

「とこかくぼくは、どうしてもこの話をしておかなくちゃならないんです。これを本にしてくださいよ。ひとは信じないかもしれないけれど、書くのはきっと面白いんじゃないでしょうか」

「その話はもっとあとにしてください」私は彼に言った。「まだ完治されたというわけじゃないんですから」

「今晩は暖かいし、さっきぼくは若鶏《わかどり》の笹身まで食べたんですよ」彼はにっこりしながら言った。「ぼくは熱もないし、ぼくらにはなにもすることがないんですから、これからすべてをお話ししますよ」

「どうしてもとおっしゃるなら、お聞きしましょう」

「といっても、これはひどく単純な話なんですよ」と、彼は付けくわえた。「これから順々に出来事を話していきます。あとで本にされるときには、別の語り口に変えられても、それはあなたのご自由ですから」

以下は彼が話したことである。私はこの感動的な物語にほとんど手を加えなかった。

そうです――と、彼は肘掛《ひじか》け椅子の背に頭をもたせかけて言葉をついだ――そう、こんな晩だったんですよ！　ぼくはその昼を友人のガストン・Rと田舎で過ごし、晩になってパリにもどったんです。なにもすることがないので、ぼくらはヴァリエテ座[1]に行きました。

幕間《まくあい》に外に出ると、すらりと背の高い女性が通りかかるのを廊下で見かけて、友人が挨拶《あいさつ》したんです。

「いったい、だれに挨拶したんだ？」と、ぼくは友人にたずねました。

「マルグリット・ゴーティエさ」と、友人が言いました。

「ずいぶん変わったようだ。まさか彼女だと気がつかなかったな」ぼくは内心動揺しながら言いました。この内心の動揺のわけについては、いずれわかります。

「病気だったんだよ。かわいそうに、あの女も先は長くないね」

ぼくはまるで昨日聞いたみたいに、この言葉を思いだします。

　ここで知っておいていただきたいのは、その二年まえから、たまに彼女に出会うと、ぼくのこころに不思議な印象が植えつけられたということなんです。友人に神秘学に通じているのがいますが、そいつなら、ぼくのそんな気持ちを心霊波の親和力と言うかもしれません。ぼくのほうはたんに、じぶんがマルグリットに恋する運命にあり、そのことを予感していただけだと思いますよ。

　いずれにしろ、ぼくが彼女に鮮烈な印象をうけたのは事実でした。何人もの友人がその事実を目撃し、ぼくがどんな女からそういう印象をうけるのかわかると、ふん、なんだと大いに笑いものにしていたほどなんです。

　ぼくが初めて彼女に会ったのは、株式取引所広場にある、シュス[2]の店の入り口でした。無蓋《むがい》の四輪馬車《カレーシュ》[3]がとまって、白い服装の女性が降りてきました。彼女が店に入ると、まあ、すてきというような、感嘆の囁《ささや》き声で迎えられました。ぼくのほうは、彼女が店に入るときから出ていくときまで、ずっとその場に釘付《くぎづ》けでした。ガラス窓をとおして、彼女が買いたいものを選んでいる姿を見守っていたんです。なかに入ろうとすれば入れたのでしょうが、そんな勇気はありませんでした。ぼくは彼女がどういう女性だか知りません。で、そんなぼくが店に入った目的を彼女に見抜かれ、気を悪くされるのが怖かったのです。それでも、ぼくがふたたびその女性に会うことになるとは、このときには思ってもいませんでした。

　彼女の服装は優雅でした。フリルのたくさんついたモスリンのドレスを着て、隅に金糸と絹の花模様の刺繡《ししゅう》がしてある四角の藍色《あいいろ》のショールを肩にかけ、イタリア製の麦藁帽《むぎわらぼう》をかぶり、当時流行しはじめていた、太い金の鎖のブレスレットをひとつだけ手首につけていました。

　彼女はふたたび馬車に乗ると、どこかに行ってしまいました。

　男の店員がひとり戸口に立って、その優雅なお客の馬車を目で追っていました。ぼくがその店員に近づいて、その女性の名前をたずねると、

「あれはマルグリット・ゴーティエさんですよ」と答えてくれました。

　さすがに住所までたずねる勇気はなく、ぼくはそのまま立ち去りました。

　その幻、というのも、あれはまさに幻というほかなかったんですから。その幻の想い出が、それまでぼくが見た多くの幻と同じく、ずっとこころから離れず、ぼくはいたるところにあの白い服を着た、じつに堂々とした美女を捜しまわるようになったのです。

　それから数日後、[4]オペラ・コミック座に大きな出し物がかかったので、ぼくも行ってみました。バルコニー席の前桟敷《さじき》で最初に眼についた人物、それがマルグリット・ゴーティエだったのです。

いっしょにいた若い男も彼女に気づいて、その名前をぼくに告げながら、こう言いました。

「あの美女が見えるかい?」

このとき、マルグリットはぼくらのほうを横目でちらっと見て、ぼくの友人に気づいてにっこりし、こちらにいらっしゃいよ、というような仕種《しぐさ》をしました。

「おれ、ちょっと彼女に挨拶してくる」と、彼はぼくに言いました。「すぐもどってくるよ」

ぼくは思わずこう言わずにいられませんでした。「きみは仕合わせだなあ!」

「なにが?」

「あの女のひとに会いに行けるなんて」

「きみ、あの女に気があるの?」

「べつに」ぼくは顔を赤くして言いました。じつは、この点でじぶんがどこまで望んでいるのか、それがわからなかったからなんです。「でも、知り合ってみたいものだな」

「じゃあ、こいよ。おれが紹介してやろう」

「まず、先方の都合をきいてくれないかな」

「まあ、いいから! あんな女に遠慮はいらない。さあ、こいよ」

友人のその言葉がぼくを苦しめました。マルグリットがぼくのいだいている気持ちに値しない女だと確信できるようになったらどうしよう。今度は逆にそのほうが心配になってきたのです。

アルフォンス・カールの『喫煙しつつ』という本のなかに、ある晩、ひとりのとても美しい女のあとをつける男の話が出てきます。男は一目でその女に恋をする、それくらい女は美人なのです。その女の手に接吻《せっぷん》をするためなら、じぶんにはなんでも企てる力、なんでも征服する意志、なんでもしてみせる勇気があると男は感じます。ところがその男は、ドレスが土にふれて汚れないようにと、裾《すそ》をまくってちらりと見せる艶《なま》めかしい女の脛《すね》を見る勇気さえないんですよ。それでも、どうしたらその女をものにできるのか考えあぐねていると、やがて女が街路の片隅で男の足をとめて、じぶんの家に寄っていく気はないかとたずねるじゃありませんか。

すると男は顔をそむけ、さっさと街路を横切って、なんとも悲しい思いで帰宅するのです。

ぼくはこの話を思いだしました。そして、あのような女のためなら苦しんでみたいと願っていたこのぼくが、あまりにもすんなり彼女に受けいれられてしまう、つまり長いあいだ待ち望み、大きな犠牲を払ってもよいと思っていたその愛をなんの苦もなく、さっとあたえられてしまうのではないかと心配になってきたのです。ぼくら男とはそういうものなんですね。想像力がそんな詩情を官能の悦《よろこ》びに残してくれ、肉体の欲望がそんな譲歩を魂の夢想にしてくれるというのは、ずいぶん幸福なことなんですよ。

要するにこういうことです。もしひとに、「おまえは今晩あの女をものにできる。ただし、明日おまえは殺される」と言われたら、ぼくは承諾しますよ。でも、「二百フランほど払うんだね。そうすれば彼女はおまえの愛人になるよ」と言われたら、ぼくだってそんなものは断って泣いてしまいますね。目が覚めたら、夜にかいま見たお城が跡形もなくなっていた子供みたいに。

それでもぼくは、彼女と知り合いになりたかった。それだけが、じぶんが彼女にたいしてどんな望みをいだいているのか知る、たったひとつの手立てだったからです。

そこでぼくは友人に、ぜひ紹介の許しをもらってきてもらいたいと頼みこんでから、廊下をうろちょろ歩きまわりながら、おれはこれから彼女に会う、おれを見て彼女がどんな態度をとるのかこれでわかるんだ、と思っていたのです。

ぼくはやがて彼女に言おうとする言葉を、あらかじめ組みたてておこうともしました。

恋というのは、なんとまあ、これ以上はないくらいに子供じみたものなんでしょうね！

しばらくすると、友人がもどってきて言いました。

「彼女、ぼくらを待っているってよ」

「彼女はひとりなのか？」とぼくがたずねました。

「もうひとり女がいる」

「男はいないの？」

「いない」

「じゃ、行こう」

友人は劇場の扉のほうに向かいました。

「おい、そっちじゃないよ」ぼくは彼に注意しました。

「ボンボンを買いに行くんだ。彼女に頼まれたんだよ」

ぼくらはオペラ座の外のアーケードにある菓子屋に入りました。

ぼくが店にあるものを全部買い取ってもいい気持ちで、袋をどんな詰め合わせにしようかとまで考えながら眺めていると、友人はいきなりこう頼みました。

「干し葡萄《ぶどう》の砂糖漬け五百グラム」

「彼女がそれが好きだってわかっているのか？」

「これ以外のボンボンは口にしないんだ。有名な話さ」

「ああ、それから」ぼくらが外に出ると、彼が言葉をつぎたしました。「これから紹介するのが、どういう女かわかっているんだろうな？　公爵夫人だなんて思っちゃいけないぜ。いくら上玉だといっても、ただの商売女に変わりはないんだからね。遠慮なんかいらないさ。なんだって思ったことを言っていいんだぞ」

「わかった、わかった」ぼくは口ごもり、これでじぶんの熱も冷めるかもしれないと思いながら、あとについていったのです。

桟敷に入ると、マルグリットは笑いこけていました。

ぼくとしては、悲しそうにしていてもらいたかったのですが。

友人がぼくを紹介すると、マルグリットは軽く頭で会釈してから言いました。

「あたしのボンボンは？」

「これですよ」

そのボンボンを手で受けとりながら、彼女はぼくをじっと見ました。ぼくは眼を伏せて、顔を真っ赤にしました。

彼女がからだをかがめて、となりの女の耳元に小声でなにか言うと、ふたりとも大声でどっと笑いだしました。

もちろん、このふたりを陽気にした原因はぼくにちがいなかったので、ぼくはなおさらどぎまぎしました。当時のぼくには、じつに優しくセンチメンタルな恋人がいたのですが、その恋人の憂いにみちた感情や手紙のことをいつも嘲笑《あざわら》っていたものです。

ところが、このときじぶんのおぼえる苦しみによって、ぼくがその恋人に味わわせていたにちがいない苦しみが理解でき、五分間ほど、これ以上ひとりの女性を愛せないくらいに、その恋人を愛《いと》しく思いました。

マルグリットは干し葡萄を食べ、それきりぼくを相手にしなくなりました。

連れは、ぼくをそんな滑稽《こっけい》な状態のままにしておくのを見るに見かねて、

「マルグリット」と言いました。「デュヴァルさんがなにも言わないからといって、驚いちゃいけないよ。きみの色香のせいですっかり動転してしまって、一言も言葉が見つからないんだから」

「あら、あたしはまた、あなたがひとりでくるのが厭《いや》だから、この方に付いてきてもらったものとばかり思っていたわ」

「あのう、もしそうでしたら」今度はぼくが言いました。「ぼくはあなたに紹介してもらいたいなどと、エルネストに頼まなかったことでしょう」

「それはきっと、ここにいらっしゃるのが厭だから、その厭な瞬間を遅らせようとする方便だったんでしょう」

マルグリットのような種類の女とすこしでも付き合った経験のある者なら知っていることですが、彼女たちは初対面の人間にはどこか斜に構えた才気を発揮して、からかってみせるのを楽しみにしているのです。それはおそらく、彼女たちが毎日会う人

びとから再三被らざるをえない屈辱の意趣返しなのかもしれません。

だから、そんな彼女たちに答えるにはその世界特有のある種の慣習が必要なのですが、ぼくはそんな慣習を知りませんでした。それに、ぼくがマルグリットに特別な思いをいだいていたため、その冗談がよけい身にこたえたのかもしれません。そこでぼくは立ちあがり、思わず声がうわずってしまうのも隠しきれずにこう言ったんです。

「マダム、もしぼくのことをそんなふうにお考えでしたら、この不躾《ぶしつけ》をお許し願い、もう二度とこのようなことはないとお約束して、これで失礼させていただきます」

こう言いざま、ぼくは一礼して外に出ました。

扉を閉めたとたん、三回目の高笑いが聞こえました。このときのぼくは、いっそのこと、だれかの肘《ひじ》で突いてもらいたいような気持ちでした。

ぼくはじぶんの席にもどりました。

開演を知らせる音が鳴りました。

エルネストがぼくのそばに帰ってきて、

「いったいどういうことなんだ！」と、すわりながらぼくに言いました。「彼女たち、きみのこと変な奴だと思っているぞ」

「ぼくが立ちさったとき、マルグリットはなんて言っていたんだ？」

「笑ってね、きみみたいに変わった人間は見たことがないだって。だけどきみ、これで負けたなんて思わないことだな。ただし、あんな女たちの言うことなんか、なにもあんなふうに真に受けなくたっていいんだよ。上品さや礼節がどんなものか、あいつらにはわかっちゃいないんだから。香水をかけてもらった犬と同じでね、厭な臭いがするからって、わざわざどぶ川に転がりにいくってわけさ」

「どっちみち、ぼくには関係ないことだ」ぼくは無頓着《むとんちゃく》な口調を装って言いました。「ぼくはもう二度とあの女に会わないよ。彼女のことをなにも知らないうちは悪くないと思っていたけど、知ったいまじゃ、ずいぶん印象が変わってしまったよ」

「ふうん！　おれは、きみが彼女の桟敷《さじき》の奥にいるのを見るのも、きみが彼女のために破産したって聞くのも、まだまだあきらめちゃいないがな。もっとも、きみの言うことも一理あるかもしれない。あれはやっぱり育ちが悪い女だよ。でも、遊ぶにはいい女だぜ」

　さいわい幕が上がったので、友人は口をつぐみました。なにが演じられていたということは覚えていません。覚えているのはただ、ぼくがあんなにも乱暴に飛び出した桟敷をときどき見上げると、そこにたえず新しい男たちが出入りしていたということだけです。

　とはいえ、ぼくがマルグリットのことを考えなくなったかと言えば、とてもそれどころではなかったのです。ぼくがうけた侮辱、さらした滑稽な姿、あれだけはどうしても彼女に忘れてもらわねばならないと思い、内心じぶんにこう言い聞かせていたのです。たとえ有り金を全部はたいてでも、おれはあの女をぜったいものにしてやり、あんなにはやばやと立ち去った席を堂々と取りもどしてやるんだと。

芝居が終わるまえに、マルグリットと彼女の友だちは桟敷席を立ちました。釣られるように、ぼくも席を立ってしまいました。

「帰るのか？」と、エルネストはぼくに言いました。

「そう」

「なんで？」

このとき彼は、例の桟敷席にだれもいないことに気づいて、

「さあ、さっさと行けよ！　幸運を祈るよ！　というか、さっきよりうまくやれよな」と言いました。

ぼくは外に出ました。

階段にドレスの衣擦《きぬず》れの音とひとの声がするのがきこえたので、ぼくは気づかれないように脇に退いて、ふたりの女性とそのエスコートをしているふたりの若い男性が通りすぎるのを見ていました。

劇場の柱廊玄関のしたにいる彼女たちのところに、ひとりの少年の従者が現れました。

「御者にカフェ・アングレ[6]のまえで待っているように伝えてね」と、マルグリットが言いました。「あたしたち、そこまで歩いて行くから」

数分後、ぼくは大通りをうろつきながら、そのレストランの、大きな個室の窓辺にいるマルグリットを見ていました。彼女はバルコニーにからだをもたせかけ、花束の椿の葉を一枚いちまい摘みとっていました。

二人の男のうちのひとりが彼女の肩に身をかがめ、小声で話しかけていました。

ぼくはメゾン・ドール[7]に行って二階のサロン席に腰を落ち着け、その窓から目を離しませんでした。

夜中の一時、マルグリットは三人の連れといっしょに馬車に乗りこみました。

ぼくは辻《つじ》馬車を拾って、あとをつけました。

馬車はアンタン街九番地でとまりました。

マルグリットが馬車から降りて、ひとりで家にはいっていきました。

ひとりだったのはたぶん偶然だったんでしょうが、この偶然がぼくをひどく喜ばせたのです。

その日以来、ぼくは芝居小屋やシャンゼリゼなどでよくマルグリットを見かけましたが、彼女がいつも楽しそうにしているのに、ぼくのほうはいつでも不安な気持ちでいたことに変わりはありませんでした。

そのうち彼女の姿を見かけないまま二週間が過ぎました。たまたまガストンといっしょになったので、彼女の消息をたずねてみると、

「かわいそうに、あの女、病気がひどいんだよ」と、彼は答えました。

「どこが悪いんだ？」

「肺病でね。しかも彼女、病気が治るような生活をしていなかったものだから、いまじゃ寝たっきりさ。もうじき死んでしまうんじゃないかな」

人間のこころというのは不思議なもので、彼女が病気だと聞いて、ぼくはむしろ嬉《うれ》しくなったんですよ。

そこでぼくは、毎日彼女の容態をたずねに行くことにしたのですが、名前を書くことも、名刺を残していくこともしませんでした。でも、そういうことをつづけていたので、彼女が快方にむかい、バニェールに湯治に出かけたことも知っていたのです。

それから時が流れ、マルグリットの想い出は別にしても、彼女の印象はぼくのこころからすこしずつ消えていきました。ぼくは旅に出ましたし、いろんな関係、習慣、仕事などもできたので、それが彼女への思いに取って代わったのです。そうなってあの最初の恋のことを考えてみても、ごく若いころに経験するけれど、しばらくすると笑い話になってしまう程度の情熱のひとつぐらいにしか思えないようになっていたのでした。

もっとも、ぼくが彼女の想い出を消してしまったところで、なんの手柄になるわけでもありません。なにしろぼくは、彼女が出発してからその姿をまったく見かけなくなっていたのですし、さっきもお話ししたように、ヴァリエテ座の廊下でそばを通っても、彼女だと気づかなかったくらいなんですから。なるほど彼女はヴェールをしていました。でも、二年まえだったら、たとえヴェールをしていても、彼女だと気づくのにわざわざ見にいく必要などなかったでしょう。すぐ見抜いていたにちがいないのです。

にもかかわらず、それが彼女だと知ったとき、ぼくの心臓の鼓動が激しくなったのです。彼女に会わないまま過ぎ去った二年の歳月も、その別離がもたらすように思われた結果も、ただ彼女のドレスにちょっとふれただけで、いずれも煙となってあっさり消え失《う》せてしまったのでした。

---

1 一八〇七年にモンマルトル大通り七番地に造られた劇場。
2 もともと美術品や絵画を扱った高級店だが、当時のブランド物モード衣裳《いしょう》も販売した。
3 折り畳み式幌《ほろ》の小型四輪馬車、四人乗り。
4 一七八三年ボワエルディユー広場に創設された劇場。イタリア人俳優が演じたが前出オペラ座とはライバル関係にあった。

5　アルフォンス・カール（一八〇八―一八九〇年）はフランスのジャーナリスト、作家。とりわけ『菩提《ぼだい》樹《じゅ》の下で』は一九世紀の一大ベストセラーとなった。

6　イタリア人大通り一三番地にあった流行の最先端をいくカフェ・レストラン。バルザックやフロベールの小説にも出てくる。

7　当時流行の最先端にあったカフェ・レストランで、イタリア人大通りと前出ラフィット街の角にあり、恋人を口説くための個室などもあった。

第八章

それでも――と、アルマンはすこし間を置いてからつづけた――じぶんがまだ恋しているのだと理解しながらも、ぼくは以前より強くなったと感じていましたし、マルグリットに再会したいという願望にはまた、じぶんが相手よりも上手《うわて》になったことを見せつけてやろうという気持ちもあったのです。

人間のこころというのは、じぶんが望むところに到達するのに、じつにいろんな方策やら理屈やらを考えだすものなんですね！

ところで、ぼくとしてもそのままずっと廊下にいるわけにいかないので、一階のじぶんの席にもどり、場内をざっと一瞥《いちべつ》して、彼女がどの桟敷席にいるのか見てみました。

彼女は一階の前桟敷に、ひとりきりでいました。さっきもお話ししたように、彼女はすっかり変わってしまい、唇にはもうあの冷淡そうな微笑も見られません。ずいぶん苦しんできて、いまも苦しんでいるからなのでしょう。

彼女はもう四月になっているというのに、まだ冬のような装いで、全身ビロードずくめでした。

ぼくにあんまりしつこく見られるので、彼女の視線がぼくの視線に引きよせられてしまいました。

彼女はしばらくぼくをじっと見つめ、もっとよく見ようとオペラグラスを取りだし、はっきりと名前こそわからないものの、たぶんぼくに見覚えがあると思ったのでしょう。というのも、彼女はオペラグラスを置くと、てっきりぼくから挨拶《あいさつ》があるものと期待する風情で、その挨拶に応《こた》える微笑、つまり女性特有のあの魅力的な挨拶を唇に漂わせたからです。しかしぼくは、彼女にたいして優位に立ち、そっちが思いだしてもこっちのほうは忘れているぞと思わせるように、それには応えませんでした。

彼女は人違いだったと思って、顔をそらしました。

開演になりました。

ぼくは劇場で何度もマルグリットの姿を見かけていますが、上演されている芝居に彼女がすこしでも注意をはらうのを見たことがありません。

ぼくのほうも芝居にはさして関心はなく、ひたすら彼女のことばかり気にかけていました。といっても、彼女にはそうと悟られないように、ありとあらゆる努力をしていたのですが。

そうこうしているうちに、彼女がじぶんの向かいの桟敷席《さじき》にいる人物と目配せし合っているのが見えました。ぼくが目をその桟敷に移すと、そこにかなり親しい女性がいることに気づいたのです。

この女性はむかしは商売女だったのですが、劇団に入ろうとしてうまくいかず、パリのおしゃれ女たちとの関係を当てこんで商売に手を染めて、婦人帽子店をやっていました。

ぼくは彼女ならマルグリットとのあいだを取りもつ手蔓《てづる》になってくれると考え、彼女がぼくのほうに目を向けた瞬間をとらえて、手振りと目配せで挨拶したのです。

予想は的中し、彼女はじぶんの桟敷にぼくを呼びました。

プリュダンス・デュヴェルノワ。これがその婦人帽子屋の言い得て妙な名前[1]なんですが、このプリュダンスはよくあるあの四十代の太った女のひとりで、こっちが知りたいことを言わせるには、たいした手練手管もいりません。ことにぼくの場合のように、それが簡単なことであればなおさらです。

ぼくは彼女がまたマルグリットと合図を交わし合っている瞬間をとらえて、こう言いました。

「あんた、そんなふうにだれのことを見ているの？」

「マルグリット・ゴーティエよ」

「彼女を知っているの？」

「そうよ。あたしは帽子屋で、彼女、あたしのお隣さんなんだもん」

「じゃあ、あんたはアンタン街に住んでいるの？」

「七番地よ。彼女の化粧室の窓が、あたしの化粧室の窓と向かい合っているの」

「彼女、魅力的な女だって評判だね」

「あんた、彼女と知り合いじゃないの？」

「そう。でも、知り合いになってみたいものだな」

「この桟敷にいらっしゃいと言ってほしい？」

「いや、それよりぼくをちゃんと彼女に紹介してよ」

「彼女の家でってこと？」

「そう」

「そりゃずっと難しいわ」

「どうして？」

「だって、彼女、とっても焼き餅《もち》焼きの老いぼれ公爵に保護されてんだもん」

「保護、とはまた絶妙な言葉だね」

「そう、保護よ」と、彼女は言葉をついで、「あのかわいそうな爺《じい》さん、彼女の愛人になって、ずんぶんと困っているんじゃないかしら」

そこでプリュダンスは、マルグリットがバニェールでどのようにその公爵と知り合ったか物語ってくれたのです。

「それでか」とぼくは言葉をつぎ、「彼女がひとりでここにいるのは？」

「そういうわけ」

「でも、だれが彼女を送っていくの？」

「爺さん」

「じゃあ、いまに彼が彼女を迎えにくるってわけ？」

「もうちょっとしたらね」

「じゃあ、あんたはだれが送っていくの？」

「だれも」

「ぼくが送ろう」

「でも、あんた、お友だちといっしょなんでしょ」

「じゃあ、ふたりで送っていこう」

「あんたのお友だちって、どんなひと？」

「じつに気が利く魅力的な奴でね。あんたと知り合いになれたら、きっと喜ぶだろう」

「じゃ、これで決まりね。この出し物が終わったら、三人で出ましょうよ。だってあたし、おしまいのほうは知っているんだもん」

「いいね。友だちにそう知らせておこう」

「じゃあね」

そこでぼくが外に出ようとしていると、「ああ！」とプリュダンスがぼくに言いました。「ほら、公爵がマルグリットの桟敷に入っていくわよ」

ぼくはそっちのほうを見ました。

じっさい、七十歳ぐらいの老人が、その若い女のうしろにすわったところでした。老人がボンボンの袋をわたすと、彼女はにっこりしながらボンボンをつまみだし、それから袋を桟敷のまえに置いて、「これ欲しくない？」というような合図をプリュダンスにしました。

「欲しくない」と、プリュダンスが答えたようです。

マルグリットはまた袋を取り、うしろを振りかえって公爵とおしゃべりをはじめました。

こんな細かいことばかりくだくだお話しするのは子供じみているようですが、なにしろあの女性に関することはなんでも、いまもぼくのこころに生き生きと残っているものですから、どうしても思いだしてしまうんですよ。

ぼくは取り決めたばかりのふたりの予定をガストンに知らせに降りていきました。

彼は承知してくれました。

ぼくらはじぶんたちの席を立って、デュヴェルノワ夫人の桟敷に上がっていきました。

ぼくらが一階席の扉を開けたとたん、出ていくマルグリットと公爵に道をゆずるために立ちどまらねばなりませんでした。

ぼくはその好々爺《こうこうや》の立場に取って代われるものなら、十年だって命を縮めてもかまわないと思いました。

大通りに出ると、彼はじぶんで御する無蓋《むがい》の四輪馬車《ファエトン》[2]に彼女を乗せました。それからふたりは、二頭の見事な馬に運ばれてさっと姿を消してしまいました。

ぼくらはプリュダンスの桟敷に入りました。

出し物が終わると、ぼくらはしたに降り、辻《つじ》馬車を拾ってアンタン街七番地に行きました。家の門口に着くと、プリュダンスはちょっと家に寄っていかないかと誘いました。ぼくらは知らなかったのですが、彼女がたいそう自慢にしている店を見てもらいたかったらしいのです。ぼくがどんなにいそいそと承諾したか、それは言うまでもないことでしょう。

ぼくにはじぶんがだんだんマルグリットに近づいていくように思われました。そこで間もなく、話題を彼女のことに持っていったのです。

「ところで、あの老公爵、お隣にきているんだろうね？」と、ぼくはプリュダンスに言いました。

「そうじゃないわ。きっと彼女ひとりきりよ」

「それじゃ彼女、これからひどく暇をもてあますね」ガストンが口をはさみました。

「あたしら、ほとんど毎晩のように、いっしょに過ごしているのよ。そうでない場合には、彼女がもどってくるとあたしを呼ぶの。彼女、二時まえにはぜったい寝ないんだから。それよりはやくは眠れないんだって」

「どうして？」

「だって胸の病気で、たいていいつも熱があるからよ」

「彼女には愛人がいないの？」と、ぼくがたずねました。

「あたしが出かけるとき、だれかがいるのを見たことはないわ。でも、あたしが出かけているときに、だれもこないってことまでは請け合えないわね。彼女の家で、あたしよく晩にN伯爵というのを見かけるわ。この伯爵、十一時に訪問し、彼女に好きなだけ宝石を贈ることで、言い寄っているつもりなんだけど、彼女のほうは顔を見るのも嫌だっていうの。どうかしているわ。だってこの若い伯爵、たいへんなお金持ちなんだから。そこで、あたしときどきこう言ってやるの。『ねえ、あんた、あんな男こそあんたに必要なんだよ！』ってね。そうすると彼女、ふだんはあたしの言うことをけっこう聞いてくれるのに、ぷいとそっぽを向いて、あの男あんまり間抜けだからって答えるんだわ。そりゃ、あの男が間抜けだってことぐらい、あたしだって認めるわよ。でも、いくら間抜けだって、ちゃんとした後ろ盾になってくれるかもしれないじゃないの。あの年寄りの公爵のほうときたら、いつ死ぬかわかりゃしないでしょう。老人なんて身勝手なものだし、家族もマルグリットに情をかけすぎるって文句たらたらなのよ。このふたつの理由から、彼女はびた一文残してもらえないっていうことになりそうなわけ。あたしがそんなふうにお説教してやると、彼女、公爵が死んだときに伯爵に乗り替えても遅くないって答えるんだから。まあ、彼女みたいに暮らすというのも」とプリュダンスはなおも言葉をつづけて、「そりゃあ、いつもいつも楽しいことばかりじゃないわよ。あたしにはよくわかっているの。これがあたしだったら、そんなの性に合わないから、あんな爺さまなんかさっさと放り出してやるんだけどねえ。そうなの、あの爺さまときたら、面白くもなんともないひとでね、彼女のことをわたしの娘だなんて呼んじゃって、まるで子供の面倒を見るみたいに世話を焼きたがり、いつも監視しているんだから。いまだってきっと、あのひとの召使いがこの街路をうろついて、だれが出ていくのか、そしてとくに、だれが入っていくのか見張っているわよ」

「ああ、マルグリットもかわいそうな女なんだな！」ガストンはピアノに向かって、ワルツを弾きながら言うのです。「そんなこと、おれ知らなかったな。だけど、このところの彼女、どうりであんまり浮かない様子だと思っていたぜ」

「しっ！」プリュダンスが耳を澄ませながら言いました。

ガストンはピアノを弾くのをやめました。

「彼女、あたしのこと呼んでいるんだと思うわ」

ぼくらは耳を傾けました。

たしかに、プリュダンスを呼ぶ声がしているのです。

「さあ、あんたたち、もう帰ってちょうだい」と、デュヴェルノワ夫人がぼくらに言いました。

「へえー、これがあんた流のお持てなしってわけか」と、ガストンは笑って言いました。「ぼくらは、帰りたくなったら帰るさ」

「いったいどうして、ぼくらが帰らなくちゃならないの？」

「あたしがマルグリットのところに行くからよ」

「ぼくらはここで待っているよ」

「そりゃ困るわ」

「じゃあ、あんたといっしょに行こう」

「そりゃもっと困るわ」

「このおれはマルグリットを知っているんだぜ」ガストンが言いました。「挨拶《あいさつ》ぐらいしに行ったっていいじゃないか」

「だけど、アルマンは知らないでしょう」

「おれがこいつを紹介してやるさ」

「そりゃだめよ」

またプリュダンスを呼ぶマルグリットの声が聞こえました。

プリュダンスが化粧室に駆けつけたので、ぼくはガストンといっしょにあとを追っかけました。彼女が窓を開けました。

ぼくらは外から見えないように姿を隠しました。

「もう十分もまえから、あなたを呼んでいるのよ」と、マルグリットは窓から、ほとんど有無を言わせない口調で言いました。

「あたしになんの用があるの？」

「すぐにきてもらいたいのよ」

「どうして？」

「N伯爵がまだいるからよ。あたし、死ぬほど退屈しているの」

「あたし、いまは無理だわ」

「どうして？」

「うちにも若い男がふたりきていて、帰りたがらないのよ」

「出ていってと言えばいいじゃないの」

「言ったわよ」

「じゃあ、そのままほっておきなさいよ。あなたがいなくなれば、そのひとたちだって帰るわよ」

「そのかわり家中めちゃくちゃにされるわ！」

「そのひとたち、いったいなにがしたいっていうの？」

「あんたに会いたいんだって」

「なんていう方なの？」

「ひとりはあんたも知っているひとで、ガストン・Rさん」

「ああ、知ってる。で、もうひとりは？」

「アルマン・デュヴァルさん。あんた知らないでしょう？」

「知らないわ。でも、いっしょに連れてきなさいよ。あたし、だれだって伯爵よりいいわ。待っているから、とにかくはやくきて」

マルグリットが窓を閉め、プリュダンスもそうしました。

マルグリットは以前、一瞬だけぼくの顔を思いだしたことがありましたが、名前は覚えていなかったのです。ぼくとしては、じぶんに都合の悪い想い出よりも、そんなふうにすっかり忘れてもらっていたほうがかえってよかったわけです。

「彼女、ぼくらに会えて嬉《うれ》しがるだろうって、おれにはわかっていたんだ」ガストンが言いました。

「べつにそれほど嬉しかないだろうけどね」とプリュダンスはショールと帽子を身に着けながら答えて、「とにかく彼女、伯爵を追っ払うために、あたしたちを招いてくれるのよ。だから、伯爵よりも愛想よくしてね。さもないと、あたしマルグリットをよく知っているからわかるんだけど、彼女きっとあたしに口をきかなくなってしまうんだからね」

ぼくらはしたに降りるプリュダンスのあとについていきました。

ぼくは身震いしていました。この訪問が今後のぼくの人生に大きな影響をあたえるように思われたからです。

あなたもごぞんじの家の戸口に達すると、ぼくの心臓の動悸《どうき》が激しくなって、もうなにも考えられなくなってしまいました。

ピアノの音がぼくらのところまで聞こえていました。

小間使いというよりは付き添いの婦人といった感じの女性がやってきて、戸を開いてくれました。

ぼくらは客間に、そして客間から居間に通されましたが、その居間はあのころも、あなたがご覧になったとおりのものでした。

ひとりの若い男が暖炉にからだをもたせかけていました。

マルグリットはピアノのまえにすわって、鍵盤《けんばん》に指を走らせていましたが、なにかの小品を弾きはじめてはそのたびに途中でやめていました。

座は白けきっているようでした。それは男がじぶんの無能に困りはて、女がその陰気な人物の訪問にほとほとうんざりしたためでした。

プリュダンスの声にマルグリットは立ちあがり、デュヴェルノワ夫人に感謝の目配せをしてから、ぼくらのほうにきてこう言いました。

「お入りになって、みなさん。まあようこそ、お出《い》でくださいました」

1　プリュダンスは「慎重、賢明」を意味する普通名詞でもあるが、この小説できわどい狂言回しを演ずる

2　その性格・行動と著しい対照をなすのでこのように書かれている。
折り畳み式幌《ほろ》のある四輪馬車、二人もしくは四人乗り。

第九章

「こんばんは、ガストンさん」マルグリットはぼくの連れに言いました。「お目にかかれて嬉しいわ。でもあなた、どうしてヴァリエテ座のあたしの桟敷《さじき》にいらっしゃらなかったの？」

「ちょっと無遠慮じゃないかと思って」

「お友だち同士では」マルグリットはこんなふうに親しげに迎えたからといって、ガストンはただの友だちでしかなかったのだし、いまもそうなのだと、その場に居合わせた者たちに理解させたいとでもいうように、わざと「友だち」という言葉に力をこめて言ったのです。「お友だち同士では、無遠慮ということはけっしてないものなのよ」

「それならさっそく、このアルマン・デュヴァル君を紹介させてもらおう！」

「そのことならもう、プリュダンスにいいわよと言ってあるわ」

「ちなみに」そのときぼくは一礼し、ようやくなんとか聴きとれるような声を出して言いました。「ぼくは以前にも紹介していただいたことがあるのです」

マルグリットの魅力的な目は記憶をたどっていたようでしたが、なにも思いださなかったか、あるいは思いだせないような表情でした。

「でも」と、そこでぼくはつづけて、こう言ったのです。「あの最初の紹介のことをお忘れくださって、ぼくとしてはありがたいと思います。というのも、あのときのぼくはひどく滑稽《こっけい》で、さぞかし厭《いや》な奴だと見えたにちがいないからです。あれは二年まえ、ぼくはオペラ・コミック座で、エルネスト・……といっしょでした」

「ああ！　思いだしたわ」マルグリットはにっこりして言葉をつぎました。「あれはあなたが滑稽だったんじゃないのよ。あたしのほうが意地悪だったの。いまでもちょっとそうだけど、でもいまはあれほど意地悪じゃないのよ。あたしを許してくださる？」

そして彼女が手を差しだしたので、ぼくはその手に口づけしました。

「そうなの」彼女はふたたび言いました。「あたしには初めてお会いする方を困らせてやりたいっていう、悪い癖があるのよ。ほんとに馬鹿みたいでしょう。お医者さんは、それはあたしが神経質で、いつも苦しんでいるからだっておっしゃっているわ。

あたしのお医者さんの言葉を信じてあげてくださいね」

「でも、お見受けしたところ、とてもお元気そうですね」

「ああ、あたし、ひどい病気だったのよ」

「知っています」

「だれがそう言ったの？」

「みんなが知っていましたよ。だからぼくはよく、こちらにお加減をうかがいにきていました。それで快方に向かわれたことを知って、嬉しく思っていたのです」

「でもあたし、あなたのお名刺は一度もいただかなかったけど」

「ぼくが残していかなかったからです」

「もしかして、毎日あたしの病状をたずねにきたのに、けっして名前を言いたがらなかったあの若い男の方って、あなたのことでしたの？」

「ええ、それはぼくです」

「じゃあ、あなたって寛大なばかりか、まったく私心のない方なのね。ねえ、伯爵、あなただったら、そんなにまでしてくださらないわよね」彼女は女性がある人間についてじぶんの意見を言うときに念を押すようにしてみせる、あの眼差《まなざ》しのひとつをぼくに投げかけてから、伯爵のほうを振り向いてそう付けくわえたのでした。

「ぼくがあなたと知り合ったのは、たった二か月まえですよ」と、伯爵は言いかえしました。

「でも、この方があたしと知り合ったのは五分まえよ。あなたっていつも、とんちんかんな返事ばかりするのね」

まことに女性というのは、好きでない男性にはなんとも情け容赦ないものなんですね。

伯爵は赤くなって、唇を嚙《か》みしめました。

ぼくは伯爵が気の毒になりました。というのも、彼もぼくと同じように恋しているらしいのに、マルグリットのあけすけで厳しい物言いに、さぞかし辛《つら》い思いをしたにちがいないからです。それも、見ず知らずのふたりの人間がいる場なんですから。そこでぼくは話題を変えるために、

「ぼくらがはいってきたとき、音楽を弾いていらっしゃいましたね？」と言ったのです。「ぼくらを古くからの知り合いだと思われて、おつづけになったらいかがでしょうか？」

「まあ！」彼女はソファに身を投げだし、ぼくらにもそこにすわるように勧める仕種《しぐさ》をしながら言いました。「あたしの音楽がどんなものか、ガストンはよく知っているわ。あれは伯爵とふたりだけのときはよくても、みなさんには、あたし、あんな拷問を耐え忍んでいただきたくないの」

「ぼくにはそのようなえこ贔屓《ひいき》をしてくださるわけですか」と、伯爵は微笑をうかべ、その微笑に洗練された皮肉をこめようとしながら言いかえしました。

「それをあたしに非難されるのもどうかしらね。えこ贔屓するといっても、あなたにはそれぐらいのことしかしてあげられないのに」

こうまで言われると、この気の毒な青年がぐうの音も出ないに決まっています。彼はその若い女性に心底懇願するような眼差しを向けました。

「ねえ、プリュダンス」彼女は言葉をつづけて、「あなた、あたしがお願いしていたことをやってくれたわよね？」

「やっておいたわ」

「よかった。あとで話してちょうだいね。あたしたちいろいろ相談もあるから、あたしに話さないうちに帰っちゃだめよ」

「どうやらぼくらも無遠慮だったようです」と、そこでぼくは言いました。「ぼくら、というか、ぼくは最初の折りのことを忘れていただくために、こうして再度紹介していただいたのですから、これで失礼させていただきます」

「とんでもない。あれはあなたがたに言ったんじゃないの。それどころかあたし、あなたがたにはもっといてほしいのよ」

伯爵はすこぶる洒落《しゃれ》た時計を取りだして時刻を見て、

「クラブに行かなきゃならない時間だ」と言いました。

マルグリットは一言も返事しません。

そこで伯爵は暖炉から離れ、彼女のほうにやってきて、

「さようなら、マダム」

マルグリットは立ちあがり、

「さようなら、伯爵さん、もうお帰り？」

「はい。あなたを退屈させるのが厭ですから」

「でもきょうは、いつもほど退屈だったわけじゃないわよ。今度はいつお目にかかれて？」

「お許しがあるときに」

「それじゃ、さようなら！」

それはそれは残酷なものです。あなたもそう思われるでしょう？

さいわい伯爵はじつに育ちがよく、すばらしい性格の持ち主でした。彼はマルグリットがかなり投げやりに差しだす手に口づけしただけで、ぼくらに挨拶《あいさつ》してから出ていきました。

戸口を越えようとする瞬間、彼はプリュダンスのほうをじっと見ました。

プリュダンスは、「どうしろって言うの？　あたしだってできることはみんなやっ

たのよ」とでも言いたげな様子で、肩をすくめました。

「ナニーヌ」マルグリットが叫びました。「伯爵さまに明かりを差しあげて」

ぼくらにはドアが開いて、また閉じる音が聞こえました。

「ああ、やれやれ！」ふたたび姿を現したマルグリットは大声で言いました。「やっといなくなったわ。あの坊や、ひどくあたしの神経にさわるのよね」

「ねえ、あんた」と、プリュダンスが言いました。「あんたほんとに意地悪がすぎるわよ。あんなにやさしく、思いやりのあるひとなのにねえ。ほら、暖炉のうえに贈り物の時計だってあるじゃないの。あれはきっと、三千フランはくだらないものだわ」

そしてデュヴェルノワ夫人は暖炉に近づき、いま話題にしたその宝物の時計をいじくりまわしながら、さも羨《うらや》ましそうに見つめました。

「ねえ、プリュダンス」マルグリットはピアノに向かってすわりながら言いました。「あのひとがくれるものと言うことを秤《はかり》にかけてみると、あたしはずいぶん安く、あの坊やのお相手をしてやっていると思うわよ」

「あの坊ちゃん、あんたに惚《ほ》れてんのよ」

「あたしに惚れているひとの話を全部聞かなきゃならないとなったら、晩ご飯を食べる時間だってなくなってしまうじゃないの」

それから彼女はピアノのうえに指を走らせてから、ふたたびぼくらのほうを向いて言いました。

「みなさん、なにか欲しくない？　あたし、ちょっとポンチを飲もうかしら」

「あたしのほうは、ちょっと鶏肉でも食べるわ」とプリュダンスが言いました。「ねえ、ここいらでお夜食といかない？」

「そうだ。どこかに夜食を喰《く》いに行こうぜ」と、ガストンが言いました。

「いいえ、あたしたち、ここでお夜食をいただきましょうよ」

マルグリットが呼び鈴を鳴らすと、ナニーヌが姿を見せました。

「なにかお夜食を買いにやらせて」

「なにがよろしいのでしょうか？」

「なんでもいいわ。でも早くしてよ、早くね」

ナニーヌが出ていきました。

「そうよ」マルグリットはまるで子供のように飛び跳ねながら言いました。「あたしたち、お夜食にするのよ。あの伯爵のお馬鹿さんには、ほとほとうんざりさせられるんだもの！」

見れば見るほど、その女性はぼくを魅了します。うっとりするほど美しいのです。彼女が痩《や》せていることさえも魅力になるのでした。

ぼくはすっかり見とれていました。

このときのぼくの心中になにが生じていたのか、ほとんど説明できません。ぼくは彼女の人生にたいする寛大さと彼女の美しさにたいする感嘆でいっぱいでした。彼女のためなら破産も辞さない覚悟の若く、優雅で、裕福な男を撥《は》ねつけてみせることで示したあの恬淡《てんたん》とした態度を見れば、彼女の過去の罪もすっかり許されていいのだとさえ思えました。

この女性にはどこか天真爛漫《てんしんらんまん》なところがあったのです。

彼女がまだ悪習に染まっていないことは外からもよくわかりました。彼女の自信にみちた歩き方、ほっそりした体つき、薔薇色《ばらいろ》の開いた鼻孔、うっすらと青くふちどられた大きな目が、周囲に悦楽の香りを振りまく、あの情熱的な本性を物語っていました。それはちょうど、いくら締めきっておいても、なかに閉じこめている液体の香りを漏らしてしまう、あの東洋の香水瓶のようなものなのです。

そして、これは本性なのか、病気のせいなのか、この女性の目にはときどき欲望の稲妻が走り、その欲望の発露は彼女が愛する男には天啓とも思われたことでしょう。でも、マルグリットを愛した男は数え切れないのに、彼女が愛した男はまだいなかったのです。

要するに、この娘はちょっとしたはずみで高級娼婦《しょうふ》になった処女と、ちょっとしたはずみで愛情豊かで清らかな処女になってしまうような高級娼婦といったように、ふたつの顔をもっているようでした。さらにマルグリットには自尊心と独立心とがありました。このふたつの感情が傷つけられると、羞恥心《しゅうちしん》が演ずる役割まで果たすことができるのです。ぼくは口もきけず、魂がそっくりこころに移り、こころがそっくり目に移ったようでした。

「すると」彼女はふたたび口を開きました。「あたしが病気だったとき容態をたずねにいらしたのは、あなただったのね？」

「はい」

「それって、とっても素敵なことだわ！　あたし、そのお礼になにができるかしら？」

「ときどき、お目にかかりに伺うのを許してくださることです」

「いいわ、いくらでも。五時から六時までと、夜の一一時から一二時までのあいだにね。ねえ、ガストン、あたしに[1]『舞踏への勧誘』を弾いてくれない？」

「なんで？」

「まず、あたしを喜ばせるため。それからあたし、ひとりではどうしても弾けないから」

「どこが弾きづらいのかな？」

「第三部のシャープがあるところ」

ガストンが立ちあがってピアノに向かい、楽譜が譜面台に広げられているヴェーバーの、あの素晴らしいメロディーを弾きはじめました。

マルグリットはピアノに片手をかけて譜面を見ながら、音符を一つひとつ目で追い、小声で合わせていましたが、ガストンが彼女の告げた問題のところに達すると、彼女はピアノの背のところに指を走らせながら口ずさみました。

「レ、ミ、レ、ド、レ、ファ、ミ、レ。ここんところなのよ、あたしができないのは。もう一回やってみて」

ガストンがもう一度弾くと、マルグリットは彼にこう言いました。

「今度はあたしにやらせて」

彼女はすわって、みずから弾きましたが、指が言うことをきいてくれず、やはりさきほど言ったところで間違ってしまうのでした。

「信じられない」と、彼女は本当の子供のような抑揚をつけて言いました。「ここんところがどうしても弾けないなんて！　ときどきあたし、朝の二時までここを練習しているのよ！　ところが、あの伯爵のお馬鹿さんときたら、譜面なしにでも、そりゃ見事に弾いてしまうのよ。だから、あたし癪《しゃく》にさわってしょうがないんだと思うわ」

そしてもう一度やってみましたが、結果は同じでした。

「ヴェーバーも、楽譜も、ピアノも、とっとと消えてなくなればいいのよ！」彼女は部屋の向こう側に譜面を投げつけながら言いました。「なんでこのあたしが、八つつづけてシャープを弾けないのよ？」

それから彼女はぼくらのほうを見ながら腕を組み、地団駄をふみました。

彼女の頬に血がのぼり、軽い咳《せき》が出て、唇が半開きになりました。

「まあ、まあ」と、帽子を脱ぎ、鏡のまえで真ん中分けにした髪の艶出《つやだ》しをしていたプリュダンスが言いました。「そんなに怒ると、またからだを悪くするわよ。さあ、お夜食にしましょう。そのほうがずっといいわ。あたし、お腹がぺこぺこで死にそうよ」

マルグリットはふたたび呼び鈴を鳴らしてから、またピアノに向かい、小声で卑猥《ひわい》な歌を歌いはじめましたが、その伴奏にはすこしも難渋しないのでした。

ガストンもその歌を知っていたので、ふたりは一種のデュエットみたいなことをはじめました。

「そんな汚らわしい歌はやめてくださいよ」ぼくは親しげに、そして哀願するような口調でマルグリットに言いました。

「ああ、あなたって純情なのね」彼女は微笑み、手を差しのべながらぼくに言いました。

「これはぼくのためじゃなく、あなたのためなんです」

マルグリットは、ああ、純情さなんて、このあたしはとっくにおさらばしてしまったわよ、というような身振りをしました。

そのときナニーヌが現れました。

「お夜食の用意はできて？」と、マルグリットがたずねました。

「はい、奥さま、もうすこしで」

「ところで」プリュダンスがぼくに言いました。「あんたまだ、この家見ていないでしょう。いらっしゃいよ。あたしが案内してあげるから」

あなたもごぞんじでしょうが、客間は驚嘆に値するものでした。

マルグリットはちょっとだけぼくらについてきましたが、やがてガストンを呼んで、夜食の用意ができたかどうか見るために、いっしょに食堂に行きました。

「あら」プリュダンスは飾り棚のうえを見て、そこからマイセンの人形を取りあげながら、食堂のほうに向けて大声で言いました。「あんたがこんなに可愛い人形をもっていたなんて、あたし知らなかったわ」

「どの人形？」

「小鳥が一羽入っている籠《かご》をもった羊飼いの少年よ」

「よかったら、取っておいて」

「ああ！　でもあたし、なんだか無理矢理もらうみたいで悪いわ」

「それ小間使いにでもあげようかと思っていたの。あんまりひどいものだから。でも、あなたの気に入るんだったら、取っておいて」

プリュダンスには贈り物は見えても、贈り物のされ方のほうは見ない女だったのです。彼女はその人形を脇にのけて、ぼくを化粧室に連れて行きました。そして対になっている細密画を示してこう言いました。

「あれはG伯爵よ。マルグリットに首ったけだったひと。彼女を世間に出したのはこのひとなの。あんた伯爵を知っている？」

「いや。で、こっちは？」ぼくはもうひとつの細密画を指さしてたずねました。

「L子爵。このひと都落ちしなくちゃならなかったの」

「どうして」

「破産寸前だったからよ。これもマルグリットに首ったけだったひとだわね」

「で、彼女のほうもきっと、ずいぶん愛していたんだろう？」

「ところが、あれは変な娘《こ》なの。なにを考えているんだか、さっぱりわかりゃしない。子爵が都落ちしたその晩、彼女いつものように芝居に行っていたのよ。別れるときはさんざん泣いていたくせにねえ」

そのときナニーヌが現れて、夜食の用意ができましたと告げました。

ぼくらが食堂に入ったとき、マルグリットは壁にからだをもたせかけ、ガストンがその手を取って小声で話しかけていました。

「あなたってどうかしているわ」と、マルグリットが答えていました。「あたしがあなたに関心がないのはわかっているでしょう。あたしみたいな女にはね、知り合って二年もしてから、恋人にしてくれだなんて頼まないものなの。あたしたちはすぐに身を任せるか、ぜったいに身を任せないか、そのどっちかしかないのよ。じゃあ、みなさん、テーブルにどうぞ」

それからマルグリットはガストンの手を逃れて、彼をじぶんの右側に、そしてぼくを左側にすわらせてから、ナニーヌにこう言いつけました。

「すわるまえに台所に行って、だれか呼び鈴をならすひとがいても、開けないように言うのよ」

なにしろ、こんな言いつけが午前一時になされるんですからねえ。

この夜食ではみんながよく笑い、飲み、食べました。やがて、この陽気な騒ぎが落ちるところまで落ちてしまい、一部の人びとは面白がっても、それを発するひとの口を汚してしまうような言葉がときどき飛びかうようになりました。しかもその言葉にナニーヌやプリュダンスやマルグリットが大喝采《かっさい》するのです。ガストンは思いきり楽しんでいました。彼は人情味あふれる男ですが、幼いころの習慣で精神的にすこしだらしないところがあったのです。ぼくも一瞬、酔いに任せ、気持ちも考えも目のまえの光景にはなるべく無頓着《むとんちゃく》になって、料理の一部のようなこの陽気な騒ぎに一枚加わってみたいと思いました。しかし、ぼくは徐々にこの騒ぎから孤立していき、グラスもいっぱいに注がれたままでした。そして、この美しい二十歳の娘が酒をがぶがぶ飲み、野卑な担ぎ人夫みたいな口を利き、話が破廉恥になればなるほどゲラゲラ笑いこけるのを見ていると、ほとんど悲しくなってくるのでした。

とはいえ、その同じ陽気さやその話しぶりと飲みっぷりも、他の会食者の場合は放《ほう》蕩《とう》、習慣、あるいは活力の結果に見えるのに、マルグリットの場合には、病気の熱や神経の苛立《いらだ》ちを忘れる欲求からきているように思われるのでした。彼女がシャンパンを一杯飲み干すたびに、頬は熱っぽく赤みをおび、夜食のはじめは軽かった咳もやがてかなり激しくなって、咳をするたびに椅子の背に頭をのけぞらせ、両手で胸を押さえねばならなくなってきました。

毎日こんな不摂生を重ねていたら、このひ弱なからだはどうなってしまうんだろうか、ぼくはそう思ってこころを痛めていました。

とうとう、ぼくが予感し、恐れていたことが起きてしまいました。夜食の終わり近くになって、マルグリットはぼくがきて以来何度もしていた咳よりずっと強い咳の発作におそわれたのです。胸が内部で引き裂かれてしまったようでした。このかわいそうな娘は真っ赤になり、苦しみのあまり目を閉じ、ナプキンを唇のほうにもっていきましたが、そのナプキンは一滴の血で赤く染まっていました。そこで彼女は立ちあがり、化粧室に駆けこんだのです。

「いったいどうしたの、マルグリットは？」とガストンがたずねると、

「笑いすぎて、血を吐いてしまったのよ」と、プリュダンスが答えました。「なんでもないわ。彼女にはしょっちゅうあることなんだから。いまにもどってくるわよ。ちょっとひとりきりにしてあげて。そのほうが彼女にだっていいんだから」

ぼくのほうはと言えば、もう我慢できなくなり、呼びもどそうとするプリュダンスやナニーヌの驚きを尻目《しりめ》に、マルグリットのところにすっ飛んでいったのです。

1　ドイツの作曲家カルル・マリア・フォン・ヴェーバー（一七八六—一八二六年）のピアノ曲（一八一九）。

第十章

彼女が逃げこんだ部屋は、テーブルに置かれた一本の蠟燭《ろうそく》に照らされているだけでした。大きなソファにひっくり返り、ドレスをはだけた彼女は、片方の手で胸を押さ

え、もう片方の手をだらりと垂らしていました。テーブルのうえには銀色の洗面器があって、半分だけ水をたたえていましたが、その水は血の筋がもつれて大理石のような模様を描いていました。

マルグリットはひどく蒼《あお》ざめ、口を半開きして息をしようと努めていました。ときどき深く長い息をして胸を大きくふくらませますが、その息を吐くと辛《つら》さがいくらか和らぐらしく、ほんの数秒だけ楽になるようでした。

ぼくは彼女に近づきましたが、彼女のほうは身動きひとつしません。ぼくはすわって、ソファに投げだされたほうの手をとりました。

「ああ、あなたなの？」彼女はにっこりして言いました。

ぼくもきっと動転した顔をしていたにちがいありません。というのも、彼女がこう付けくわえたからです。

「あなたもやっぱり具合が悪いの？」

「いいえ。でも、あなたはまだ苦しいんですか？」

「ほんのちょっとだけ」と彼女は言って、咳《せき》のせいで目元にうかんだ涙をハンケチでぬぐいました。「いまじゃあたし、すっかり慣れっこになっているの」

「ねえ、これでは死んでしまいますよ」と、そこでぼくは震えるような声で言ったのです。「できることなら、ぼくがあなたの友だちか身内にでもなって、こんなふうにじぶんを痛めつけられるのを、なんとかお止めしたいものです」

「ああ、ほんとうにそんな心配はなさらないで」と、彼女は応じました。「ねえ、あなた、他の人たちがあたしのことを気にしているとでも言うの？　この病気には手の施しようがないってことが、よくわかっているのよ」

そう言って彼女は立ちあがり、蠟燭を取って暖炉のうえに置いてから、鏡に顔を映して、

「なんて蒼い顔をしているの！」と言いながら、ドレスを整え、乱れた髪を指で梳《す》きました。「まあ、しょうがない！　テーブルにもどりましょう。いらっしゃる？」

でもぼくは、すわったままじっとしていたのです。

彼女にはきっと、ぼくがこの騒ぎに動揺しているのがわかったのでしょう。というのも、ぼくに近づき、手を差しだしながらこう言ったのですから。

「さあ、いらっしゃいよ」

ぼくは彼女の手を取って唇にもっていきましたが、思わず、ずっと堪えていた涙でその手を濡《ぬ》らしてしまいました。

「あらあら、あなたって子供みたい」と言って、彼女はぼくのそばにすわりなおして、「泣いたりなんかして！　どうしたの？」

「きっと馬鹿みたいに見えるでしょうね。でも、いま見てしまったことが、ぼくには

ひどく辛かったもので」

「あなたっていいひとなのね！　でも、どうしろっていうの？　あたしは眠れないから、ちょっとは気晴らしをしなきゃならないのよ。それに、あたしみたいな女なんか、世の中にひとりぐらいいてもいなくても、べつにどうってこともないでしょう？　お医者さんたちは、あたしが吐く血は気管支炎のせいだって言っているわ。あたし信じるふりをしているけど、お医者さんたちにはそうでもしてあげるほかないじゃないの」

「ねえ、マルグリット」と、ぼくはそこで、あふれる胸の思いを抑えきれずに言ったのです。「あなたがぼくの人生にどんな影響を及ぼすことになるかわかりません。でも、ぼくにわかっているのは、いまのぼくにとって、あなたほど大切なひとはひとりもいない、あなたはじつの妹より大切なんだということなんです。あなたを初めて見たときからそうでした。だから、お願いです。どうか、からだを大事にしてください。いまみたいな生活はやめてください」

「からだなんか大事にしていたら、あたし死んでしまうわよ。あたしのこころの支えになっているのは、熱に浮かされたようなこんな生活なの。それに、からだを大事にしなさいなんて、家族も友だちもいる社交界の奥さんたちにたいして言うことよ。でも、あたしたちのような女は、男たちの虚栄心や快楽の役に立たなくなったら最後、それっきり捨てられてしまうのよ。そのあとにつづくのは退屈な長い夜と長い昼だけ。あたしにはよくわかっているの。あたし二か月病気で寝ていたでしょう。すると三週間もしたら、もうだれひとり会いに来なくなったんですから」

「ぼくなんか大した男でもありませんが」と、ぼくはふたたび言いました。「よろしければ、このぼくが、じつの兄のようにあなたのお世話をさせていただきます。けっしてあなたから目を離すようなことはありません。そして、あなたを治して見せますよ。そのとき、あなたが体力を快復されたそのときになって、もしそうしたいのなら、いまのような生活をもう一度されてもいいじゃないですか。でも、ぼくは確信しています、あなたは静かな生活のほうが好きになられると。そのほうがあなたをずっと幸せにするし、美しさだって保てるんですよ」

「今晩そうおっしゃるのは、あなたが泣き上戸だからよ。でもね、いまいくら粋がっても、そんな忍耐なんて長続きするわけがないわ」

「マルグリット、失礼ながら言わせてください。あなたは二か月病気でした。そしてその二か月のあいだ、ぼくは毎日あなたの容態を伺いにきたんですよ」

「そうだったわね。でも、どうして家に上がってくれなかったの？」

「あの当時は面識がなかったからです」

「あたしみたいな女に遠慮するひとなんているのかしら？」

「ひとはいつも女性に遠慮するものです。すくなくとも、ぼくはそう考えています」

「ではそんなふうに、あたしの面倒を見てくださるってわけ？」

「そうです」

「毎日あたしのそばにいてくださるの？」

「そうです」

「夜も？」

「あなたの迷惑にならないかぎり、いつだって」

「それって、いったいどういう気持ちからなの？」

「献身です」

「その献身はどこからくるの？」

「あなたにたいしておぼえる、やむにやまれぬ同情からです」

「それはつまり、あたしに恋しているってこと？　それならそうと、さっさと言いなさい。そのほうがずっと話がはやいわ」

「そうかもしれません。でも、もしそう言わねばならないとしても、それは今日ではありません」

「でもそんなこと、けっしておっしゃらないほうがいいわよ」

「どうしてですか？」

「その告白からはふたつの結論しか出てこないから」

「どんな結論ですか？」

「ひとつめは、もしあたしがあなたの言うことを聞かなかったら、あなたがあたしを恨むことになる。ふたつめは、もしあたしが聞いたら、そのときにはあなたは惨めな恋人をもつことになる。神経質で、病気で、惨めな女、あるいは明るく振る舞ってみせても、じつはその明るさのほうが逆に悲しみよりも惨めな女、血を吐きながら一年に十万フランも使ってしまう女。そんな女は公爵みたいな裕福な老人にはよくても、あなたのような若い男には厄介なものよ。その証拠に、あたしが恋人にした若い男たちはみんな、すぐにあたしから離れていったもの」

ぼくはなにも答えず、ただ聞いていました。ほとんど懺悔《ざんげ》とも言えるそのような率直さ、覆っている黄金のヴェールのしたに垣間見える痛ましい生活。その痛ましい生活の現実を忘れようとして放蕩《ほうとう》、酔態、不眠を繰りかえすかわいそうな女。それらすべてのことに打ちのめされるあまり、ぼくはたった一言も言葉を見つけられなかったのです。

「あらまあ」と、マルグリットはつづけました。「あたしたち、なんだか子供みたいなことばかり言っているわね。さあ、あたしに手をかして。そして食堂にもどりましょうよ。あのひとたち、あたしたちがいなくなったのはどうしてだろうって思っているわよ」

「そのほうがいいのなら、どうかもどってください。でも、ぼくがここに残ることをお許しください」

「どうして？」

「あなたが無理に明るくされるのを見るのが、ぼくには辛《つら》すぎるからです」

「じゃあ、あたし悲しそうにするわ」

「ねえ、マルグリット、ひとつだけ言わせてください。これはきっとあなたがよく耳にされたにちがいないし、聞き飽きておられるので信じられないことでしょうが、それでも本当のことです。ぼくも二度と口にするつもりがないことなのです」

「なあに？」と彼女は言って、若い母親がじぶんの子供が馬鹿げたことを言うのを聞いてやるときのような微笑をうかべました。

「それは、あなたとお会いしてからというもの、なぜか、またどのようにしてなのかわかりませんが、あなたがぼくの人生に入りこんでしまったということです。あなたの面影を頭から追い払おうとしても、その面影がいつも立ちかえってくるのです。お目にかかることなく二年間も過ぎてしまいましたが、きょう再会してみると、あなたがぼくのこころにも精神にも以前よりさらに大きな影響力を及ぼすのです。そして、このようにお邪魔し、知り合いになり、あなたのなかにある奇特なことをすべて知ったいまとなってはぼくにとってあなたは、なくてはならない存在になったということです。あなたがぼくを愛していない場合はもちろん、ぼくが好きなようにあなたを愛してはいけない場合でも、ぼくは気が狂ってしまうことでしょう」

「でも、あなたってずいぶん不幸なひとね。むかしD夫人が言っていたことを言わせていただくわよ。じゃあ、あなたはずいぶんとお金持ちでいらっしゃいますことね！ だけど、あなたは知らないのよ、あたしが月に六千か七千フランも使っていること、そしてその出費があたしの暮らしに必要になってしまっていることを。かわいそうなひと、あなたは知らないのよ、あたしがまたたく間にあなたを破産させてしまうこと、家族があなたを禁治産者にして、あたしみたいな女と暮らすとどういうことになるか思い知らせることを。だから、よい友だちとしてあたしを好いてくれてもいいけど、それ以外のことはやめにしてね。あなたがあたしに会いに来て、あたしたちいっしょに笑い、おしゃべりするのよ。でも、あたしの値打ちを買いかぶらないで。あたしなんか大した値打ちもない女なんですから。あなたは優しいこころをもち、愛されたいと思っている。でもね、あたしたちの世界で生きるには、あなたは若すぎるし、繊細すぎるの。どこかの奥さまでも相手になさい。ほらね、あたしって根がお人好《ひとよ》しだから、ついつい正直になんでも言ってしまうのよ」

「あらまあ！ あんたたち、そこでなにやってんのよ？」と、プリュダンスが叫びました。ぼくらは彼女がやってきて、部屋の戸口にいることに気づかなかったのです。彼女の髪は乱れ、ドレスははだけていました。それはきっとガストンの仕業だろうとぼくは思いました。

「真面目な話をしているのよ」マルグリットは言いました。「ちょっとこのままにしておいて。すぐそっちに行くから」

「わかったわ、ゆっくり話していなさいよ、あんたたち」と言って、プリュダンスは立ちさり、ドアをぱたんと閉めましたが、その閉め方はいま発した言葉の口調をより強調するといったふうのものでした。

「じゃあ、いいわね」ぼくらがふたりきりになったときにマルグリットは言葉をつぎました。「あたしを愛するのはもうやめにするのよ」

「それでは、ぼくはこれで帰ります」

「あなたそこまで、あたしのことを？」

ぼくはあまり先に突っこみすぎて、いまさらあとには引けなかったのです。それにこの娘のおかげで、ぼくもすっかり気が動転していました。でも、明るさや惨めさ、天真爛漫《てんしんらんまん》さや娼婦《しょうふ》的な魔性がこんなふうに混ざり合っていること、病気のせいで感受性が鋭くなっていることや過敏な神経を研ぎ澄ましていることなどを考え合わせて、こう理解したのです。このような忘れっぽく軽薄な性格の女には、最初からがつんとやっておかないと、あとからではけっしてものにできないだろうと。

「おやまあ、じゃあ、そんなに真剣なの、あなたのおっしゃることは！」と、彼女が言いました。

「とても真剣です」

「でも、どうしてもっと早くそうおっしゃらなかったの？」

「いつこのぼくに言えましたか？」

「オペラ・コミック座で紹介された日の翌日よ」

「もしその日に会いに行ったら、ひどくそっけない扱いをうけただろうと思いますよ」

「どうして？」

「その前日のぼくが間抜けだったからです」

「そりゃ、そうね。それでも、あの時期にもう、あなた、あたしを愛していたわけ？」

「そうです」

「そのくせ芝居がはねると、寝に帰ってゆっくりお休みになったんでしょう。あたしたちはねえ、大恋愛といっても、だいたいそんな程度だってわかっているのよ」

「それは違います。オペラ・コミック座の晩、ぼくがなにをしたかご存じですか？」

「いいえ」

「カフェ・アングレの戸口で待っていたんですよ。ぼくはあなたと三人の友だちを乗せて帰る馬車のあとをつけたのです。そしてあなたがひとりきりで馬車を降り、家に帰って行かれたのを見てずいぶん幸福な気分だったのです」

マルグリットは笑いだしました。

「なにが可笑《おか》しいんですか？」

「べつに」

「どうか、言ってください。そうでないと、ぼくはまたあなたに笑いものにされたと思ってしまいますよ」

「怒らない？」

「怒る権利なんてぼくにはないですよ」

「じゃあ言うけど、あたしにはひとりで帰らねばならない理由があったのよ」

「どういう理由ですか？」

「ここにひとを待たせていたからなの」

ナイフで刺されたとしても、これほどの痛みは感じなかったでしょう。そこでぼくは立ちあがって手を差しだし、

「さようなら」と言ったのです。

「きっと怒るにちがいないってわかっていたわ」と、彼女が言いました。「男のひとって、じぶんが苦しむにちがいないことをどうしても知りたがるのね」

「言っておきますが」ぼくは情熱も永久に冷めてしまったことを見せつけてやるといったような、冷淡な口調で付けくわえたのです。「ぼくはべつに怒ってなんかいませんよ。あなたを待っていたひとがいて当然なら、朝の三時にぼくが帰ったって当然じゃないですか」

「お宅でもだれかが待っているの？」

「いいえ。でも、ぼくは帰らなくては」

「じゃあ、さようなら」

「ぼくを追い出すんですね」

「とんでもない」

「じゃあ、どうしてぼくを苦しめるんですか？」

「どんなふうに、あたしがあなたを苦しめているというの？」

「ここにひとを待たせていたと言われるじゃないですか」

「あのとき、ちゃんとした理由があってひとりで帰ったあたしの姿を見て、あなたがそんなにも幸福だったのかって考えると、あたし、笑わずにはいられなかったの」

「ひとは子供じみたことを喜ぶことだってよくあるんです。それをそのままにしておいてやれば、もっと幸せな気分になることだってできるのに、わざわざその喜びを台無しにするなんて、意地が悪いじゃないですか」

「ねえ、あなた、あたしをだれだと思っているの？　あたしはうぶな娘でも公爵夫人でもないのよ。あなたとはきょう知り合いになったばかりで、そんなあなたに、じぶんのやることをあれこれ言われる筋合いはないわよ。かりにいつかあなたの恋人になるとしても、あたしにはあなた以外の愛人が何人もいることを知っておいてもらわなくちゃね。まだそうなってもいないのに、もう焼き餅《もち》なんか焼いてこんな愁嘆場を見せられるんじゃ、先が思いやられるわよ。もっとも、先があったとしての話だけど！　あたし、あなたみたいな男、見たこともないわ」

「それは、ぼくみたいにあなたを愛したことがある男が、ひとりもいなかったからです」

「あらまあ。じゃあ、正直に言って、あなた、あたしのことそんなに愛しているってわけ？」

「ひとが愛することができる、その限界のところまでだと思います」

「それっていつから？」

「三年まえ、あなたが馬車から降りて、シュスの店に入られるのを見たときからです」

「それ、とっても美しいお話だわ。では、そんな大きな愛に感謝するために、あたしとしてはどうすればいいのかしら？」

「ちょっとだけぼくを愛してください」と、ぼくはほとんどものが言えないくらい心臓をドキドキさせながら言ったのです。というのも、この会話のあいだずっと、半ばからかうように微笑してはいたものの、マルグリットがぼくのこころのときめきを共有しはじめたのを見て、待ちに待った時がいよいよ近づいてくるように思われたからです。

「でも、あの公爵がねえ……」

「どの公爵ですか？」

「あの焼き餅焼きのお爺《じい》さんのこと」

「彼にはなにもわかりませんよ」

「でも、知れたら？」

「きっとあなたを許してくれるでしょう」

「あら、とんでもない！　きっとあたしを捨ててしまうわよ。そうなったら、このあたしはどうなるの？」

「捨てられる危険なら、もう別のひとのために冒しているじゃないですか」

「あなた、どうしてそんなことがわかるの？」

「今夜はだれも通さないよう、さっき言いつけておられたじゃないですか」

「それもそうね。でも、あれは誠実なお友だちなの」

「誠実だけど、どっちでもいいようなお友だちなんでしょう。だって、あんな時間に門前払いをくらわせるんですから」

「そんなこと、あなたにとやかく言われる筋合いはないわ。だって、あれはあなたがた、あなたとお友だちをおもてなしするためだったんですもの」

ぼくはすこしずつマルグリットに近づき、両手を彼女の腰にまわしていたのですが、そのほっそりしたからだの重みが、組み合わせた両手にふんわり感じられました。

「ぼくがどれだけ愛しているか、あなたにわかってもらえたらなあ！」ぼくはごくちいさな声で囁《ささや》きました。

「ほんとうにそうなの？」

「誓います」

「いいわ。じゃあ、もしあなたが黙って、文句も言わず、なにも尋ねず、あたしに好きなことをさせてくれると約束するなら、もしかしてあたし、あなたを愛してあげるかもしれない」

「なんだって、おっしゃるとおりにします！」

「でも、あらかじめ言っておくわ。あたしはね、じぶんがいいと思うことならなんでも自由にやりたいの。しかし、じぶんの生活についてはどんなに細かいことでも話さないわよ。じつはあたし、ずっとまえから、我を張らず、なにも疑わずにあたしを愛し、権利なんてことを口にせずに、黙ってあたしに愛されているような、若い恋人をさがしていたの。でも、そんな恋人は見つからなかったわ。男というのは、一回でも叶《かな》えられたら本望だという望みが、その後ずっと叶えられても満足せず、じぶんの恋人の現在、過去、それに未来のことまであれこれ説明を求めるんだから。恋人に慣れるに従ってつけあがり、欲しいと思うものをもらえばもらうほど、ますます要求が多くなるんだから。だからね、あたしがいま新しい恋人をもつと決めても、その恋人にはほんとうに稀《まれ》な三つの長所を兼ね備えてもらいたいの。あたしを信頼し、あたしに従順で、そして口が堅いひとになって欲しいのよ」

「いいですよ。ぼくはなんだって、あなたの望みどおりの人間になってみせます」

「いまにわかるわ」

「いつわかるんですか？」

「いずれ、あとになって」

「どうしてですか？」

「だって」と、マルグリットはぼくの腕から逃れながら、その朝届けられた赤い椿の大きな花束から一輪の花を抜きとると、ぼくのボタン穴に差しいれながら言ったのです。「条約ってものは、署名されるその日に実行されるものとは決まっていないのよ」

考えてみれば、それもよく理解できる話です。

「では、いつ会ってもらえるんですか？」ぼくは彼女の腰をぐいと抱きしめながら言いました。

「この椿の色が変わるとき」

「いつ椿の色が変わるんですか？」

「明日よ。夜の十一時から十二時のあいだにね。これでご満足？」

「言うまでもありません」

「これは内緒よ。あなたのお友だちにも、プリュダンスにも、だれにだってよ」

「約束します」

「じゃあ、あたしにキスして。そして食堂にもどりましょう」

彼女がぼくに唇を差しだし、もう一度じぶんの髪を梳《と》かしてから、ふたりはその部屋を出たのです。彼女は鼻歌を歌いながら、ぼくのほうは半狂乱になりながら。

彼女は広間に入ろうとして立ちどまり、ごくちいさい声でこう言いました。

「変に思うでしょう、あたしがこんなにすぐ、あなたの言いなりになるのを。どうしてだかわかる？」

「それはねえ」彼女はぼくの手を取り、じぶんの胸に押しつけて、言葉をつづけました。ぼくには彼女の心臓が激しく速く鼓動を打っているのが感じられました。「それはねえ、あたしが他の人たちより長く生きられないから、太く短く生きようって決めたからなの」

「どうか、もうそんなことを言わないでください」

「ああ、でも安心して」彼女は笑いながら言いました。「いくら生きる時間が短いといっても、あなたがあたしを愛してくれる時間より、もっと長く生きるわよ」

それから彼女は鼻歌を歌いながら食堂に入りました。

「ナニーヌはどこに行ったの？」と、彼女はガストンとプリュダンスがふたりきりでいるのを見て言いました。

「あんたが寝るまで部屋で眠っているんだって」と、プリュダンスが答えました。

「なんて子なの！　ひどい目に遭わせてやるから！　では、みなさん、お引き取りください。もうお時間ですから」

十分後、ガストンとぼくが家を出ようとしていると、マルグリットがぼくの手を握ってさようならを言い、プリュダンスだけをあとに残しました。

「ところで」と、ぼくらが外に出るとガストンがたずねました。「マルグリットはどうだった？」

「天使だよ。ぼくはもう首ったけさ」

「そうじゃないかって思っていたんだ。で、きみはそう彼女に言ったのかい？」

「うん」

「で、彼女はきみの言葉を信じるって約束したかい？」

「いや」

「プリュダンスみたいなわけにはいかないわけか」

「彼女のほうは約束したのか？」

「それどころの騒ぎじゃないよ、きみ！　だれも信じちゃくれないだろうけど、あれはまだまだいけるぜ、あのふとっちょのデュヴェルノワというのは！」

第十二章

話がここまできたとき、アルマンは間を置き、

「窓を閉めてもらえないですか？」と私に言った。「ぼくはなんだか寒気がしてきました。そのあいだだけ、横にならせていただきます」

私は窓を閉めた。まだかなり衰弱しているアルマンは、部屋着を脱ぐとベッドに臥《ふ》

せり、長く走って疲れたか、辛《つら》い想い出に興奮した人間のように、しばらく頭を枕に沈めていた。

「きっと話しすぎたんでしょう」と、私は彼に言った。「わたしはもう失礼しますから、あなたはゆっくりお休みになったほうがよろしいんじゃないですか？　この話の結末は別の日にでも聞かせてください」

「この話は退屈ですか？」

「とんでもない」

「じゃあ、つづけます。ひとりきりにされても、ぼくはきっと眠れないでしょうから」

さて、家にもどっても——と、彼は話をつづけた。どんな細部もありありと頭に残っているので、思いをめぐらす必要などなかったのだった——ぼくは寝ようともせずに、その日一日の冒険のことをじっくり考えてみました。マルグリットとの再会、紹介、ぼくにたいする約束、それらすべてがあっという間に予想外のかたちで起こったので、ときどき夢でも見ているのではないかと思ったほどです。とはいえ、マルグリットのような女が、求められたその日に身を任す約束をするのも、べつに初めてのことではなかったにちがいありません。

そういうふうにいくら思いかえしても、なにしろ未来の恋人がぼくにあたえた第一印象がじつに強烈だったため、その印象がいつまでも残っているのでした。ぼくはあくまでマルグリットを他の娼婦《しょうふ》とはちがうのだと考えるばかりか、あらゆる男に共通に見られる自惚《うぬぼ》れによって、じぶんが彼女にどうしようもなく惹《ひ》きつけられるのと同じように、向こうもぼくに惹かれているのだと信じたい気になってくるのでした。

とはいえ、それとはまるっきり反対の事例を昨晩ぼく自身も目の当たりにしていたのですし、またマルグリットの愛が季節によって値段の変わる商品のようなものだという噂も耳に入っていたのです。

しかし他方、その噂と彼女の家でぼくらが見たあの若い伯爵にたいする徹底した拒絶との辻褄《つじつま》をどう合わせたらよいのでしょうか？　あなたならこうおっしゃるかもしれません。それは伯爵が彼女に好かれていないからにほかならず、公爵にたっぷり面倒をみてもらっている彼女としては、どうせべつの恋人をもつなら、じぶんの気に入る男のほうがよいにきまっているのだと。それでは、どうして彼女は魅力的で、機知に富み、裕福なガストンを嫌い、初対面のときにあんなにも滑稽《こっけい》だったぼくのほうを好いているように見えたのでしょうか？

たしかに、一年もかけて口説くより、たった一分で偶発事が重なったほうが案外うまくいく場合もあるんですね。

あの夜食に居合わせた者のうち、テーブルを離れるマルグリットを見て心配したのはぼくだけでした。ぼくはあとを追い、こころの動揺を隠しきれずに、彼女の手を取って泣きました。そんな状況が、二か月病気だった彼女を毎日見舞いに行ったことと相俟《あいま》って、彼女がぼくのことをそれまで知っていた男たちとはちがうと考えてくれたのかもしれません。また、もしかすると、あんなふうになされた愛の告白にたいしては、これまで何度もしてきたのと同じことをしてやっても、どうせ大した話にはなるまいと高を括《くく》っていたのかもしれません。

おわかりのように、こうした推測はいずれもそれなりに本当らしく思われるものでした。ただ理由はともかく、確かなことがひとつだけあって、それは彼女がぼくの言うことを聞いてくれたという事実です。

さて、ぼくはマルグリットに恋し、いよいよ彼女をじぶんのものにしようとしているところですから、これ以上はなにも求めるものなどないはずでした。にもかかわらず、しつこいようですが、たとえマルグリットが商売女でも、そんな彼女を高嶺《たかね》の花だと思ってじぶんの恋を美化していたからなのでしょうか、もうこれ以上のものを希望する必要さえなくなる瞬間が近づくにつれ、かえってぼくの疑いは深くなっていくのでした。

ぼくはその夜まんじりともしませんでした。

じぶんでもわけがわからなくなり、なかば気が狂ったようでした。あるときは、あのような女をものにするにはおれは美男でも裕福でも優雅でもないと思ってみたり、またあるときには、あのような女をものにできるのかと考えると、われながらすっかり自惚れてしまったりします。かと思うと、やがてマルグリットがぼくにはたかだか数日間浮気心を抱くだけではないのかと心配になり、たちまち別れてしまう羽目になる不幸をすでに感じ取り、いっそのこと今晩は彼女の家には行かずに、そんな危惧《きぐ》を伝える手紙を彼女に書き残して旅に出るほうがいいのではないかと思ったりもするのです。ところが、そんな心配をするうちに、今度は気持ちがいきなり限りない希望や果てしない信頼のほうに走っていき、信じられないような夢をあれこれ思い描いては、こうじぶんに言い聞かせてもいるのです。あの女を身体的にも精神的にも立ち直らせることができるのはこのおれだけなのだから、一生彼女と生活をともにしてやろう、彼女の愛はどんな処女の愛よりずっとおれを幸せにしてくれるにちがいないと。

　いずれにしても、ぼくのこころから頭に浮かびあがってきた様々な思いのすべてを伝えることはできませんが、その思いも、朝になってようやく訪れた眠りのなかに、すこしずつ消えていきました。

　ぼくが目覚めたときは午後の二時になっていました。素晴らしい陽気で、人生がこれほど美しく充実したものに思われたことはかつてありません。昨日の思い出のあれこれが、影も曇りもなく、その晩への期待に明るく包まれて蘇《よみがえ》ってくるのでした。ぼくは急いで着替えましたが、こころが浮き立ち、いまのじぶんにはどんな善行でもできそうな気分でした。ときどき胸のなかで、歓《よろこ》びと愛が入りまじって心臓が踊りだしそうになります。どこか甘美な熱情に揺さぶられたぼくには、寝るまえに気にしていたいろんなことももう不安の種ではなくなりました。ただ結果のことしか見えなくなり、ひたすらマルグリットに再会する時刻のことしか考えられなくなっていたのです。家のなかにじっとしていることなどとてもできません。ぼくの部屋はちいさすぎて、とうてい今の幸福を閉じこめておけそうになく、じぶんの気持ちを思いきりぶちまけるには、なんとしても自然がそっくり必要だったのです。

ぼくは表に出ました。

アンタン街を通りかかると、マルグリットの箱馬車《クーペ》が門口で彼女を待ちうけていました。ぼくはシャンゼリゼのほうに向かいましたが、まったく知らないのに、道で出会うひとたちみんなに愛情をおぼえてしまいました。

恋というものは、なんとひとを善良にするものでしょうか！

ぼくはシュヴォー・ド・マルリ[1]と円形広場のあいだを一時間ほど行ったり来たりしていましたが、やがて遠くのほうにマルグリットの馬車が見えました。はっきりと見えないのに、ぼくにはたしかにそうだとわかったのです。

シャンゼリゼの角をまわろうとするときになって、彼女が馬車を停めさせると、背が高く若い男性がそれまで談笑していた一団から離れ、マルグリットのほうにやってきてなにやら話していました。

ふたりはしばらく話しこんでいましたが、やがて若い男性は友人たちのいるところにもどり、彼らの馬がまた駆け出しました。すでにその一団に近づいていたぼくには、さきほどマルグリットに話しかけていたのがG伯爵、つまり昨夜その肖像画を見たときに、プリュダンスがマルグリットを世間に出したひとだと教えてくれた、まさにそのひとだとわかりました。

昨夜彼女が門前払いをくらわせたのがそのひとだったので、ぼくは、彼女が馬車を停めさせたのはその門前払いの理由を告げるためだったのかと思うと同時に、今夜もまた彼と面会できない口実を見つけてくれたことを祈りました。

その日の残りがどんなふうに過ぎ去ったのか、ぼくはおぼえていません。とにかく歩きまわり、タバコを吸い、ひとと話したにちがいありませんが、じぶんがなにを言い、だれと出会ったのか、その晩の十時には、なにひとつおぼえていなかったのです。

思いだせるのはただ、帰宅して、身繕いに三時間かけ、何度も何度も柱時計と懐中時計を見たのですが、残念なことに、どちらの時計もきちんと時間が合っていたということぐらいです。

十時半になり、いよいよ出かけるときだ、と思いました。

当時ぼくはプロヴァンス街[2]に住んでいました。モンブラン街に出て、ブルヴァールを横切り、ルイ・ル・グラン街、ポール・マオン街と進むと、アンタン街に出ました。

ぼくはマルグリットの家の窓を見上げました。

明かりが灯《とも》っていました。

ぼくは呼び鈴を鳴らしました。

門番にゴーティエさんはご在宅かとたずねました。

門番は、ゴーティエさんは十一時か、十一時十五分まえにはけっして帰宅されませんと答えました。

ぼくは時計を見ました。

じぶんではゆっくりと歩いたつもりだったのに、プロヴァンス街からマルグリットの家まで、たった五分できてしまっていたのでした。

そこでぼくは、店もなく、この時刻になるとひとけのなくなるその通りをぶらぶらしました。

三十分ほどして、マルグリットが到着しました。彼女は箱馬車から降りると、まるでだれかひとをさがすように、あたりを見まわしました。

馬車は並足で立ちさりました。厩舎《きゅうしゃ》と馬車置き場がこの家にはなかったからです。

マルグリットが呼び鈴を鳴らそうとしたとき、ぼくは近づいてこう言ったのです。

「こんばんは」

「ああ、あなたね？」彼女はぼくに会ってもさして嬉《うれ》しくないといった口調でした。

「今日訪問してもよいとおっしゃったんじゃないですか？」

「そうだわね。あたし忘れていた」

この言葉に、その日の朝の雑念も昼の期待もすっかりひっくり返される思いがしましたが、このようなやり方には慣れはじめていたので、以前のぼくならきっとすぐ帰ってしまったでしょうが、さすがに今度ばかりはそうはしませんでした。

ぼくらは家に入りました。

ナニーヌがまえもって戸を開けていました。

「プリュダンスはまだ帰っていないの？」

「いいえ、奥さま」

「じゃあ、もどったらすぐこちらにくるよう言ってきて。そのまえに、広間の明かりを消しておいてね。そしてもしだれかがきても、あたしは留守をしていて、今晩は帰宅しないと答えるのよ」

どうも彼女にはなにか気掛かりなことがあるばかりか、たぶんだれかうるさい男につきまとわれ、うんざりしているようでした。ぼくとしてはどういう顔をしていいのか、なにを言えばいいのかわかりません。マルグリットは寝室のほうに向かいましたが、ぼくはその場にとどまっていました。

「いらっしゃいよ」と、彼女はぼくに言いました。

彼女は帽子をとって、ビロードのマントを脱ぐと、ベッドのうえに放り投げ、夏の初めまでつけている暖炉のそばの、大きな肘掛《ひじか》け椅子に倒れこみ、時計の鎖を弄《もてあそ》びながらこう言いました。

「なにか新しい話でもあるの?」

「なにもありません。ただぼくが今晩伺ったのは拙《まず》かったようです」

「どうして?」

「だって、なにかお困りの様子だし、きっとぼくなどでは退屈でしょうから」

「そんなことないわ。ただ、あたしは病気で、一日中苦しかったの。眠れなかったので、ひどく頭痛がするのよ」

「あなたがベッドでひとり横になれるように、ぼくのほうは失礼したほうがいいんじゃないですか?」

「ああ、あなたはずっといていいのよ。あたし横になりたくなったら、かまわず横になるから」

そのとき、だれかが呼び鈴を鳴らしました。

「今頃いったいだれかしら？」と、マルグリットは苛々《いらいら》しながら言いました。

しばらくして、また呼び鈴が鳴りました。

「戸を開ける者がだれもいないの。あたしがじぶんで開けに行かなくちゃならないわ」

そしてじっさい、彼女は立ちあがってぼくに言いました。

「ここで待っていて」

彼女は家を横切り、入り口の戸が開く音がきこえました。ぼくは耳を澄ませました。

彼女が戸を開けてやった男は食堂で立ちどまりました。最初の二言か三言で、それが若いN伯爵の声だとわかりました。

「今晩のお体の具合はいかがですか？」と、彼はたずねました。

「良くないわ」と、マルグリットは素っ気のない返事です。

「ぼくがお邪魔ですか？」

「たぶんね」

「これはまた、なんという歓待なんですか！　ねえ、マルグリット、いったいこのぼくがなにをしたというんですか？」

「あなたは別になにもしていないわよ。あたしは病気なので、寝ていなくちゃならないの。だから帰っていただけると有り難いんだけど。あたし、晩に家にもどると、その五分後にかならずあなたの顔を見なきゃならないことに、もううんざりしているのよ。いったい、あなたはなにがお望みなの？　あたしが愛人になるってこと？　それなら、何度も言ったはずよ。あたしにはそんな気はないし、あなたの顔を見ると無性に苛々するから、どうか別口を当たってくださいってね。今日は同じことをもう一度言うわ。これが最後よ。あたしはあなたが嫌いなの、これでいいわね。ちょうどナニーヌがもどってきたから、灯りで照らしてもらうといいわ。さようなら」

そしてマルグリットは、それ以上は一言も付けくわえず、その青年がぶつぶつ言うことにも耳を貸さずに、さっさと寝室にもどって、バタンと荒々しく戸を閉めました。するとまもなく、その戸から今度はナニーヌが入ってきました。

「いいわね」マルグリットが彼女に言いました。「これから、あの間抜けにはきっとこう言うのよ。あたしがいないとか、あたしが会いたくないとかってね。あたしはもうほとほと厭《いや》になってきたわ。いつも同じことを求めにやってきて、金さえ払えば文句はないだろうって顔をするひとたちに会うのは。あたしたちのような恥ずかしい商売をはじめようとする女も、じっさいこれがどんなものか知ったら、きっと小間使いにでもなったほうがましだと思うでしょうよ。いや、そうじゃない。あたしたちはいろんなドレスで着飾り、馬車を乗りまわし、ダイヤモンドを身に着ける、そんな見栄に引きずられているんだわ。こんな身売り稼業でもそれなりの真心があってやるものだから、みんなひとの言うことをついつい真に受けてしまう。そうしているうちに、すこしずつじぶんのこころ、からだ、美しさをなくしていく。それなのに、世間からは猛獣のように恐れられ、ひとでなしみたいに蔑《さげす》まれる。いつも与えるより取るもののほうが多い男たちに取りかこまれながら、結局ひとを破滅させ、じぶん自身も破滅させたあと、いつか犬のようにくたばってしまうんだわ」

「まあまあ、奥さま、落ち着いてください」と、ナニーヌが言いました。「今晩は気が立っておられます」

「このドレスが窮屈なのよ」マルグリットは胴着のホックを乱暴にはずしながら言葉をつぎました。「ガウンをちょうだい。ところで、プリュダンスはどうしたの？」

「まだもどっておられません。でも、お帰り次第こちらにいらっしゃるそうです」

「あのひとだってやっぱりそうだわ」マルグリットはドレスを脱ぎ、白いガウンをはおりながら言いつづけました。「あのひとだって、やっぱりそうなんだから。じぶんの用があるときはうまいこと取り入ってくるくせに、あたしの頼んだことを喜んでやってくれたためしがない。今晩あたしがあの返事を待っているのを、そしてその返事を是非とも聞きたいとこんなに気をもんでいるのを知っていながら、あたしのことなんかなにも心配せず、ぜったいどっかをほっつき歩いているにきまっているんだから」

「きっとだれかに引き留められておられるんでしょう」

「あたしにポンチでもつくるよう言ってきて」

「またおからだにさわりますよ」と、ナニーヌが言いました。

「そのほうがかえっていいのよ。それから、果物とパテか鶏の手羽か、なんでもいいから、なにかを早くもってこさせて。あたし、おなかがぺこぺこなのよ」

こんな光景に出くわしたぼくがどんな気分だったか言うも愚かです。あなたにもご推測いただけるでしょう。

「あなたもお夜食に付き合って」と、彼女はぼくに言いました。「でも、とりあえず本でも読んでいて。あたしちょっと化粧室に行ってくるから」

彼女は大燭台《しょくだい》の蠟燭《ろうそく》を灯《とも》し、ベッドの足元の扉を開いて姿を消しました。

ぼくのほうは、その女性の人生についてあれこれ思いをめぐらしましたが、彼女をかわいそうにと哀れむ気持ちから、恋心がいや増すばかりでした。

ぼくが物思いにふけりながら、その寝室のなかを大股《おおまた》で歩きまわっていると、プリュダンスが入ってきて、

「おや、あんたここにいたの？」と、ぼくに言いました。「マルグリットはどこ？」

「化粧室だよ」

「じゃ、あたし待っていようっと。ところであんた、彼女あんたのこと素敵だと思っ

ているのを知っていた？」

「いや」

「ちっとはそう仄《ほの》めかさなかった？」

「ぜんぜん」

「じゃあ、なんでここにいるのよ？」

「ちょっと挨拶《あいさつ》にきたんだ」

「真夜中の零時に？」

「べつに構わないだろう？」

「うそつき！」

「ぼくはとってもひどい待遇をうけたんだよ」

「じきにその待遇がよくなるわよ」

「そうかな？」

「あたし彼女にいい知らせをもってきたんだもの」

「悪くはないね。で、彼女あんたにぼくのことを話したんだって？」

「昨晩、というか今日の夜だわね。あんたがお友だちといっしょに帰ったとき……ところで、あんたのお友だち元気？　ガストン・Rって言ったわよね、あのひと？」

「そうだよ」と、ぼくは言いましたが、ガストンがしてくれた打ち明け話を思いだし、プリュダンスが彼の名前さえほとんど覚えていないのを知ると、心ならずも微笑を禁じえませんでした。

「いいひとね、あの男。ところであのひと、なにをやっているの？」

「あいつには二万五千フランも年金が入るんだぜ」

「あら、それ本当なの！　で、話をあんたのことにもどすと、マルグリットがね、あんたのことをあたしにいろいろたずねたんだわ。あんたがどういう人間で、なにをやっていて、いままでどんな恋人がいたか、要するにあんたぐらいの年齢の男について知りたいことを全部、あたしにきくのよ。あたしはじぶんの知っていることを一切合切話してあげてから、あんたが素敵な男だって付けくわえておいたわよ。まあ、そんなとこね」

「それはどうもありがとう。ところで、昨晩彼女にどんな用事を頼まれたの？」

「用事なんてなにもなかったのよ。彼女がああ言ったのは、伯爵を追っ払うためだったんだわ。でも、きょうは頼まれたことがあるの。あたしはその返事をいまもってきたってわけ」

このとき、マルグリットが業界の言い方で「薔薇結《シュー》び」と呼ばれる、黄色いリボンの房で飾ったナイトキャップを艶《あで》やかにかぶって、化粧室から出てきました。

それはそれは、うっとりするほどの姿でした。

彼女は繻子《しゅす》のスリッパを素足に引っかけ、爪の手入れの仕上げをしているところでした。

「あら」と、彼女はプリュダンスを見て言いました。「公爵に会ってくれた？」

「もちろんよ！」

「で、どうだった？」

「あれをくれたわ」

「いくら？」

「六千」

「いまもっている？」

「うん」

「厭そうな顔をしていた？」

「ちっとも」

「かわいそうなひとね！」

マルグリットはこの「かわいそうなひとね！」という言葉をなんとも言いようのない独特の口調で発してから、千フラン札六枚をうけとって、

「やっと間に合ったわ」と言い、「ねえ、プリュダンス、あなたお金が必要？」

「そうなのよ、あんた、明後日《あさって》は一五日でしょう。三百か、四百フラン貸してもらえ

ると、とっても助かるんだけど」

「明日《あした》の朝、だれか寄こして。両替するにはもう遅すぎるわ」

「忘れないでよ」

「心配しないで。いっしょにお夜食を食べていく？」

「無理だわ。シャルルが家で待っているのよ」

「じゃあ、あなたいまでも彼に首ったけなの？」

「そう、もうメロメロなの！　じゃ明日ね。さようなら、アルマン」

デュヴェルノワ夫人が出ていきました。

マルグリットは飾り棚を開いて、そのなかに紙幣を投げいれました。

「あたし、ちょっと横になってもいいかしら？」と、彼女はにっこり笑ってベッドに向かいながら言いました。

「いいどころか、むしろこっちからお願いしたいほどです」

彼女はベッドを覆っている厚手のレースを撥《は》ねのけて、横たわりました。

「さあ、あたしのそばにすわって。お話ししましょうよ」

なるほどプリュダンスの言ったとおりでした。彼女がもってきた返事でマルグリットの気分が明るくなっていたのです。

「さっきあたしが不機嫌だったのを許してね」と、彼女はぼくの手を取って言いました。

「なんだって許しますよ」

「あなた、あたしを愛してる？」

「気が狂うほど」

「あたしがこんなに性格が悪くても？」

「なんだってかまいやしません」

「そう誓うわね！」

「誓います」と、ぼくは小声で言いました。

そのときナニーヌが料理をもって入ってきました。鶏の冷肉、ボルドーのワイン一瓶、苺《いちご》、それに二人分の食器です。

「ポンチは作らせませんでした」と、ナニーヌが言いました。「ボルドーのワインのほうがずっとからだにいいですから。旦那《だんな》さま、そうでございましょう？」

「もちろんですよ」と、ぼくはマルグリットの最後の言葉にすっかり感動し、そんな彼女を熱い眼差《まなざ》しで見つめながら答えました。

「もう、いいわ」彼女が言いました。「それをみんな、そのちいさなテーブルのうえに載せて、ベッドのところに近づけて。あとはじぶんたちで勝手にやるから。もう三日もこんな夜がつづいたんだから、あんたも眠りたいでしょう。行って休みなさいよ。

あたしはもうなにも用はないから」

「玄関の扉の鍵《かぎ》は二重に閉めておきましょうか？」

「そう、それがいいと思うわ！　それからとくに、明日の正午までだれも入れないように、よく言っておいてね」

1　当時シャンゼリゼの入口にあったクストゥ制作（一七四五年）の大理石の馬の像。今日ではこの馬の像はルーヴル美術館に所蔵されている。
2　前出ラフィット街と対になっていた通りでフォブール・モンマルトル街とローマ街を結んでいた。かつてバルザックやベルリオーズらも住んでいた。マルグリットが住んでいるアンタン街とは至近距離にある。

第十二章

朝の五時、カーテン越しに朝日が射しこみはじめたころ、マルグリットはこうぼくに言ったのです。「ねえ、追い出すみたいで悪いけど、どうしても出ていってもらわなくちゃならないの。公爵が毎朝やってくるのよ。きたら、まだ眠っていると答えさせるけど、きっとあたしが目覚めるまで待っているわ」

マルグリットの頭を両手にかかえると、乱れた髪がからだのまわりをさらさらと小川のように流れているのが見えました。そこでぼくは彼女にこう言いながら最後の接《せっ》吻《ぷん》をしました。

「今度はいつ会えるの？」

「ちょっと、あんた」と、彼女は言葉をついで、「暖炉のうえにある、あのちいさな金の鍵を取って、あの戸を開けてきてくれない。そして、その鍵をここにもってきてから帰って。あんたは昼のあいだに一通の手紙とあたしの指令をうけとるはず。だって、あんたはあたしの言うことはなんでも聞くことになっているんだから」

「そうだけど、さっそくひとつお願いしていいかな？」

「どういうこと？」

「あの鍵、ぼくがもっていていい？」

「そんなこと、あたしはだれにだってさせたことがないわ」

「でも、ぼくだったらいいだろう。だって、ぼくは他の者たちとはちがったふうに、きみを愛しているんだから」

「じゃあ、もっていて。でもあらかじめ言っておくけど、あたしの気持ちひとつで、その鍵がどんな役にも立たないようにすることだってできるのよ」

「どうして？」

「戸の内側に差し錠があるんだもの」

「意地悪なんだなあ！」

「差し錠を外すように言っておくわ」

「ということはつまり、ぼくをすこしは愛しているってわけ？」

「どうしてなのかわからないけど、どうやらそうらしいの。でも、いまは帰って。あたし眠くて眠くて倒れそうなの」

ふたりはしばらく抱き合っていましたが、やがてぼくは外に出ました。数時間後に人びとの喧《けん》騒《そう》におそわれるこの界隈《かいわい》にも、心地よい涼気が流れていました。

街路にはひとけがなく、大都会はまだ眠りこんでいました。

ぼくにはこの眠りこんだ町がじぶんのもののように思われました。これまでいろんな人たちの幸福を羨《うらや》んできたぼくですが、このとき記憶をたどってみましたが、じぶんよりも幸福なひとの名前はひとつとして思いうかびませんでした。

純潔な娘に愛され、愛というあの不可解な神秘を最初にその娘に知らせてやるのは、たしかに大きな至福にはちがいありません。しかしそれは世にも簡単なことです。いろんな男たちから言い寄られた習慣のないこころを奪いとることなど、警備のない無防備な町に入城するにひとしいものなのです。教育、義務感、家族などはきわめて強力な哨兵《しょうへい》だとしても、一六歳の娘を騙《だま》せないほど用心深い哨兵などいないものです。自然は愛する男の声を介して、あの愛の最初の衝動をその娘に教えずにはおかず、その衝動は純粋に見えれば見えるほど、ますます熱烈なものになっていきます。

若い娘は善良であればあるほど、そのぶんかえって容易に、恋人ではないにしろ、すくなくとも恋には身を任すものです。というのも、不信感をもたない若い娘は無防備だからで、そんな娘に愛されるなど二十五歳の青年なら、いつなんどきでも手に入れることができる勝利です。これがあまりにも明白な真実であることは、若い娘たちのまわりにどれほど監視と城塞《じょうさい》をめぐらされているかを見るだけでわかりますよ！しかしこの可愛い小鳥たちを籠《かご》のなかにじっと閉じこめておくほどには、修道院は充分に高い塀をもたず、尼さんたちは充分に頑丈な錠をもたず、宗教的な義務は充分に堅固なものではありません。しかもひとびとは、その籠になかに花を投げいれてやろうとさえしないんですからね。だから娘たちがじぶんたちに隠されているその世界を渇望し、この世界が心惹《こころひ》かれるものだと信じるのも当然だし、また柵《さく》越しに聞こえてきて、この世界の秘密を語ってくれる最初の声に耳を傾け、神秘のヴェールの裾《すそ》を最初に持ちあげてくれる手に感謝するのも当然なのです。

しかしこのような娘とちがって、玄人《くろうと》筋の女にじっさいに愛されるようになるのはじつに困難な勝利です。彼女たちにあっては、肉体が魂をすり減らし、官能が心を焼き尽くし、放蕩《ほうとう》が感情に鎧《よろい》をまとわせています。ひとからどんな言葉をかけられても、彼女たちにはなんら耳新しくなく、どんな手管をつかわれても驚きません。彼女たちが吹きこむ男の愛さえも、もとはと言えば彼女たちが売りつけたものなのです。彼女たちは稼業として愛しても、誘惑に負けて愛することはありません。生娘が母親や修道院によって守られている以上に、彼女たちは打算によって守られているからです。だからこそ、彼女たちはときどき休息、弁解、あるいは慰藉《いしゃ》のようにじぶんにあたえる駆け引きのない愛に、「気紛れ」という言葉を考えだしたのです。それは言ってみれば、数多《あまた》の個人からさんざん搾り取ったあげく、ある日飢え死にしそうなどこかの哀れな男に二十フランも貸し付けて、利息も取らなければ借用書も求めないことで、すべてを帳消しにしたと思いこむ高利貸しみたいなものなのです。

ところで、神様が遊女に恋することをお認めになると、最初こそ許しのように思えるその恋も、やがてはほとんどつねに当人にとって懲罰になります。悔悟なくして罪の赦免というものはありません。じぶんを責めてしかるべき過去を背負った女が、ある日突然、じぶんにはとうていできないと思っていたような、深く、心からの抗しがたい恋に捉《とら》えられたと感じるとき、そしてこの女がその恋を告白したとき、そんなふうに愛された男は、どれほどその女を支配することができるでしょう！　なにしろその女に、「おまえが愛のためにしていることは、おまえが金のためにしてきたのと同じことじゃないか」と言える残酷な権利が生ずるのですから、どれほど優越感をおぼえることでしょうか。

そうなると、彼女たちはどんな証《あかし》をあたえていいのかわかりません。こんな寓話《ぐうわ》がありますひとりの子供が野原で長いあいだ「助けて！」と叫んでは農民たちに迷惑をかけて面白がっていましたが、ある日熊に喰《く》い殺されてしまった。それは農民たちがその子供にあまりにも頻繁に騙されていたので、今度こそ子供の叫び声が真実だったのに、真に受けようとしなかったからです。これと同じことは、真剣に恋するときの、あの不幸な女たちにも当てはまります。彼女たちはじつに度々嘘をついてきたので、だれも彼女たちの言うことを信じようとはせず、その結果彼女たちは後悔に苛《さいな》まれながら、みずからの恋に喰い殺されてしまうことになるのです。

そういうことがあるからこそ、彼女たちの何人かが事例を示している、あのような偉大な献身とか、厳格な隠遁《いんとん》生活とかも生まれるのでしょう。

けれども、そのような贖罪《しょくざい》の恋を吹きこんだある男が、充分に寛大な魂をもち、過去のことを思いださずにその恋をうけいれ、ついにじぶんが愛されるのと同じように女を愛するようになるとき、その恋に身を任せ、その男は一挙に地上のあらゆる感情を汲《く》み尽くすことになるでしょう。そしてそのような愛のあとでは、彼のこころは他のどんな愛にも閉ざされてしまうことになるでしょう。

ぼくはこのような考察を、自宅にもどった朝にしたのではありません。それはやがて起こることの予感にすぎなかったのかもしれませんが、マルグリットのような女を愛したというのに、ぼくはちらりとでもそんな事態を予測していませんでした。いまになってようやく、そのように考えられるだけなのです。すべてが取り返しがつかないかたちで終わったいまだからこそ、じっさいに生じたことからそのような考察も自然に出てくるわけです。

さて、この関係の最初の日のことに話をもどしましょう。帰宅したぼくは、気も狂わんばかりに陽気でした。こちらの勝手な思いこみによってマルグリットとのあいだに設けていた障害が消滅したのだ、おれは彼女をじぶんのものにしたのだ、おれは彼女のこころにいくらかは場所を占めているのだ、ポケットには彼女の家の鍵《かぎ》が入っている、この鍵をつかう権利がこのおれにはあるのだ、などとぼんやり考えながら人生に満足し、じぶんが誇らしく、そしてそれらすべてのことをお許しくださった神様を愛していました。

ある日、ひとりの若い男が街路を通りかかり、ひとりの女とすれちがう。男は女を見て振りかえるがそのまま通りすぎる。男はその女を知らず、その女の愉《たの》しみ、悲しみ、愛などにはどんな関わりもない。その女にとって男は存在していないも同然だから、もし男が話しかけようものなら、ちょうどマルグリットがぼくにそうしたように、女は男を嘲笑《ちょうしょう》するにちがいない。それから、何週間、何か月、何年も経ち、そのふたりがそれぞれ別の運命の路《みち》を辿《たど》っていたのに、突然、偶然の巡り合わせによって、ふたたび相対することになる。その女がその男の恋人になり、その男を愛するようになる。どのようにして？　どんな理由で？　いずれにしても、ふたりの生活はただひとつになってしまう。親密さが生まれるやいなや、その親密さはずっとまえからあったように思われて、これまであったことすべてがふたりの恋人の記憶からそっくり消えてしまう。これは、なんとも不思議なことだと思われませんか。

ぼくのほうはと言えば、じぶんが前日までどのように生きてきたのか、もうおぼえてはいません。身も心も、ぼくの存在全体がその最初の夜にかわした言葉を思いだしては、歓喜のあまり舞い上がっていたのです。マルグリットはひとを騙すのが巧みだったのか。あるいは彼女がぼくにいだいたのは、最初の接吻《せっぷん》でいきなり生まれるけれども、ときとして生まれたのと同じようにあっさり消えさってしまうたぐいの、あの突然の情熱だったのか。

そんなことを考えれば考えるほど、ぼくはますます、マルグリットにはじぶんでは感じてもいない愛情を装ってみせるどんな理由もないのだと思いました。また、女にはこころで愛するか、からだで愛するか、ともかくたがいに原因にも結果にもなりうる、ふたつの愛し方があるのだとも思いました。ある女がただからだの命ずるまま愛人をもったのに、やがて予期していなかった精神的な愛の神秘を知り、それ以後ひたすらこころの愛でのみ生きることもよくあるのだし、逆に、結婚に清らかな情愛の結合しか求めていなかった娘が、魂の純潔な感銘が重なった果てに、突然、肉体的な愛の強烈な啓示をうけることだってよくある話なのだと。

ぼくはそんなことをあれこれ考えながら、いつの間にか眠りこんだのですが、翌日マルグリットからの手紙で起こされました。その手紙にはこう書いてありました。

《これがあたしの命令です。今晩[1]ヴォードヴィル座で。第三幕の幕間《まくあい》にきてください。
M. G.》

ぼくはその手紙を引き出しのなかにしまいこみました。じぶんが疑いに苛まれるような場合、いつでも確かな証拠となるものを手元に確保しておくためです。じっさい、ときどきそんなこともあったのですから。

昼間に会いにくるように言っていない以上、こちらのほうから彼女の家に押しかけるわけにいきません。それでもぼくは、晩になるまえにどうしても彼女の顔を見ておきたくてたまらなかったので、シャンゼリゼに出かけました。すると、前日と同じように、馬車で通りすぎ、また引き返していく彼女の姿が見えました。

七時には、ぼくはもうヴォードヴィル座にいました。

これまで、そんなに早くから劇場に入ったことはありません。

桟敷《さじき》は一つひとつ埋まっていきましたが、たったひとつ、一階の前桟敷だけが空席でした。

ぼくがたえずその空席を見守っていると、第三幕がはじまったとき、その前桟敷の扉が開く音が聞こえて、マルグリットが姿を現しました。

彼女はすぐに前方に身を移して平土間を見わたし、ぼくを見つけると、目で感謝の合図をしました。

その晩の彼女は目も覚めるような美しさでした。

彼女がこんなにお洒落《しゃれ》してきたのは、ぼくのためなんだろうか？　彼女のことを美しいと思えば思うほど、そのぶんぼくがますます幸福になると信じるくらい、ぼくを愛してくれているのだろうか？　それはわかりません。でも、もし彼女がそういうつもりだったのなら、それは大成功だったと言えます。というのも、彼女が姿を現すや、人びとの頭が波のように揺れ、そのとき舞台にいた俳優までが、ただ姿を現しただけで観客をざわつかせたその女性を見たのですから。

しかもぼくは、その女性の家の鍵をもち、三、四時間もすれば、その女性はふたたびぼくのものになるのです。

世間では女優や玄人《くろうと》筋の女のために破産する男たちのことを非難します。しかしぼくには、彼らがその女たちのためにもっとひどい無分別をしでかさないのが、かえって不思議なくらいです。日々彼女たちにあたえられるちいさな虚栄心の満足のために、男がその女たちにいだく愛がどんなに強くこころのなかにはんだづけされてしまう――他に言葉がないので、こう言っておきますが――ものか知るには、ぼくのようにじっさいにそのような生活をしてみなければならないのです。

やがてプリュダンスが彼女の桟敷にやってきて、そのあとG伯爵とおぼしき男性が奥にすわりました。

彼を見て、ぼくのこころに冷たいものが走りました。

マルグリットもきっと、じぶんの桟敷にその男がいることでぼくがどんな気持になったのか気づいたのでしょう。彼女はふたたびぼくに微笑んでから、伯爵に背を向け、芝居に夢中になるふりをして見せたのですから。第三幕の幕間になって、彼女が振りかえり、二言、三言なにか言うと、伯爵は桟敷を立ちさりました。するとマルグリットは会いにくるようぼくに合図しました。

「こんばんは」彼女は桟敷に入ったぼくに言って手を差しだしました。

「こんばんは」ぼくはマルグリットとプリュダンスに向けて答えました。

「さあ、おすわりなさいよ」

「でも、ひとの席を横取りすることになりますよ。G伯爵はもどってこられないんですか？」

「もどるわ。ボンボンを買いに行ってもらったの。あたしたちがふたりきりで、しばらくお話しできるようにね。デュヴェルノワ夫人にはもうすっかり打ち明けてあるわ」

「そうなのよ、おふたりさん」と、プリュダンスが言いました。「でも心配しないで。あたし、口が堅いから」

「まあ、今晩はどうしたの？」とマルグリットは言って立ちあがり、桟敷の物陰にやってきてぼくの額にキスしました。

「ちょっと、気分がすぐれないもので」

「じゃあ、帰って寝ていなくちゃね」と、彼女はその繊細で才気にあふれた顔にぴったりの皮肉な表情で言いました。

「どこで？」

「あなたの家よ」

「あそこではぼくが眠れないことを、よく知っているくせに」

「それなら、あたしの桟敷に男がいるのを見たぐらいのことで、そんなにぶすっとした顔をしないで」

「べつにそんなわけじゃ」

「いいえ、そうよ。あたしにはなんでもお見通しなの。でも、あなた間違っているわよ。だから、こんな話はもうよしましょう。芝居が終わったら、プリュダンスの家にきて。そして、あたしが呼ぶまで待っていて。いいわね？」

「はい」

どうしてぼくに逆らうことができたでしょうか？

「あたしのこと、いまも愛している？」と、彼女は言葉をつぎました。

「いまさらそんなことを！」

「あたしのこと、考えた？」

「もちろん一日中」

「ねえ、知っている？　あたしあなたに恋してしまうんじゃないかって、本気で心配しているのよ。いいえ、これはむしろ、プリュダンスにきいてみて」

「ああ！」と、太った女が答えました。「そりゃもう、いやになるくらい聞かされたわよ」

「じゃあ、もうあなた、じぶんの席にもどってね。そろそろ伯爵が帰ってくるころだわ。あなたがここにいるのを見つけられても面倒だし」

「どうして?」

「伯爵に会うのは、あなただって不愉快でしょう」

「べつに不愉快じゃないさ。でも、もし今晩ヴォードヴィル座にきたかったのなら、伯爵と同じように、ぼくだってこの桟敷の席ぐらい取ってあげられたのに」

「残念ながらあのひと、あたしが頼みもしないのに席を取ってくれて、いっしょに行こうと言ってきたのよ。ごぞんじのとおり、これはあたしには断れないことだったの。できたのはせいぜい、あなたに会いにきてもらうために、どこに行くのか手紙で知らせることぐらいだったわけ。それはね、あたしだって、あなたにできるだけ早く会うのが楽しみだったからなのよ。でも、こんなかたちで感謝されるんだったら、あたし今後の参考にさせてもらうわよ」

「悪かった。ごめん」

「ならいいわ。いい子にしてじぶんの席にもどって。それから、みっともない焼き餅《もち》焼きの真似だけはしないでね」

彼女がふたたびぼくにキスをし、ぼくは外に出ました。

廊下で、もどってくる伯爵に出くわしました。

ぼくはじぶんの席にもどりました。

とどのつまり、マルグリットの桟敷にG伯爵がいるのは、いたって当たり前なことだったのです。伯爵は彼女の愛人だったので、桟敷席を取ってやり、いっしょに芝居見物をした。そんなことはごく自然な話で、マルグリットのような女を恋人にしたからには、ぼくも彼女の習慣を受けいれねばならなかったのです。

それでもぼくは、その晩はずっと、とても不幸だったことに変わりはありません。そしてプリュダンス、伯爵、それにマルグリットが出口で待っていた四輪馬車《カレーシュ》に乗りこむのを見とどけたあとで、劇場から立ちさるとき、じつに寂しい気分だったのです。といっても、その十五分後、ぼくはもうプリュダンスの家に着いていました。彼女もちょうど帰ったばかりのところでした。

1　一八四〇年から六九年までヴィヴィエンヌ街と証券取引所広場の角にあった劇場。音楽劇を上演。なお、作者の同名の戯曲『椿姫』はここで一八五二年に初演。

第十三章

「あたしと同じくらいはやく着いたのね」プリュダンスがぼくに言いました。

「うん」と、ぼくは気のない返事をして、「マルグリットはどこ?」とたずねました。

「じぶんの家よ」

「ひとりきりで?」

「G伯爵といっしょよ」

ぼくは大股《おおまた》で広間を歩きまわりました。

「おやまあ、あんた、いったいどうしたっていうの?」

「ここでG伯爵がマルグリットの家から出て行くのを待つのが、ぼくには愉快なことだとでも思っているの?」

「あんたも相当なわからず屋さんね。マルグリットがG伯爵を門前払いできないことぐらいわかってあげなくちゃ。Gさんはずっと彼女のお馴染《なじ》みで、これまで大金を貢いできたのよ。いまだって貢いでいるわ。マルグリットは年に十万フラン以上もつかうから、借金がたくさんあるの。あの公爵には頼んだだけのものを貰《もら》えるといっても、彼女だってそういつもいつも必要なお金をねだるわけにはいかないじゃないの。だから彼女、少なくとも年に一万フランは貢いでくれる伯爵と切れるわけにはいかないってわけ。ねえ、あんた、マルグリットはたしかにあんたを愛しているわよ。でもね、彼女のためにも、あんたのためにも、これはあんまり深入りさせたくない関係だわね。あんたの七、八千ぐらいの収入なんかでは、とてもじゃないけどあの娘《こ》の贅沢三昧《ぜいたくざんまい》を支えられはしない。馬車代にもならないでしょうよ。だから、マルグリットのことはあのとおりの、気っぷがよく才気もあるいい女だと思って、ひと月かふた月、恋人になっていればいいじゃないの。そりゃ花束なり、ボンボンなり、芝居の桟敷《さじき》席なんかをプレゼントしたってかまわないわよ。だけど、それ以上のことを考えちゃいけないわ。とくに焼き餅《もち》なんか焼いて、みっともない真似だけはしないことね。あんた、どういう女を相手にしているのかわかっているんでしょうね。マルグリットは貞淑な奥さまなんかじゃないのよ。彼女があんたを気に入り、あんたのほうも彼女が好き。それだけで充分じゃないの。ほかのことなんか、なにも気にしなくていいのよ。あんたがそんなにかっかするなんて、ちゃんちゃら可笑《おか》しいわ！　パリ随一の素敵な恋人をもっているというのにね！　豪壮な家に招じ入れてくれるその女は全身ダイヤモンドずくめ。しかもあんたがその気になれば、びた一文だって払わなくてもいいくせに、それでも満足できない。なに言ってるんだか！　あんたは欲張りすぎよ」

「もっともだ。だけど、ぼくにはどうにもならないんだ。あの男が彼女の恋人なのかと思うとひどく辛《つら》いんだよ」

「まず」と、プリュダンスが引き取って言いました。「あのひとはいまでもまだ彼女の恋人かしらね？　ただ彼女に必要なひと、それだけの話よ。この二日というもの、彼を門前払いしてきたのよ。その彼が今朝やってきた。彼女としては、桟敷席の提供をうけいれ、いっしょにきてもらうしかなかったわけよ。そして彼が彼女を送ってきて、しばらく家にあがっていく。でも、どうせ長居はしないわよ。だって、あんたがここで待っているんだもの。そんなことなにもかも、あたしはごく当たり前だと思うわ。それに、あんた、公爵のほうなら我慢できるんでしょう？」

「うん。でも、あれは老人じゃないか。だからぼくは、マルグリットが彼の恋人じゃないと確信できるんだよ。それに、ひとりの男なら我慢できても、ふたりとなると、やっぱり我慢できないってこともあるんじゃないか。そんなことにも平気だというなら、それは打算に似てくるよ。たとえ愛情からにしろ、もしそんなことを許す男がいたら、もっと下層の社会で、それを商売にして、うまい汁を吸っているヒモみたいな連中みたいになってしまうじゃないか」

「ああ！　あんたは、なんて時代遅れなんだろうね！　あたしはねえ、あんたよりもっと立派な生まれで、もっとお洒落《しゃれ》で、もっと裕福な男たちが、いまあんたに勧めたことをしているのを、どれだけ見てきたかしれないわ。しかもなんの苦もなく、恥もなく、後悔もなしにね！　そんなことは日常茶飯事なのよ。パリの玄人《くろうと》筋の女たちが同時に三人か四人のパトロンをもっていなければ、いったいどうやって、いまの暮らしをつづけられるっていうの？　いくら大金持ちでも、たったひとりだけでマルグリットのような女の出費を捻出《ねんしゅつ》できるようなひとはいないのよ。フランスで年収五十万フランの財産といえば相当なものでしょう。ところがね、あんた、五十万フランでもひとりで面倒をみるのは無理なんだから。その理由はこうよ。そんな収入のある男なら、ちゃんとした邸宅もあれば、馬や召使いたちもいる。馬車の維持費もかかるし、狩猟に行ったり、友だちとの付き合いだってある。また、たいてい結婚しているから、奥さんもいれば、子供たちだっている。競馬もやれば、賭《か》け事とか、旅行とか、あたしはくわしく知らないけど、なんだかんだいろいろとあるでしょう！　しかも、そういう習慣がしっかり身に付いているものだから、簡単に捨てられない。そんなことをすれば、世間から破産したと思われたり、スキャンダルになったりするわ。そうすると結局のところ、五十万フランのうちで女に貢げるお金は、せいぜい年に四万か五万ってところでしょう。それでもまだ多いほうよ。だから女は他のパトロンを見つけて、足りない分を補うのよ。マルグリットの場合はまだしも楽なほうよ。願ったり叶《かな》ったりっていうか、たまたま億万長者の金持ちの老人に巡り合ったところ、その老人の奥さんもお嬢さんも死んでしまっていた。甥《おい》が何人かいるけど、その甥たちもまた金持ちときている。だから、彼女の言うなりにお金をくれて、しかもなんの見返りも求めない。だけど、彼女にしても年に七万フラン以上はおねだりできないの。もしそれ以上おねだりしたら、いくら財産があって、彼女に情をかけているといっても、あの公爵はきっと断るだろうって思うわ。

パリで二万フランなり三万フランなりの、つまり社交界に出入りするのにぎりぎりの年収しかない若い人たちは、マルグリットのような女を愛人にするときには、じぶんが貢ぐ金額では彼女の家賃と召使いの費用にも足りないことをよく知っているわ。でも、彼女には知っているなんて言わず、なんにも知らないふりをしていて、いいかげん厭《いや》になったら姿を消してしまうのよ。見栄を張ってなんでもかんでもじぶんで出してやろうとすると、馬鹿みたいに破産するか、パリで十万フランの借金をしたあと、[1]アフリカに行って殺されるかするのが落ちというものよ。そんなことをされて、あんた、当の女が感謝するとでも思っているの？　とんでもない。その逆よ。じぶんの立場をめちゃくちゃにされたとか、いっしょにいたときに、さんざん無駄なお金をつかわされたなんて言うでしょうよ。ああ、あんたはこんな細々した話なんか、みんな汚らわしいと思っているでしょう？　だけど、これ本当のことなのよ。あんたは素敵な若者で、あたし心底好きよ。でもねえ、この二十年というもの商売女たちのあいだで生きたあたしには、彼女たちがどういう女で、どれほどの値打ちがあるものかちゃんとわかっているのよ。だから、ひとりの可愛い女に気紛れに恋をされたからといって、あんたには真に受けてほしくないんだわ」

「また、それとはべつに」と、プリュダンスはつづけました。「かりにマルグリットが伯爵と公爵のことを諦《あきら》めてもいいと思うくらい、あんたを愛しているとするわね。

でも、もし公爵があんたたちの関係に気づいて、じぶんを選ぶか、あんたを選ぶかって詰め寄った場合、あんたのために彼女が払う犠牲は、間違いなく大変なものよ。ところが、あんた、あんたのほうはいずれ彼女にうんざりして、もう欲望もなにもなくなってきたとき、あんたのせいで彼女がうしなったものを償うために、いったいそれと同じくらいの、どんな犠牲を払えるっていうの！　なんにも払えはしないでしょう。あんたのせいで、彼女はじぶんの財産も未来もあった世界から追放され、じぶんのもっとも華々しい年月を捧《ささ》げたというのに、そんなあんたにも忘れられることになるのよ。そんなとき、もしあんたがありふれた男なら、過去のことでさんざん彼女を責めたててから、おまえと別れるといっても、おれはおまえの他の愛人たちと同じ振る舞いをしているだけなんだと言うでしょう。またもし、あんたが誠意のある男なら、ここは是非彼女といっしょに暮らす義務があると思いこんで、じぶんのほうからお定まりの不幸に落ちこむ羽目になるでしょうよ。だって、こんな関係は若い男の場合は許されても、立派な大人の場合には許されないものだからね。それが万事差し障りになって、家庭も出世も、つまり男の第二の、そして最後の恋だって叶わなくなるんだから。ねえ、あんた、どうかあたしの言うことを信じて。物事の値打ちをきちんと考え、女を買いかぶらないことね。そして玄人筋の女には、なんであれ、ちょっとでも貸しがあるなんて思わせないことだわ」

それはじつに賢明に考えられ、きちんと筋道の通った話でした。そんな話をするのはプリュダンスなんかにはとうてい無理だろうと、それまでのぼくは思っていたのですが、お説ごもっともと思う以外、なにも言い返すことはできませんでした。そこでぼくは、彼女に手を差しだし、忠告に感謝したのです。

「まあ、まあ」と、彼女はぼくに言いました。「そんな辛気くさい理屈はどっかに追いやって、笑いなさいよ。ねえ、あんた、人生は素敵なものよ。どんな眼鏡で見るかによって、いろいろ変わってくるんだから。ほら、あんたのお友だち、あのガストンさんにでも訊《き》いてみなさいよ。あのひとなら、あたしと同じように色事のことを考えているような気がするわ。あんたはいま自信をもたなきゃならないの。そうじゃないと、つまらない男になりさがってしまうわよ。だってこのすぐそばに、じぶんの家にいる男がはやく帰ってくれるのをじりじりしながら待っている美女がいるのよ。彼女はあんたのことを考え、この夜をあんたのために取っておき、あんたを愛している。彼女そうに決まっている。さあ、あたしといっしょに窓のところに行って見ていましょうよ。間もなくあたしたちのために伯爵が出ていってくれるわよ」

プリュダンスが窓を開け、ぼくらは並んで手摺《てす》りにもたれました。

彼女はまばらな通行人を見ていましたが、ぼくのほうは夢想にふけっていました。

彼女が言ったことすべてが、ぼくの頭のなかでざわめいていましたが、どうしても彼女のほうが正しいと認めざるをえませんでした。ところが、ぼくがマルグリットにいだいている現実の愛は、そのような理屈との折り合いがなかなかつけられなかったのです。そこでぼくがときどき溜息《ためいき》をもらすと、そのたびにプリュダンスはぼくのほうを振りむいて、まるで患者に匙《さじ》を投げるときの医者みたいに、肩をすくめてみせるのでした。

気持ちが急速に移り変わるときには、人生はなんと短く感じられるものか！　と、ぼくは心中で思っていました。──マルグリットを知ったのは二日まえで、彼女がおれの女になったのは昨日からにすぎない。だというのに彼女はもう、おれの考え、こころ、そして生活に入りこんでしまっているんだ。だからこそ、G伯爵が訪問したぐらいのことで、おれはこんなにも辛《つら》い思いをしているんだ。

やっと伯爵が外に出てきて、馬車に乗って消えさり、プリュダンスは窓を閉めました。

ちょうどそのとき、マルグリットがぼくらを呼んで、

「はやく来て、食卓の用意をするわ」と言いました。「これからお夜食にしましょうよ」

家に入ると、マルグリットはぼくのほうに駆けつけて首に飛びつき、力いっぱいキスしてくれました。

「あいかわらず、むっつりしているの?」と、彼女はぼくにききました。

「いいえ、もうおしまいよ」プリュダンスが答えました。「あたしがちゃんとお説教しておいたから、これからはいい子にするって約束してくれたわ」

「そりゃよかった!」

ぼくは心ならずもベッドのほうをちらっと一瞥《いちべつ》しましたが、ベッドは乱れていませんでした。マルグリットはと言えば、もう白いガウンに着替えていました。

ぼくらは食卓につきました。

魅力、優しさ、気っぷのよさ。マルグリットにはすべてがあって、ぼくはときどきこう認めざるをえませんでした。おれにはこれ以外のことを彼女に求める権利などない。また、おれの身になってみたら多くの者たちは幸せなんだろうから、おれとしてはウェルギリウス[2]の羊飼いのように、神、あるいはむしろ女神が恵んでくれたこの余暇を愉《たの》しむだけでいいんだと。

ぼくはプリュダンスの理屈を実践にうつし、相手のふたりの女性と同じくらい快活になろうとしました。しかし、彼女たちには自然なことでも、ぼくの場合には努力が必要になってしまうのです。そのため、彼女たちを騙《だま》すためにぼくが発した神経質な笑いも、ほとんど涙声みたいになるのでした。

やっと夜食が終わって、ぼくはマルグリットとふたりきりになりました。いつもの習慣で、彼女は火のまえに行って絨毯《じゅうたん》のうえにすわり、悲しげに暖炉の炎を眺めていました。

彼女がぼんやり考え事をしている！　でも、いったいなんのことを？　ぼくにはそれがわからず、ひたすら愛《いと》しさをおぼえながらその姿を眺めていました。これから彼女のために、これ以上なにを我慢しなければならないのかと思うと、ほとんど恐ろしさのようなものも感じたのです。

「あたしがなんのことを考えているか、あんたわかる？」

「いや」

「ちょっとした計画を思いついたの」

「で、それはどんな計画？」

「まだ打ち明けられないけど、その結果だけは言えるわ。それは、これからひと月もすれば、あたしが自由になり、あたしにはなんの義務もなくなるってこと。そうなれば、あたしたちはこの夏を田舎でいっしょに過ごせるわ」

「どうやってということまでは言えないの？」

「言えないわ。ただ、あたしがあんたを愛しているように、あんたもあたしを愛してくれるだけでいいの。そうすれば、すべてうまくいくわ」

「で、その計画というやつを、きみひとりで立てたの？」

「そうよ」

「で、きみひとりでそれをやってのけるつもりなの？」

「面倒なことは、あたしがひとりで引きうけるわ」マルグリットは言って微笑みました。ぼくはその微笑みをけっして忘れないことでしょう。「でも、利益はふたりで山分けよ」

この利益という言葉を聞いて、ぼくは赤面せざるをえませんでした。B氏のお金をデ・グリューといっしょに使いはたしてしまうマノン・レスコーを思いだしたからです。

ぼくは立ちあがり、やや厳しい口調になってこう答えました。

「ねえ、マルグリット、悪いけど、ぼくはじぶんで考え出し、じぶん自身で儲《もう》ける事業の利益しか山分けしたくないんだ」

「それどういう意味？」

「つまりぼくは、その結構な計画にG伯爵が一枚嚙《か》んでいるんじゃないかって強く疑っているんだ。そんな計画に加担するのも、その利益を山分けするのもご免だよ」

「あなたって子供なのね。あたしのこと、愛してくれているものとばかり思っていたけど、間違っていた。もう、いいわ」

そう言いざま、彼女は立ちあがってピアノのふたを開き、またウェーバーの『舞踏への勧誘』を、いつも途中でやめてしまう、例の長調のくだりまで弾きはじめました。

それは習慣からだったのでしょうか、あるいは知り合った日のことをぼくに思いださせるためだったのでしょうか？　ぼくにわかるのはただ、そのメロディーとともに、いろんな想い出がよみがえってきたということだけです。そこでぼくは彼女に近づき、その顔を両手ではさんでキスをしました。

「許してくれる？」と、ぼくは彼女に言いました。

「そんなこと、わかっているでしょ」彼女は答えました。「でもねえ、あたしたちの間柄はまだ二日目なのよ。なのに、もう許さねばならないことが出てくるなんて。なんでも言うことを聞いてくれるって言った約束、あの約束をちっとも守ってくれないのね」

「仕方ないじゃないか、マルグリット。ぼくはあんまりきみを愛しているから、きみのちょっとした考えにもすぐ焼き餅《もち》を焼いてしまうんだよ。さっききみが言い出したことは、ぼくには気が狂うほど嬉《うれ》しかったんだけど、その計画を実行するまえのことがまるでわからないものだから、胸がぎゅっと締めつけられるんだよ」

「それなら、ちょっと物事の道理を考えてみましょう」彼女はぼくの両手を取り、逆らうことなどとうていできない魅力的な微笑を浮かべながら、ぼくを見つめました。

「あなたはあたしを愛しているんでしょう。それなら、あたしとふたりきりで三か月か四か月田舎で過ごせるのが嬉しいはずでしょう。あたしだって、そんなふうにふたりきりになれたら嬉しいわ。ただ嬉しいだけじゃなくて、これはあたしのからだにも必要なことなの。でもあたしがそんなに長いあいだパリを離れるためには、いろいろ用事を片づけておかなくちゃならないの。そして、あたしみたいな女の用事はいつだって、とってもこんがらがっているものなのよ。そこであたしはなにもかも、つまりあたしの用事もあなたへの愛も、なにもかもうまくやってのける手立てを見つけたってわけ。あなたへの、そう、あなたへのあたしの愛よ。笑わないで。あたし気が狂うほどあなたを愛しているんだから！　それなのに、あなたったらいつも勿体《もったい》をつけ、大げさなことばかり言うんだもの。子供ね、あなたってほんとに子供なのね。でも、あたしがあなたを愛していることだけは覚えておいてね。そして、なにも心配しないでいいのよ。さあ、これでいい？」

「きみの望むことはなんだって承知だよ。そんなこと、言わなくてもわかっているじゃないか」

「それなら、ひと月も経たないうちに、あたしたちはどこかの村にいて、水辺を散歩したり、牛乳を飲んだりしているわ。あたしが、このマルグリット・ゴーティエがこんなことを言うなんて変に思うでしょう。これはねえ、ひとにはパリの生活があたしを幸せにしていると思われているけど、じつはすこしもこころが浮きたたず、退屈だからなのよ。だからあたしはときどき、じぶんの子供のころを思いださせてくれるような、もっと落ち着いた暮らしにふっと憧《あこが》れることがあるの。どんな大人になっても、だれにだって幼年時代というものがあったんだもの。ああ、なにも心配しなくていいのよ！　あたしが退役した大佐の娘だったとか、サン＝ドニ[3]の修道院で育ったなんて言い出しはしないから。あたしは田舎の貧しい娘で、六年まえにはじぶんの名前だって書けなかったのよ。ほら、これであなたも安心したでしょう？　でも、いったいどうして、じぶんのこころに浮かんだそんな嬉しい願いを分かち合うのに、真っ先にあなたに声をかけるのかわかる？　それはきっと、あなたがじぶんではなく、あたしのためにあたしを愛してくれるからなの。他の男たちがあたしを愛してくれたといっても、いつだってじぶんのためだったんだから。

あたしはよく田舎に行ったものだわ。でも、一度だってじぶんの行きたいように行ったことなんてないのよ。こんなささやかな幸福のためでも、頼りになるのはあなただけなの。だから、意地悪しないでね。その幸福をあたしにあたえてね。そして、こんなふうに思っていてね。どうせこの女は長生きできないんだ。だから、この女が初めて頼んだこと、しかもこんなにも容易《たやす》くできることをしてやらなかったら、いつかきっと後悔することになるぞって」

このような言葉に、しかも初めての愛の夜の思い出に包まれたまま、二度目の愛の夜を待っているときに、ぼくはどう答えればよかったのでしょうか？

その一時間後、ぼくはマルグリットをひしと抱きしめていました。このとき、彼女が犯罪を犯せと頼んだとしても、ぼくはきっとその言葉に従ったことでしょう。

朝の六時にぼくは出ていきましたが、そのまえに彼女にこう言いました。

「じゃあ、今晩ね？」

彼女は強くぼくを抱擁しましたが、なにも答えませんでした。

その日の昼間、ぼくは一通の手紙をうけとりましたが、それにはこういう言葉が書いてあったのです。

《かわいい坊や。あたしはちょっと気分がすぐれません。お医者さんからも安静にしているように言われています。今晩あたし早く寝ることになるので、あなたにはお会いできないのです。でも、その埋め合わせに、明日《あした》の正午に待っています。あなたを愛しています》

ぼくのこころに最初に浮かんだのは、「彼女はおれを騙《だま》しているな！」という考えでした。

冷たい汗が額をつたいました。というのも、ぼくはもうあまりにもその女を愛してしまっていたので、その疑いに心底動転せずにはいられなかったからです。とはいえぼくは、マルグリットのような女を相手にする以上、ほとんど毎日のようにそんな出来事が起きることを覚悟すべきだったのです。それにこういうことは他の恋人たちとのあいだにもよくあったことなのに、ぼくはそれほど強く気にしなかったのです。では、いったいどうして、この女がこんなにもぼくの人生を支配するのでしょうか？

そこでぼくは、じぶんが家の鍵《かぎ》をもっているのだから、何喰《く》わぬ顔で彼女の家に行ってみようかと考えました。そうすれば、たちまち真相がわかるだろうし、もし男がいたら、そいつの面を殴りつけてやれるじゃないかと。

ぼくはとりあえずシャンゼリゼに行ってみました。四時間いたのに、彼女は現れませんでした。晩になると、彼女がよく行く劇場という劇場に入ってみました。彼女はそのどの劇場にもいません。

十一時、ぼくはアンタン街におもむきました。

マルグリットの家の窓には明かりが見えません。それでもぼくは呼び鈴を鳴らしました。

門番はどこに行くのかと尋ねました。

「ゴーティエさんのところですよ」と、ぼくは門番に言いました。

「まだご帰宅なされていません」

「じゃあ、あがって待たせてもらいます」

「家にはどなたもいらっしゃいませんが」

もちろんぼくは鍵をもっているのですから、そんな言いつけなど無視してもかまわなかったのですが、みっともない騒ぎになるのを恐れて外に出ました。

それでもぼくは家にはもどりませんでした。その街路から立ちさされず、マルグリットの家から目を離せなかったのです。まだなにかわかることがあるのではないか、あるいはすくなくともじぶんの疑いの根拠が確かめられるのではないかという気がしたのです。

真夜中ごろ、ぼくがよく知っている箱形馬車《クーペ》が九番地のところに停まりました。

G伯爵が降りてきて、馬車を帰してから家に入っていきました。

ぼくは一瞬、さきほどのぼくと同じように、マルグリットは留守をしていると言われた彼が、やがて外に出てくるのが見られるものと期待しました。しかし結局、朝の四時まで待つことになったのです。

ぼくは三週間まえから苦しんでいましたが、その苦しみなどこの夜の苦しみに比べれば、なんでもなかったと思います。

1 これは当時ビュジョー総督指揮のもとに遂行されていたフランスのアルジェリア征服（一八四〇―四八年）への暗示。
2 ウェルギリウス（前七〇―前一九年）の『牧歌（田園詩）』（前四二～三七ごろ）への言及。
3 パリ北部のこの町にあった古い修道院には、一八〇九年ナポレオン一世がレジオン・ドヌール勲章受章者の子女を教育する寄宿舎があった。

第十四章

ぼくは家に帰ると、子供のように泣き出しました。男としてすくなくとも一度は女に裏切られたことがない者などいないでしょう。だから、それがどんなに苦しいものか知らない者もいないでしょう。こんなときはだれでもカッとなり、じぶんがした決意をつらぬく力があると信じるものですが、ぼくもまた興奮のあまり熱くなって、この恋をただちに打ち切ってしまわねばならないと思いこみました。そして昔のじぶんに立ちもどり、父と妹のそばに帰ろうと、昼になるのを今か今かと待ちかねていたのです。なにしろ、ぼくにはこのふたりの愛だけは確信があり、しかもこのほうはぼくを裏切らない愛だったのですから。

それでも、ぼくがなぜ立ちさるのか、その理由をマルグリットに知らせずに姿を消したくなかったのです。なんの便りもせずに、恋人と別れることができるのは、もはやまったく恋人を愛していない男だけでしょう。

ぼくは十回も頭のなかで手紙の文面を考えてみました。

おれが相手にしたのは、どんな商売女ともさして変わらない女だったんだ。おれはあまりにもあの女を美化していた。だからあの女はおれを小僧っ子扱いにして、あまりにも見え透いた策略でおれを騙したんだ。これははっきりしている。そう考えると、ぼくの自尊心がむっくりと頭をもたげてきました。どうせ別れるにしても、このおれがどんなに辛《つら》い思いをしているのか知らせてやって、あの女の思うつぼになってはならないぞ。そう思いながら、ぼくは目に怒りと苦しみの涙を浮かべつつ、できるだけ優雅な文章でつぎのように書いたのです。

《親愛なるマルグリット。

昨日のお体の不調が大事にいたらなかったことを願っています。ぼくは晩の十一時にご様子をうかがいに行きましたが、帰宅されていないとのことでした。G伯爵のほうは、ぼくよりも仕合わせでしたね。そのしばらくあとにやってこられ、朝の四時になってもまだお宅にとどまっておられたのですから。あなたに過ごさせてしまった退屈な数時間のことで、どうかぼくを許してください。でも、ぼくのほうは、あなたのおかげでしばし過ごすことのできた幸福な時をけっして忘れないでしょう。

ほんらいならお見舞いにうかがうべきところですが、ぼくはこれから父のもとに帰るつもりでいるのです。

さようなら、親愛なるマルグリット、ぼくはじぶんの望むとおりにあなたを愛するほど金持ちでもありませんし、あなたの望まれるとおりにあなたを愛するほど貧乏でもありません。だから、おたがいに忘れることにしましょう。あなたはほとんど関心がないにちがいない男の名前を、そしてぼくのほうはいまでは不可能になった幸福を。

鍵をお返しします。ぼくには一度も役に立ちませんでしたが、もしあなたが昨日のようにしばしば病気になられるのでしたら、お役に立つかもしれないこの鍵を》

おわかりのように、ぼくには無礼な皮肉のひとつもまじえずにその手紙を書き終えるだけの力がなかったのです。これはぼくがまだ恋している証拠でした。

ぼくはその手紙を十回も読みかえし、これでマルグリットが苦しむにちがいないと考えて、すこしは気が鎮まってきました。つとめて元気を出し、手紙のなかで装った感情そのままの気持ちになろうとしました。そして八時に召使いが家にきたとき、その手紙をわたして、すぐに届けてもらうことにしたのです。

「お返事を待つべきでしょうか」と、ジョゼフがたずねました（うちの召使いは、すべての召使いたちのようにジョゼフという名前なのです）。

「もし返事が必要かとたずねられたら、じぶんにはなにもわからないと答えて待っているんだ。いいね」

ぼくは彼女が返事をしてくれるだろうという、その期待にしがみついていたのです。

ぼくら男とはなんと惨めで弱いものなんでしょうね！

召使いが外にいたあいだずっと、ぼくは極端に動揺していました。あるときは、マルグリットがどのように身を任せてくれたのか思いだしながら、いったいなんの権利があってあんな無礼な手紙を書いたのかと思いました。というのもマルグリットは、寝取られたのはぼくではなく、G氏のほうだと答えることもできるのですから。もっともこれは、多くの女たちが何人も愛人をもつときに持ちだす理屈ですがね。またあるときには、マルグリットの誓いのことを思い起こし、あの手紙ではまだ手ぬるすぎたという気がしてきました。あそこにはこんな誠実な愛を愚弄《ぐろう》する女の鼻を明かしてやるほど辛辣《しんらつ》な表現がなかったではないかと。それからまた、こうも思いました。あんな手紙なんか書かずに、昼間に彼女の家に行ってやればよかった。そうすれば、彼女が流す涙を見て、たっぷり楽しめたかもしれないのにと。

そして終《しま》いには、きっと彼女が弁解をしてくるだろうという気になって、いったいどんな返事をしてくるのだろうかなどと思っていたのでした。

ジョゼフがもどってきました。

「どうだった？」ぼくは彼にたずねました。

「旦那《だんな》さま」と彼は答えました。「奥さまはお休みになって、まだ寝ていらっしゃるとのことでした。でも、呼び鈴を鳴らされたらすぐ、お手紙をお届けするそうです。そして、もし返事があれば、こちらに持ってきてくれるはずです」

彼女は寝ているのか！

ぼくは二十回も、あの手紙を取り返しに行かせそうになりました。しかしそのたびにこう思いかえしたのです。

きっともう彼女に渡してしまっただろう。あれを取り返したりすれば、こっちが後悔しているように見られるぞ。

彼女が返事をしてくれそうな時刻が近づくにつれ、ぼくは益々《ますます》あんな手紙を書いたことを後悔するようになってきました。

十時になり、十一時になり、正午になりました。

正午になると、ぼくはまるで何事もなかったかのように、約束どおり彼女の家に行ってみようとしました。結局のところ、ぼくにはじぶんを締めつけている鉄の輪の外に出るのにどうすればいいのか、まるで考えられなくなっていたのです。

そこでぼくは、なにかを待ちわびる人間特有の迷信から、ちょっと外出でもしてくれば、もどる頃には返事がきているだろうと思ったのです。じりじりしながら待っている返事というのはいつも留守のあいだに届くものですから。

ぼくは昼食に行くという口実をもうけて外出しました。

いつもならブルヴァールの角のカフェ・フォワ[1]で昼食をとるのですが、そこはやめにして、アンタン街を通ってパレ・ロワイヤルに行きました。遠くから女性を見かけるたびに、それが返事をもってくるナニーヌにちがいないと思われました。アンタン街を通りぬけましたが、ただひとりの走り使いの者にも出会いません。ぼくはパレ・ロワイヤルに着き、ヴェリー[2]に入りました。ボーイが給仕してくれた、というかむしろ、勝手にいろいろサービスしていました。というのも、ぼくはなにも口にしなかったのですから。

ぼくは心ならずも、ずっと柱時計に眼を向けていました。

それから、もうそろそろマルグリットの返事が届いているころだろうと信じて、家にもどりました。

門番はなにも受けとっていません。それでもぼくは召使いに期待をかけていました。ところが、その召使いも、ぼくが外出したあと、だれにも会っていないというのです。もしマルグリットに返事を寄こす気があるなら、もうとっくに返事があるはずです。

そこでぼくは、じぶんの手紙の言葉をこんなふうに後悔しはじめました。おれは完全な沈黙を守るべきだったんだ。そうすれば、彼女も心配になってきて、なにか手を打ってきたかもしれないのに。まえの日に、おれが約束どおりやってこないのを見たら、彼女はどうして音沙汰《おとさた》がなかったのかとたずねたことだろう。そのときになって、初めて理由を言ってやればよかったんだ。そうすれば、彼女だってなんやかやと釈明するほかなかっただろう。そして、このおれがいま望んでいるのは、彼女に釈明してもらうことなのだ。おれはもう、彼女がどんな言い訳を持ちだしてもその言い訳を信じてしまい、二度と会えないよりは、なにもかもひっくるめて丸ごと彼女を愛するほうがずっとましだという気がしているんだから。

そのうちにぼくは、彼女みずからぼくのところにやってくるにちがいないと思いこむようになりました。しかし、いくら時間が経っても、彼女はやってきません。まったくのところ、マルグリットというのは普通の女ではないですよ。というのも、ぼくが書いたばかりの手紙のような手紙を受けとりながら、なんの返事もしてこない女なんて、そうざらにいるものではないですから。

五時になると、ぼくはシャンゼリゼに駆けつけました。

もし彼女に出会っても、無関心なふりをしてやろう。そうすればきっと、もうおまえのことなどおれの眼中にはないと信じるにちがいない、などと内心考えていたのです。

ロワイヤル街の曲がり角で、彼女が馬車で通りすぎる姿が見えました。その出会いがあまりにも突然だったので、ぼくは青ざめてしまいました。ぼくの動揺が彼女に見えたかどうか、それはわかりません。ぼくのほうはと言えば、ひたすら狼狽《うろた》えるあまり、ただ彼女の馬車を見守っているだけなのでした。

ぼくはシャンゼリゼまで歩いていくのをやめて、芝居のポスターを見ました。というのも、ぼくにはまだ彼女に会える機会があったからです。
[3]パレ・ロワイヤル座では、初演の出し物がありました。もちろんマルグリットがそれを見逃すはずはなかったのです。
ぼくは六時に劇場に行きました。桟敷《さじき》は満席なのに、マルグリットは現れませんでした。

そこでぼくはパレ・ロワイヤル座を出て、ヴォードヴィル座、ヴァリエテ座、オペラ・コミック座など、彼女がよく行く劇場のすべてに入ってみました。

彼女はどこにもいません。

もしかすると、おれの手紙にこころを痛めるあまり、芝居なんかにかまけていられなくなったのか。あるいは、おれと同席するのが怖くなり、釈明するのを避けているのだろうか。

ついついそんなふうに思い上がったことを考えていると、ぼくはブルヴァールの路上でガストンに出会い、どこからきたのかとたずねられました。

「パレ・ロワイヤル座だよ」

「おれのほうはオペラ座だ」と、彼はぼくに言いました。「あそこでおまえに会えるとばかり思っていたんだがな」

「なんで？」

「マルグリットがいたからさ」

「ああ、彼女はあそこにいたのか？」

「そうだよ」

「ひとりで？」

「いや、女友だちのひとりといっしょだったよ」

「それだけか？」

「G伯爵がちょっと桟敷にやってきたがね。だけど、彼女は公爵といっしょに帰ったよ。おれはずっと、いつおまえが現れるかと思っていたんだよ。となりに一晩中空席がひとつあってね、てっきりおまえが予約した席だと思っていたんだぜ」

「でも、いったいどうしてぼくが、マルグリットがいるところに行かなきゃならないんだい？」

「だって、おまえ、彼女の恋人なんだろうが！」

「だれがそんなことを言った？」

「プリュダンスさ。おれ、きのう彼女に会ったんだ。なあ、おまえ、ほんとにおめでとう。あれは美人で、おいそれと手に入るような女じゃないよ。まあ、せいぜい大事にするんだな。おまえの名誉になるよ」

ガストンのこの忠告だけで、じぶんの傷つきやすさがいかに滑稽《こっけい》だったかわかりました。

もし前日に彼に出会って、そんなふうに話されていたとしたら、ぼくはきっと今朝の愚かしい手紙を書かなかったことでしょう。

ぼくはプリュダンスのところに行き、話があるとマルグリットに伝えてもらおうとしましたが、手紙にたいする仕返しのために会えないと返事されるのではないかと不安になり、そのままアンタン街をとおって帰宅しました。

ぼくはふたたび手紙がきていないかと門番にたずねました。

なにもきていません！

もしかすると彼女は、おれがなにか新しい手を打ち、今日にでも手紙の内容を取り消すのかどうか見たがっているんじゃないだろうか、とぼくは寝床に入りながら考えました。でも、もしおれが書かなかったことがわかったら、彼女は明日にも手紙を書いてくるかもしれないぞと。

その晩はとりわけ、じぶんのしてしまったことを後悔しました。ぼくは自宅にひとりで、不安と嫉妬《しっと》に苛《さいな》まれ眠ることもできません。ところが、もしほんらいの成り行きに任せていたなら、今頃はマルグリットのそばにいて、彼女の睦言《むつごと》を聞いていたかもしれないのです。これまでたった二度しか聞いたことがないその睦言が、そんなふうにひとりぼっちでいると、ぼくの耳に焼きつくように聞こえてくるのでした。

ぼくの状況の耐えがたいところは、どう考えてみてもじぶんが間違っていたということです。じっさい、すべてはマルグリットがぼくを愛していることを物語っていました。まず、ぼくとふたりきりでひと夏過ごそうというあの計画。つぎに、彼女がぼくの恋人にならねばならない理由はどこにもなかったという確信。というのも、ぼくの財産では彼女の生活費はおろか、彼女の気紛れさえも満足させられなかったのですから。だから、彼女のほうにはただ、どっぷり浸《つ》かっている金銭ずくの愛の疲れを癒《いや》してくれるような、誠実な情愛をぼくに見いだせるかもしれないという期待しかなかったのです。ところがぼくは、二日目でもう、その期待を打ち砕いてしまったばかりでなく、二晩のあいだ許された愛にたいして、なんとも無礼な皮肉のお返しをしたというわけです。だから、ぼくのやったことはみっともないだけでなく、じつに心ないことだったのです。彼女の生活をとやかく咎《とが》める権利をもつのに、はたしてぼくはいくらかの支払いでもしたのでしょうか？　なのに二日目にはもう逃げだしたりして、まるで夕食の勘定書を渡されるのを恐れる恋人気取りの居候みたいじゃないですか？　なんと無様なんでしょう！　マルグリットと知り合って三六時間、彼女の恋人になって二四時間しか経っていないというのに、もうぼくは傷つきやすい人間を気取っていたのです。彼女が恵んでくれたことだけでも身にあまる幸福だと思わずに、すべてを独り占めにしたがり、彼女の未来の収入になってくれる過去の関係を一挙に断ち切らせようとしたのです。

いったいぼくに、彼女のどこを責められるでしょうか？　どこも。彼女はある種の女たちに見られるおぞましい率直さで、男がくるからとあけすけに言ってきてもいいところを、ぼくには病気だと書いてきたのです。それなのに、このぼくときたら、その言葉を信じて、アンタン街を除くパリのすべての街をほっつき歩き、晩を友人たちと過ごしてから、翌日彼女が指示する時刻に出向いてもよかったのに、そうはしないで、まるでオセロみたいに嫉妬に狂い、彼女を探り、もう二度と会わないことで彼女を罰したつもりになっていたのです。ところが彼女のほうは逆に、そんなふうに別れられてせいせいし、ぼくのことをとんでもない馬鹿者だと思っているかもしれないのです。だから、彼女の沈黙は恨みでさえなく、軽蔑《けいべつ》だったとも考えられるわけでした。あのときぼくは、彼女になにか贈り物でもしておくべきだったのかもしれません。そうすれば、ぼくの気前のよさについて彼女になんの疑いももたせず、しかも彼女を商売女扱いすることで、こっちのほうもこれで貸し借りなしだと思うことができたかもしれないのです。しかしぼくは、ちょっとでも取引きに見えるようなことをすれば、ぼくにたいする彼女の愛はともかく、すくなくとも彼女にたいするぼくの愛を侮辱することになると思いこんでいました。そしてこの愛がだれとも共有できないほど純粋なものであるからには、いかに短い時間だったとしても、あたえてもらった幸福の支払いに、――たとえどんなに立派なものでも――なにかの贈り物をするなど、とうてい考えられなかったのでした。

その夜、ぼくは何度も何度も、こんなことをじぶんに言い聞かせ、そのつど、同じことをマルグリットにも言いに行きたいという気になりました。

昼の光が射してきても、まだ眠れません。熱がありました。ぼくにはマルグリットのことしか考えられませんでした。

お察しのとおり、こんな場合は最後の決心をして、女と別れてけりをつけるか、あるいは――それでもなお彼女がまだ会ってくれるというなら――じぶんの気持ちのふんぎりをつけるかしなければなりません。

ところが、ごぞんじのように、ひとはいつもこの最後の決心というやつを先延ばしにするものです。そこで、じぶんの家にいることもできず、マルグリットのところに行く勇気もなかったぼくは、彼女に近づくある手段を試してみたのです。それは、うまくいった場合には偶然の結果のせいにできて、みずからの自尊心に傷がつかない手段でした。

九時になっていました。ぼくがプリュダンスの家に駆けつけると、こんなに朝早く来るなんていったいどんな用事なのとたずねられました。

ぼくとしては、わざわざやってこなければならなかったその理由を率直に述べる勇気はなく、こんな早朝に外出したのは父の住んでいるCの町まで行く馬車の席を予約するためだと答えました。

「あんたもいいわね」と、彼女は言いました。「こんないい日和にパリから出て行けるなんてさ」

ぼくはプリュダンスを見ながら、彼女、おれをからかっているんだろうかと思っていました。

しかし、彼女は真顔です。

「あんた、マルグリットに挨拶《あいさつ》に行くの？」彼女はあいかわらず真顔で言葉をつぎました。

「いや」

「そのほうがいいわ」

「そう思う？」

「もちろんよ。別れたんなら、もう一度会ったって、どうしようもないじゃないの」

「じゃ、あんた、ぼくたちが別れたことを知っているの？」

「彼女あんたの手紙を見せてくれたのよ」

「で、彼女、なんて言っていた？」

「あたしにこう言ったわ。『ねえ、プリュダンス、あなたの秘蔵っ子も、礼儀を知らないひとなのね。こんな手紙、頭のなかで考えても、ふつうは書かないものよ』とね」

「で、どんな口調でそう言ったの？」

「笑いながらね。でも、こう付けくわえたわ。『あのひと、あたしの家で二度もお夜食を食べたというのに、お礼の挨拶にさえこないんだから』」

つまり、ぼくの手紙と嫉妬が生み出した結果がそういうことだったのです。ぼくの愛の自惚《うぬぼ》れは、こんなにも無惨な辱めをうけたのでした。

「昨晩、彼女はなにをしたの？」

「オペラ座に行ったわ」

「知っているよ。で、そのあとは？」

「家でお夜食をとったわ」

「ひとりで？」

「たしか、G伯爵といっしょだと思う」

つまり、ぼくとの別れもマルグリットの習慣をなんら変えることがなかったというわけです。

こんな場合には、「おまえを愛していないあの女のことなどもう考えるんじゃないよ」と言うひともいることでしょう。ところが、ぼくのほうはむりやり微笑んで、

「そうか。マルグリットがぼくのことでがっかりしていないのを知って嬉《うれ》しいよ」と言ったのです。

「このほうが彼女にとってもずっとよかったのよ。あんたはじぶんのやるべきことをやったんだし、彼女よりずっと分別があったわけよ。だって、あの娘《こ》ったら、あんたのことを愛していたんだから。あんたのことばかり話していてね、なんか変なことでもしでかしかねなかったのよ」

「ぼくのことを愛しているんなら、どうして返事してこなかったんだろう？」

「それは、あんたを愛したのが間違いだったとわかったからよ。それにね、女っても

のは、愛に裏切られるのは許せても、自尊心を傷つけられるのだけはけっして許せないものなの。どんな理由であれ、愛人にした二日後に捨てられるなんて、やっぱり女のプライドは傷つけられるわよ。あたしマルグリットをよく知っているから言うんだけど、彼女、あんたに返事を出すくらいなら、死んだほうがよっぽどましだって思っているわよ」

「じゃあ、ぼくはなにをしたらいいんだろうか？」

「なにも。いずれ彼女はあんたを忘れ、あんたは彼女を忘れるでしょう。そうなれば、あんたたち、おたがいに責めることはなにもなくなるじゃないの」

「でも、もしぼくが彼女に許しを乞《こ》う手紙を書いたら？」

「ぜったいやめておきなさいよ。彼女あんたを許すかもしれないから」

ぼくはプリュダンスの首に飛びつきそうになりました。

その十五分後、ぼくは家にもどって、マルグリットに手紙を書きました。

《昨日書いた手紙を後悔している人間がいます。もしあなたに許してもらえないなら、その人間は明日どこかに出発することになるでしょう。その人間は何時にあなたの足元に跪《ひざまず》き、悔い改めたらよいのか知りたがっています。

あなたがおひとりでおられるのはいつなのでしょうか？　ごぞんじのように、懺悔《ざんげ》

というものは、立会人なしでなされるべきものですから》

ぼくはそんな散文の俗謡《マドリガル》みたいなものを書いた紙を折りたたんで、ジョゼフに届けさせました。彼がその手紙を直接わたすと、マルグリットはいずれ返事をすると答えたそうです。

ぼくは夕食を取りに、ちょっとだけ外出したのですが、晩の十一時になってもまだ返事がありません。

そこでぼくはこれ以上長く辛抱せず、翌日に出発しようと決めました。

そう決心してしまうと、たとえ寝ようとしても眠れないのはわかりきっていますから、さっそく荷造りに取りかかりました。

1　イタリア人大通りとリシュリュー街の角にあったカフェ。当時の繁華街にあり、バルザックの『セザール・ビロトー』などに出てくるパレ・ロワイヤルの同名の店とは別。

2　パレ・ロワイヤルのアーケードに一八〇八年にできた初めての定食レストラン。現存する高級レストラン《グラン・ヴェフール》の前身。

3　パレ・ロワイヤルのモンパンジエ回廊にあった劇場。一八三一年に改修されて現存する。

第十五章

ぼくとジョゼフが旅支度をはじめて一時間ほどしたとき、激しく門の呼び鈴を鳴らす音がきこえました。

「開けなければならないでしょうか？」ジョゼフがたずねました。

「開けてあげなさい」と、ぼくはいったいだれがこんな時間にやってくるんだと思いながらも、まさかマルグリットだとは信じられずに言いました。

「旦那《だんな》さま」もどってきたジョゼフが言いました。「ご婦人がふたりお出《い》でです」

「アルマン、あたしたちよ」と、プリュダンスだとわかる声が叫びました。

ぼくはじぶんの寝室から出て行きました。

プリュダンスは立ったまま、広間の骨董《こっとう》品を眺めまわしていましたが、マルグリットのほうはソファにすわって物思いにふけっています。

なかに入ったぼくは、真っ直ぐ彼女のほうに進んで跪き、その両手を取りました。

そして、すっかり感激して「ごめん」と言いました。

彼女はぼくの額にキスをしてからこう言いました。

「あなたを許すのは、これで三度目ね」

「ぼくは明日出発するつもりだったのです」

「あたしが訪問したからといって、どうしてその決心を変える必要があるの？　あたしはあなたがパリを離れる邪魔をするためにきたんじゃないのよ。ここにきたのは、昼にはお返事する時間がなかったから。そして、あたしがあなたに怒っていると思ってもらいたくなかったからなの。なのにプリュダンスたら、あたしをここにこさせたくなかったのよ。きっとあなたの邪魔になるにちがいないっていうの」

「ぼくの邪魔、あなたが？　マルグリット、まさか！　で、それはいったいどうしてですか？」

「当たり前よ！　あんたの家に女のひとがいるかもしれないじゃないの」と、プリュダンスが答えました。「そのうえに、ふたりも女がやってきたら、そのひとだって面白くないでしょうよ」

プリュダンスがそんなことを言っているあいだも、マルグリットはじっとぼくを見つめています。

「ねえ、プリュダンス」とぼくは答えました。「あんたはじぶんでじぶんの言っていることがわからないんだよ」

「それはね、とっても素敵だから、あんたの家が」とプリュダンスが言いかえしました。「寝室を見てもいいかしら？」

「かまわないよ」

プリュダンスはぼくの寝室にうつりましたが、それはそこを見たかったからではなく、さっきの失言の償いをして、マルグリットとぼくをふたりきりにするためなのでした。

「どうしてプリュダンスなんかを連れてきたの？」と、そこでぼくは彼女に言いました。

「芝居でいっしょだったからよ。それに、ここから帰るときに、だれかに付いてきてもらいたかったから」

「ぼくじゃだめなの？」

「そう。あなたには迷惑をかけたくないから。それに、もしあなたがあたしの家の戸口まできたら、きっとあがっていきたいって言うでしょう。でも、そうはさせてあげられないので、あなたはあたしに断られたのを恨んで当然だと思って帰るに決まっている。それが厭《いや》だったのよ」

「じゃあ、どうしてぼくを家に入れることができないの？」

「あたしがひどく厳重に監視されているから。そして、ちょっとでも疑いをもたれたら、とんでもない損害をうけることになるからよ」

「本当の理由はそれだけ？」

「もし別の理由があったら、あたし、あなたにそう言うわよ。あたしたちのあいだにはもう秘密なんてないでしょう」

「それなら、回りくどい言い方はやめて、このさい言いたいことを言わせてもらうけど、正直なところ、きみはぼくのことをすこしは愛しているの？」

「とっても、愛しているわ」

「じゃあ、どうしてぼくを騙《だま》したの？」

「ねえ、あなた、もしあたしが何々男爵夫人で、二十万フランの年収があって、あなたという愛人がありながら、別に愛人をつくったというのなら、あなたは当然、なんでじぶんを騙すのか、とたずねてもいいでしょうよ。でも、あたしはマルグリット・ゴーティエよ。四万フランの借金があって、財産は一文もなし。それでも、年に十万フランつかっているのよ。あなたの質問は能天気だし、あたしが答えるのも野暮というものだわ」

「それはそうだ」ぼくはマルグリットの膝《ひざ》のうえにがっくり頭を落として言いました。

「でも、ぼくは気が狂うくらいきみを愛しているんだよ」

「だったら、ねえ、あたしのこと、もうちょっとだけ愛さないようにするか、もうちっとだけわかってくれるかしなくちゃね。あなたの手紙、あたしにはとっても辛《つら》かったわよ。もしあたしが自由な身だったら、だいたい伯爵を家にあげなかったことでしょう。たとえ家にあげたとしても、あとであなたのところに駆けつけて、さっきのあなたが求めたみたいな許しを乞うていたでしょう。そして将来、あなた以外に愛人をもたないって決心するでしょう。あたしは一瞬、そんな幸せを半年ぐらいじぶんにあたえてやってもいいと思ったのよ。なのに、あなたはそうは望まず、どうしてもその手立てを知りたがった。ああ、それがどんな手立てかなんて、だれにだって簡単に察しがつくはずでしょう！　この手立てをつかうことであたしが払っていた犠牲は、あなたには思いもよらないくらい大きなものだったのよ。『あたし二万フラン必要なの』って、あなたに言おうと思えば言えたわよ。あなたはあたしに首ったけだったから、それくらい用立ててくれたかもしれない。たとえ、のちのちそのことであたしを責めるようになってもね。でも、あたしはあなたにはどんな借りもつくりたくなかったのよ。なのに、あなたはそんな心遣いをわかろうとはしてくれなかった。だって、これもひとつの心遣いだったんだから。あたしたちみたいな女はね、まだちょっとでも真心が残っている場合には、言うことにもすることにも、他の女たちが知らないような含みや幅をもたせるものなの。だから、くどいようだけど、マルグリット・ゴーティエにしてみれば、必要なお金をあなたに頼まずに借金を払うのにつかったあの手立ても、やっぱりひとつの心遣いだったのよ。あなたにはなにも言わずにそれを利用してほしかったわ。もし今日あたしたちが知り合っていたら、あなたはあたしが約束することに喜ぶあまり、一昨日《おととい》なにをしたのかなんて、あたしに訊《き》かないでしょう。あたしたちにはときどき、からだを犠牲にしてこころの満足を買わねばならないことだってあるの。でも、だからこそ、あとでその満足が手からすべり落ちてしまったときには、もっと苦しい思いをするのよ」

ぼくは耳を傾け、マルグリットを見ながら、すっかり感心していました。

昔その足先にでも接吻《せっぷん》してみたいと願ったあの素晴らしい女性がいま、どうしてかおれのことを考えに入れ、しかるべき役をあたえてじぶんの人生のなかに入れてくれたというのに、このおれはそれだけでは満足できないのか。そうぼんやり考えてみると、男の欲望というものには限りがないものだと、つくづく思わずにはいられませんでした。ぼくのようにたちまち欲望がみたされた場合でさえ、なにか別のものを欲するようになるんですから。

「そう、たしかに」マルグリットは言葉をつづけました。「あたしたちみたいな商売の女は、ときどき気紛れな願いをいだいたり、考えられない恋をしたりするものなの。いっときなにかに夢中になっても、そのあとには別のことに夢中になる。あたしたちからなにも得られずに身を滅ぼす男もいれば、花束ひとつであたしたちをものにしてしまう男だっている。あたしたちのこころは気紛れで、それだけが気晴らしになり、またやっていることの言いわけにもなってくれるのよ。誓ってもいいけど、あたしが身を任せたのは、他のどんな男よりあんたがいちばん早かったのよ。そのわけ？　それは、あたしが血を吐くのを見て、あんたが手を取ってくれたから。あんたが泣いてくれたから。あたしのことを気の毒に思ってくれた、たったひとりの人間だったから。あこんなことを言うと馬鹿みたいだけど、あたしはむかし子犬を一匹飼っていたの。あたしが咳《せき》をすると、その子犬は悲しそうにあたしのことを見ていたわ。あたしがこころから愛したのはその子犬だけよ。

その犬が死んだとき、あたしは母が死んだときよりもずっとずっと泣いたわ。もっとも、人生の十二年ものあいだ、母はあたしをぶってばかりいたんだけど。だから、あたしはすぐに、その犬と同じくらいにあんたが好きになってしまったの。もし男たちが一滴の涙でどんなことまでできるか知っていたら、もっと愛されているのにねえ。そして、あたしたちだってそんなに多くのひとを破産させなくてすむのにねえ。

あの手紙には、あたしが思っていたのとは別のあんたを見せつけられたわ。あんたには女心の機微がわかっていないってことを、初めて知らされたの。あんたにどんなことをされようと、あれくらいあたしがあんたにもっていた愛を傷つけるものはなかったと言ってもいいほどだわ。たしかにあれは嫉妬《しっと》から出たものなんでしょう。でも、あれは皮肉で無礼な嫉妬でした。あたしだってもう相当に落ちこんでいたときに、あの手紙をうけとったのよ。正午に会い、お昼ご飯をいっしょに食べながら、あんたの顔を見て、くさくさした気分をさっさと忘れる気でいたのに。もっとも、あんたと知り合うまえだったら、いくらくさくさした気分になっても、まあ仕方がないかって苦もなく諦《あきら》めていたものだけど」

「それにね」と、マルグリットがつづけました。「あたしにはすぐにわかったの、あんたはあたしが自由に考え、話すことができる、たったひとりの人間なんだと。あたしみたいな女を取りまいている男たちなんてね、みんな、女のちょっとした言葉でもあれこれ詮索《せんさく》し、どんなつまらない行動からでもなにかの結果を引きだすことにしか関心がないのよ。だから当然、あたしたちには友だちはいないわ。あたしたちにいるのは、みずから言っていることとはちがって、あたしたちのためでなく、じぶんたちの見栄のために散財する身勝手な男たちだけよ。

そんなひとたちのために、彼らが快活にしているときには陽気になってやり、夜食をたべたがるときには食欲旺盛《おうせい》になってみせたり、疑い深くなっているときには疑い深くなってやらなきゃならない。あたしたちには、こころがあっちゃいけないのよ。でないと、怒鳴られ、信用をなくしてしまうわ。

あたしたちはもう、じぶんがじぶんでなく、人間じゃなくて品物なの。彼らの見栄の点では最初のものでも、尊敬の点では最後のものってわけ。女の友だちならいるわよ。でも、だいたいはプリュダンスみたいな友だちで、むかし水商売をしていたものだから、歳から言ってもうそんなことはできっこないのに、贅沢《ぜいたく》の味だけは忘れられないひとたちばかり。そこで、そんなひとたちはあたしたちの友だちっていうか、むしろ食客みたいになってしまうの。そのひとたちの友情って、奴隷みたいにへいこらすることがあっても、けっして欲得を離れることはない。してくれる忠告といえば、お金のことばかり。あたしたちが十人以上パトロンをもっていようと、なんだろうと、ただじぶんたちがドレスやブレスレットのおこぼれにありつけ、ときどきあたしたちの馬車で散策したり、芝居の桟敷《さじき》にこられたりさえすれば、それで大満足。あたしたちが前日にもらった花束をもってかえり、カシミアのショールを借りていく。やることとの値打ちの二倍の見返りがなければ、どんなささいなことだってしてくれない。あの晩、あんたもその目で見たでしょう。あたしが公爵に頼んだ六千フランをプリュダンスに取りに行ってもらった。それからあたし、五百フラン貸したでしょう。彼女、あのお金をけっして返しっこないから。でなければ、あたしが被《かぶ》ることとなんてぜったいないような帽子で返すにきまっているわよ。

だからねえ、あたしたちにはたったひとつの幸福しかもてない。というか、ときどき気が滅入り、いつも病気で苦しんでいるこのあたしには、たったひとつの幸福しかもてなかったの。それはあたしの暮らしぶりについてあれこれ問いただすず、あたしのからだよりも、むしろあたしの気持ちを愛してくれるような、立派な男のひとを見つけること。その男があの公爵だったの。でも公爵は老人で、老人にはあたしを守ることも、慰めることもできないわ。たしかに、あたしは公爵が求めるような暮らしができると思ったのよ。でも、どうしようもないじゃないの。あたしは退屈のあまり死にそうになってきた。そして、どうせ燃え尽きてしまうこの命なら、炭火で窒息してしまうより、いっそのこと火事のなかに飛びこんだほうがいいって思うようになっていたの。

ちょうどそんなとき、あたしはあんたに出会った。あんたは若く、情熱があり、幸福そうだった。そこであたしはあんたに、ひとりぼっちで落ちつかないまま、必死に呼び求めていた男になってもらおうとしたの。あたしが愛したのは、あるがままの男としてのあんたじゃなく、そうあってほしいと願う男としてのあんただったの。でも、あんたはそんな役割をうけいれず、じぶんにふさわしくないと撥《は》ねつけて、そんじょそこらの男のようになってしまっている。だったら、他の男と同じようにしたらいいじゃないの。あたしにお金を払ってよ。そして、こんな話はもうやめにしましょうよ」

この長い告白にぐったりしたマルグリットは、ソファの背に身を投げて、軽い咳の発作を抑えようと、ハンカチを唇に、そして目元にまで当てました。

「ごめん、ごめん」ぼくはもごもごと言いました。「そういうことはみんなわかっていたんだ。でも、きみの口から直接聞いてみたかったんだよ、マルグリット。あとのことはすっかり忘れよう。ただひとつのことだけを覚えておこうよ。ぼくはきみのものなので、きみはぼくのものだということ。ぼくらは若く、愛し合っているということだけを覚えておこうよ。マルグリット、ぼくのことなんか、なんだってきみが望むようにしたらいい。ぼくはきみの奴隷になる。犬になる。だけど、どうかお願いだ、きみに書いたあの手紙だけは破ってくれないか。そして、明日ぼくを出発させないでくれないか。でないと、ぼくは死んでしまうんだよ」

マルグリットはドレスの胴部からその手紙を取りだし、それをぼくにわたしながら、なんとも言えず優しい微笑をうかべてこう言いました。

「さあ、持ってきてあげたわよ」

ぼくは手紙を引き裂き、涙に暮れながら、その手紙を差しだした手に接吻しました。

このとき、ふたたびプリュダンスが姿を見せました。

「ねえ、プリュダンス、このひとがあたしになにを頼んでいるか知っている？」と、マルグリットがたずねました。

「許してって言っているんでしょ」

「ええ、そうよ」

「で、あんた許してあげるの？」

「そうしなきゃならないでしょう。でも、このひと、もうひとつ望みがあるんだって」

「なに、それ？」

「あたしたちといっしょにきて、お夜食を食べたいんだって」

「で、あんたはそれでいいの？」

「どう思う？」

「あたしこう思うわ、あんたたちはふたりとも子供なんだって、ふたりともどうかしているんだって。でも、あたしこうも思うわよ、あたしはとってもお腹が空《す》いている。だから、ふたりの意見が合うのが早ければ、そのぶんだけよけい早くお夜食にありつけるって」

「じゃあ、行きましょう」マルグリットが言いました。「三人であたしの馬車に乗るのよ。さあ、ほら」と、彼女はぼくのほうを振り向いて付けくわえました。「ナニーヌは寝ているでしょう。だからあなたがドアを開けてね。この鍵《かぎ》をもっていなさい。もう二度となくさないようにしてよ」

ぼくはマルグリットを、息が詰まるほど抱きしめました。

そこにジョゼフが入ってきました。

「旦那《だんな》さま」と、彼はじぶんのした仕事に得意になっている様子で言いました。「荷造りは終わりました」

「すっかり？」

「そうです」

「じゃあ、ほどいてくれ。出発は取りやめだ」

第十六章

ふたりの関係のはじまりのことを――と、アルマンは私に言った――もっと手短にお話ししてもよかったのですが、でもぼくは、どんな出来事によって、どんな成り行きでそうなったのか、つまりぼくがマルグリットの望むすべてのことに同意し、マルグリットがもうぼくとしか暮らせなくなったのか、よくわかってもらいたかったのです。

ぼくがマルグリットに『マノン・レスコー』を贈ったのは、彼女がぼくの家に会いにきた翌日でした。

そのときから、ぼくは恋人の生活を変えることができないので、じぶんの生活のほうを変えることにしました。ぼくが望んでいたのはなによりも、じぶんが引きうけたばかりの新たな役割のことをあれこれ考える暇をつくらないということでした。というのも、なんだか若いツバメになったみたいなその役割のことを考えると、どうしても、ひどく気持ちが落ちこんでくるからです。そこで、ふだんはじつに静かだったぼくの生活も、一挙に騒々しく、だらしなく見えるものとなったのです。玄人《くろうと》の女に愛されるとなると、それがいくら欲得を離れた愛だといっても、まったく出費が不要だなどとは思わないでください。花とか、芝居の桟敷席とか、夜食とか、田舎のピクニックとか、恋人にはけっして断れないような様々な気紛れのために、相当散財させられるのです。

まえにも言いましたが、ぼくには財産はありませんでした。父はC市の総徴税官で、いまもやっています。たいへんな律儀者として通っていて、そのおかげで、官職に入るのに収めねばならない保証金の手当もできたのです。その仕事の年収が四万フランあり、これを十年まえからうけとっているので、保証金の返済をしながらも、そのかたわらぼくの妹の持参金をこつこつ積みたてていました。父はこの世でもっとも尊敬すべき人物です。母が死んだとき、六千フランの年金を残してくれましたが、父は念願の公職につくと、その年金をぼくと妹に半分ずつ分けてくれたのです。やがてぼくが二十一歳になったとき、そのささやかな年収に五千フランの年金を付けくわえ、この八千フランとは別に、法曹界か医学の方面でなにか仕事を見つければ、パリでも立派な生活ができるにちがいないと言ってくれました。そこでぼくはパリに出て、法律の勉強をして、弁護士資格を取ったのです。しかしぼくは、多くの若者たちと同じように、免状をポケットにしまいこんだまま、パリの暢気《のんき》な生活に身を任せるようになりました。ぼくの出費はじつに慎ましいものでしたが、それでも八か月で年収を使いはたし、夏の四か月を故郷の実家で過ごしていました。その結果、ぼくには年収一万二千フラン相当あることになり、おまけに親孝行な息子だという評判も得ていたのです。それに借金は一文もありませんでした。

これがマルグリットと知り合ったころのぼくの状態です。

お察しいただけると思いますが、ぼくの暮らしぶりは心ならずも派手になっていきました。マルグリットはじつに気紛れな性質で、じぶんたちの生活の中心になっている数多《あまた》の娯楽など、大した出費だとはすこしも見なさないような女でした。そのため、できるだけ多くの時間をともに過ごしたいと言っては、今晩夕食をいっしょにしたいけど、それはじぶんの家ではなく、パリもしくは田舎のどこかのレストランにしたい、と朝に手紙を書いてくるのです。ぼくは彼女を迎えに行き、いっしょに夕食をたべたり、芝居に行ったり、またしばしば夜食をたべたりします。そのために、ひと晩に八十フランか百フランもつかいました。これは月にすると二千五百フランか、三千フランになります。そうすると、ぼくの一年は三か月半に縮まり、どうしても借金をするか、あるいはマルグリットと別れるか、そのどちらかの選択を迫られることになります。

ところがぼくは、別れるという選択以外は、なんでもうけいれるつもりでいたのです。

どうか、こんな細々とした話をするのをお許しください。でもいまに、これがのちに起きる出来事の原因になったことがおわかりになるでしょう。ぼくがお話ししているのは、なにもかも包みかくさないまったくの現実なのですから、馬鹿正直な細部でも単純な成り行きでもそのまま述べているのです。

そういうわけでぼくは、恋人のことを忘れるほど深刻な影響をじぶんの人生にあたえるものはこの世にないのだから、その恋人につかわされるお金を手当てする方策ぐらいは、じぶん自身でなんとか立てなくてはならなったのです。——それに、ぼくはこの恋にすっかり魂を奪われていたので、マルグリットと離れて過ごす短い時間が一年もの長さに感じられ、その短い時間をなんらかの情熱の火で燃やし尽くし、そんな時間を経験したことなど、ぜんぜん気づかないほど早く過ぎさってもらいたいという欲求に苛《さいな》まれるようになっていたのです。

ぼくはささやかな資本を担保に五、六千フランの借金をして、賭博《とばく》に手を染めることになりました。というのも、賭博場が廃止されて以来、いまではどこでも賭博ができるからです。むかしは、フラスカティ[1]などに入ると、運さえよければ一財産稼げることもありました。現金で勝負していたからです。そこで、たとえ負けても、もしかしてじぶんのほうが勝っていたかもしれないと思える慰めもあったわけです。ところがいまでは、支払いに厳しいクラブをのぞけば、大きく勝ったときには金をうけとることがほとんどできないと決まっています。その理由は簡単です。

賭博をするのはだいたい、ひどく金に困り、いまの暮らしを支えるだけの財産をもたない若い男たちばかりです。だからこそ彼らは賭博をするわけですが、結果は当然こうなります。もし彼らが勝てば、負けた者たちは他人の馬や愛人の費用を払わされることになるので不愉快きわまりない。こうして負けたほうがいやいや借金を背負いこまされていくうちに、賭博台のまわりではじまった関係もついには刃傷沙汰《にんじょうざた》になり、つねに名誉と生命がいくぶんか傷つけられることになります。そして、負けたほうが正直な人間だった場合には、ただ二十万フランの年金がないことだけが唯一の欠点である、やはりきわめて正直な若い人間たちによって破産させられる羽目に陥るわけです。

いかさま賭博をやる連中についてはお話しするまでもないでしょう。彼らはどうしても雲隠れしなければならないか、のちのち罪に問われることになるか、そのどちらかです。

要するにぼくは、以前なら考えただけでぞっとしていたような、あのめまぐるしく、騒々しく、激烈な生活に飛びこんでいったのですが、それがマルグリットを愛することの避けがたい帰結でもあったのです。だって、ほかにどうしようもないじゃありませんか。

アンタン街で過ごせない夜を自宅でひとり過ごしたとしても、ぼくは一睡もできなかったでしょう。嫉妬《しっと》のあまり目がずっと冴《さ》えたままで、考えも血もその火に燃やし尽くされてしまったにちがいありません。これに反して賭博は、こころに押し寄せる熱をしばし逸《そ》らし、思いがけない面白さでぼくをとらえる勝負の情熱のほうに振り向けてくれるのです。もっともそれは、恋人の家に行かねばならなくなる時間になるまでです。そのときになると――そしてこのことによってじぶんの愛の激しさがわかるのですが――、ぼくは勝っていようと負けていようと、きっぱりと賭博台から立ちさりました。そこに置きざりにする者たち、こんなふうに賭博台を離れることで得られる幸福を知らない者たちを気の毒に思いながら。

大部分のひとにとって、賭博はやむにやまれずするものだとすれば、ぼくにとっては一種の薬のようなものでした。

そこで、ぼくはそんな熱に浮かされたような生活のただなかにいても、相当冷静さを保っていました。じぶんに支払える金額しか負けませんでしたし、負けてもいい金額しか勝たなかったのです。

それに幸運もぼくに味方してくれました。ぼくは借金をつくらずに、賭博をしていなかったときの三倍ものお金をつかっていました。じぶんの懐を痛めずにマルグリットの様々な気紛れを満足させてやれる生活に背を向けるのは、容易なことではなかったのです。マルグリットのほうは、以前と変わらず、いや、以前にも増してぼくを愛してくれるようになりました。

先ほども言いましたが、当初ぼくは、夜の一二時から朝の六時までしか彼女に会ってもらえませんでした。やがて、ときどき劇場で彼女の桟敷《さじき》席に入ることが許されるようになり、そのうちごくたまに、彼女のほうからやってきて夕食をともにすることもありました。ある朝など、八時になってからやっとぼくが帰ったことがありましたし、正午まで居すわっていた日もあったのです。

マルグリットには、精神的な変化こそまだありませんでしたが、身体的な変化が生じてきました。ぼくがなんとしても彼女の病気を治してやろうとしたので、それを見抜いた彼女は、いじらしく感謝の気持ちを示すためにぼくの言うことによく耳を傾けてくれたのです。だからぼくは無理強いも努力もせずに、彼女を昔の習慣から切り離せるようになりました。かかりつけの医者に診せたところ、彼女の健康は休息と静養によってしか保てないと言われたので、ぼくはなんとか彼女に夜食や夜更かしをやめさせ、健康的な食養生と規則的な睡眠を守らせるようにしました。マルグリットのほうもいつの間にかそんな新しい暮らしぶりにも慣れて、からだのためになるその効果を実感するようになったのです。このころにはもう幾晩も自宅で過ごすようになったり、また天気の好《よ》い日など、彼女はカシミアのショールに身を包み、ヴェールをかぶって、ぼくらはシャンゼリゼまで歩いていき、まるでふたりの子供みたいに、晩の暗い並木道を走りまわったりもしました。彼女は疲れて帰宅し、軽い夜食をとり、ちょっとだけ楽器を弾くか読書するかしたあとすぐ就眠するのです。こんなことは以前にはけっしてありませんでした。耳にするたびにぼくの胸が搔《か》きむしられていた咳《せき》も、もうほとんど出なくなりました。

六週間もすると、伯爵のことはもはや問題にならなくなりました。完全に縁が切れたのです。ただ公爵だけには、ぼくとマルグリットの関係を隠しておかねばならなかったのですが、それでも公爵は、ぼくが彼女のところにいるあいだ、奥さまはお休みですとか、起こさないように申しつかっておりますとかという口実で再三門前払いされていたのです。

マルグリットがぼくに会うことが習慣になり、必要にさえなったために、老練な賭博者なら手を引くにちがいないちょうどいい潮時に、ぼくはふっつり賭博をやめてしまいました。勝ちに勝ちつづけた結果、結局一万フランほど手にすることになりましたが、これはぼくには無尽蔵の資本のように思われました。

父や妹に会いに行く時期がやってきても、ぼくは帰省しませんでした。そこで、このふたりから手紙を、ぜひ故郷のじぶんたちのところに帰ってくるように懇願する手紙を度々うけとることになりました。

そのたびにぼくはできるだけ返事を書き、こちらは元気にしているし、いまのところお金の必要もない、といつも同じことを言ってやりました。このふたつのことさえあれば、たとえ例年の帰省を遅らせても、父にはいくらかの慰めになるだろうと思ってのことです。

そうこうするうちに、ある朝、マルグリットがまばゆい太陽に目を覚まされてベッドから飛びおりると、きょうは田舎に連れて行ってほしいと頼みました。

さっそくプリュダンスを呼びにやり、マルグリットがナニーヌに頼んで、この好天の一日を満喫したいのでデュヴェルノワ夫人といっしょに田舎に行ったと公爵に言づけさせてから、ぼくらは三人で出かけました。

デュヴェルノワ夫人の同行は公爵の気分をなだめるのに必要だったうえ、プリュダンスというひとは、この種のピクニックになんともうってつけの女でした。いつも変わることのない陽気さと、果てしのない食欲を発揮する彼女は、同行者を片時も退屈させないばかりか、卵、さくらんぼ、牛乳、兎肉のソテーなど、要するにパリ近郊の伝統的な昼食の注文をするのがじつに上手だったのです。

あとはどこに行くのか決めるだけです。

この問題をさっさと解決してくれたのも、やはりプリュダンスでした。

「あんたたちが行きたいのは、ほんとうの田舎?」と、彼女がたずねました。

「そう」

「じゃあ、ブージヴァル[2]へ行って、アルヌーおばさんの《あけぼの》亭で食事しましょうよ。アルマン、あんたは馬車を借りてきて」

この一時間半後、ぼくらはもうアルヌーおばさんの店にきていました。

あなたもきっと、週日は客を泊め、日曜は郊外酒場になるあの宿屋のことをごぞんじでしょう。ふつうの家の二階ぐらいの高さにある庭から、素晴らしい眺望が得られます。左手はマルリー[3]の水路橋が地平をさえぎり、右手には果てしなく丘陵地がひろがっています。そこではほとんど流れのない川が、ガビョン平原とクロワシーの島のあいだを、さながら波模様の広く白いリボンのように延びています。そして、この島はふるえる高いポプラの木と囁《ささや》くような柳の木によって、たえず揺すられているのです。

ずっと向こうには、陽光をたっぷりうけた、赤い屋根の白くちいさな家々が立ち並び、またいくつかの工場が点在しますが、遠く離れているせいで、その工場も金儲《かねもう》け主義のどぎつい感じもなくなり、見事に風景に溶けこんでいるのです。

そして遥《はる》か向こうには、霧に霞《かす》んだパリ！

プリュダンスが言っていたように、それはほんとうの田舎でした。また、それはほんとうの昼食だったとも言っておかねばなりません。

こんなことを言うのは、この場所のおかげで得られた幸福に感謝するためだけではありません。そうではなく、名前こそぞっとしませんが、ブージヴァルはひとが想像しうるかぎりもっとも美しいところだったのです。ぼくはたくさん旅をしましたし、これ以上に立派なものもいろいろ見てきましたが、丘に守られ、その麓《ふもと》に明るく横たわっている、このちいさな村ほど魅力的なものを見たことがありません。

マルグリットとプリュダンスはアルヌーおばさんから舟遊びを勧められ、喜んで承知しました。

ひとはいつも田舎と恋愛を結びつけますが、これはもっともなことです。愛する女性を際だたせるのに、青空や植物の香り、花々やそよ風、野原や森の輝かしい静寂にまさるものはありません。ある女性をどんなに強く愛していても、その女性をどれだけ信頼していても、その女性の過去から考えてどんなに未来を確信していても、ひとはいつも多少なりとも嫉妬《しっと》するものです。もしあなたが恋を、真剣に恋をしたことがあるならきっと、じぶんが全身全霊を捧《ささ》げて生きたいと願う存在を世の中から孤立させたいという、あの欲求を覚えられたことでしょう。愛する女性が周囲にどんなに無関心でも、いろんな人間や物事にふれるうちに、いくぶんかは香気と純一さをなくしていくように感じられるからです。このぼくは、他のだれよりもそういうことを感じていました。ぼくの愛はふつうの愛ではありません。ぼくとしてはふつうの人間として愛せるだけ愛していたにはちがいありませんが、それでも相手はマルグリット・ゴーティエです。つまり、ぼくはパリで一歩あるくごとに、かつてこの女の愛人だったか、明日にも愛人になるかもしれない男に出会いかねないのです。ところが田舎にいると、ぼくらが一度も会ったことがなく、ぼくらのことなど気にもしない人びとのあいだに、あの毎年の許しともいうべき春にたっぷり飾られ、都会の喧噪《けんそう》からすっかり隔絶した自然のふところに恋人を隠すことができ、なんの恥ずかしさも恐れもなく愛することができるのです。

そこでは高級娼婦《クルティザーヌ》の面影が徐々に影をひそめていきます。そして、ぼくのそばにいるのがひとりの若く、美しい女性で、ぼくはマルグリットという名前のその女性を愛し、その女性に愛されているといったふうになってくるのです。過去は跡形もなくなり、未来は雲ひとつなく晴々としてきます。太陽はこのうえなく貞淑な許嫁《いいなずけ》を照らすように、ぼくの恋人を照らしています。ぼくらはふたりきりで、ラマルティーヌ[4]の詩句を思いださせ、スキュード[5]のメロディーを口ずさむためにわざわざつくられたのかと思えるような、あの魅力的な場所を散歩します。マルグリットは白いドレスを着て、ぼくの腕にもたれかかり、宵になると前夜にささやいたことをまた繰りかえし語ってくれます。世界は遠くのほうで勝手に営みをつづけ、ぼくらの青春と愛の絵図を影で汚すこともありません。

その昼の熱い太陽が葉陰をとおしてもたらしてくれる夢とはそのようなものでしたが、小舟で着いた島の草地に長々と横たわったぼくは、以前の彼女を束縛していたあらゆる人間関係から解き放たれ、様々に思いを駆けめぐらせては見つかるすべての希望を拾い集めていたのです。

これに加えて、ぼくのいた場所から、半円型の鉄柵《てっさく》をめぐらした、三階建ての瀟洒《しょうしゃ》なちいさい家が岸辺のほうに見えました。それから鉄柵をとおして、家のまえにはビロードのように均一な緑の芝生が見え、そして建物のうしろには林も見えました。この林には謎めいた隠れ家がいっぱいあって、毎朝前日にできた小径が苔《こけ》に隠されるにちがいありません。

蔓草《つるくさ》の花々が、住む人もいないその家の石段を覆いかくし、二階にまで延びています。

じっとその家を見つめていたおかげで、ぼくはすっかり、それがじぶんのものだという気がしてきました。その家はそれほどぼくの夢を凝縮するものだったのです。昼には丘を覆う林のなかにいて、宵になると芝生にすわっているマルグリットとじぶんの姿が目のまえに浮かぶようでした。そしてぼくは、かつて地上の人間たちがぼくらくらい幸福だったことがあるだろうかと内心思っていたのです。

「なんてきれいな家なんでしょう！」と、ぼくの視線の方向、またたぶんぼくの考えの行方を追っていたマルグリットが言いました。

「それってどこなの？」と、プリュダンスが言いました。

「あっちよ」とマルグリットは言って、問題の家を指さしました。

「ああ、うっとりするほどね」と、プリュダンスが応じて、「あんた気に入ったの？」

「とっても」

「それじゃ、公爵に借りてくれって言いなさいよ。ぜったい借りてくれるから。よかったら、あたしに任せてよ」

マルグリットはその考えをどう思うかとたずねるように、ぼくのほうを見ました。

ぼくの夢はこのプリュダンスの最後の言葉とともにどこかに吹っ飛んでしまいまし

た。あまりにも急激に現実に突き落とされたので、その転落ぶりにしばし呆然《ぼうぜん》としていたのでした。

「そ、そうだね。いい考えだ、ね」ぼくはじぶんでもなにを言っているのかわからないまま口ごもりました。

「じゃあ、あたしがうまくやっておくわ」じぶんの願いに合わせてその言葉を解釈したマルグリットは、ぼくの手を握りながら言いました。「あの家が借家かどうか、すぐ見に行きましょうよ」

家は空き家で、二千フランの家賃で貸しに出されていました。

「ここに住めたら、あなた嬉《うれ》しい？」彼女はたずねました。

「ぼくがここにこられると、ほんとうに思っていいの？」

「あなたでなかったら、いったいだれのために、あたしがこんなところに引きこもるっていうの？」

「じゃあ、マルグリット、ぼくにこの家の家賃を支払わせてもらえないかな？」

「馬鹿なことを言わないで。だいたいそんなことは無駄だし、おまけに危険だわ。あたしにはそんなことをしてもらえる相手がただひとりの男しかいないことぐらい、あなたにだってわかっているはずよ。だから、さあ、大きな坊や、あなたは黙って、されるままになっていたらいいのよ」

「そうと決まったら、あたし二日間つづいて暇があるときには、あんたたちのところで過ごすわよ」と、プリュダンスは言いました。

ぼくらはその家を離れ、その新しい計画のことをあれこれ話しながら、パリへの帰路につきました。ぼくはずっとマルグリットを腕に抱きしめていたので、馬車から降りるときには、じぶんの恋人の企《たくら》みのことも、さしたる後ろめたさも感じずに考えられるようになっていたのでした。

1　モンマルトル大通り二三番地にあったナポリ風のレストラン兼賭博場。
2　パリから一八キロほど離れたセーヌ左岸の村。画家や芸術家が好んで訪れた。
3　ブージヴァルで取り入れられたセーヌの川水をヴェルサイユの庭園にまで運んでいた水路。
4　アルマンはここでフランスの詩人アルフォンス・ド・ラマルティーヌ（一七九〇―一八六九年）の『瞑《めい》想《そう》詩集』（一八二〇）などのことを思い浮かべているのだろう。
5　ピエール・スキュドはフランスの作曲家、ジャーナリスト（一八〇六―一八六四年）。

第十七章

翌日、マルグリットはぼくを早々と追い出し、公爵が早朝にやってくるはずだから、公爵が帰ったらすぐ手紙を書き、いつものように夜の待ち合わせ場所を知らせると約束しました。

じっさい、その日の昼のうちにこんな手紙をうけとったのです。

《あたしは公爵といっしょにブージヴァルに行きます。今晩八時にプリュダンスの家で待っていてください》

マルグリットは言ったとおりの時刻に帰ってきて、デュヴェルノワ夫人のところにいたぼくと落ち合いました。

「さあ、万事うまくいったわよ」彼女は入ってくるなり言いました。

「家は借りられたのね？」プリュダンスがたずねました。

「そうなの。あのひと、すぐ承知してくれたわ」

ぼくは公爵を知りませんでしたが、こんなふうに公爵を騙《だま》すことに恥ずかしさをおぼえました。

「それだけじゃないの」マルグリットが言葉をつぎました。

「まだ、なにがあるっていうの？」

「あたし、アルマンの住むところも手配してあげてきたのよ」

「同じ家に？」と、プリュダンスは笑ってたずねました。

「ちがう、《あけぼの》亭よ。公爵とあたしはあそこで昼食を食べたの。そして公爵が眺望に見とれているあいだに、アルヌー夫人に訊《き》いてみたのよ。たしか、あのひとアルヌー夫人って名前だったわよね？　あたしは彼女に適当なアパルトマンがないですかって訊いてみたのよ。すると彼女のところにちょうど、広間と控えの間と寝室のあるアパルトマンがひとつあったわけ。申し分ないと思うわよ。月に六十フランなの。どんなに憂鬱症《ゆううつ》のひとの気分だって紛らせてくれるような家具が全室についているんだから。あたし、その住まいを押さえておいたわ。どう、うまくやった？」

ぼくはマルグリットの首に飛びつきました。

「これがうまくいけばきっと素敵ね」彼女はつづけました。「あなたは裏門の鍵《かぎ》をもっていて。公爵には正門の鍵をわたすと約束しておいたけど、たぶんうけとらないわよ。あのひとがくるとしても、昼間だけなんだから。これは内緒の話だけど、公爵もあたしの気紛れを嬉しがっていると思うわ。だって、あたしがしばらくパリを離れれば、あのひともすこしは家族の小言をきかずにすむんだもの。それでもあのひとに、パリが大好きなあたしがどうしてこんな田舎に引っ込む決心がついたのかってたずねられたわ。病気が辛《つら》くてたまらないので、静養するためですって答えておいたけど、あのひと、どうも半信半疑だったみたい。かわいそうにあのお爺《じい》さん、いつも追いつめられたような気持になっているのよ。だから、アルマン、あたしたちは充分用心しましょうね。あたしはむこうで見張りをつけられるかもしれないから。それに、あのひとには家を借りるだけじゃなくて、借金も払ってもらわなくてはならないの。だって、あいにく、あたしにはまだ借金があるんだもの。まあ、だいたいそういうことで、あなたいいわね？」

「いいよ」ぼくはそんな暮らし方をすることでときどき目覚める後ろめたさを抑えつけようとしながら答えました。

「あたしたち、あの家を隅々まで下見してきたわ。むこうではいい暮らしができそうよ。公爵がなにからなにまで全部気を配ってくれたの。ああ、あなた」彼女はぼくにキスをしながら有頂天で付けくわえました。「あなたはちっとも不幸せじゃないわよ。なにしろ、百万長者がベッドを整えてくれるんだから」

「で、あんたたち、いつ引っ越すの？」と、プリュダンスはたずねました。

「できるだけ早くよ」

「あんた、馬車も馬ももっていくつもり？」

「家中のものは一切合切もっていくつもりよ。あたしの留守中、この家のことは、あなた、お願いね」

その一週間後、マルグリットは別荘におさまり、ぼくは《あけぼの》亭に落ち着くことになりました。

こうして新しい生活がはじまったわけですが、それがどういう生活だったか述べるのは、そう簡単なことではありません。

ブージヴァル暮らしの最初のころは、マルグリットも昔の習慣を完全に断ち切れませんでした。家のなかはいつもお祭り騒ぎで、彼女の女友だちが全員やってくるのです。ひと月のあいだ、マルグリットの食卓に八人ないし十人ぐらいの招待客がいない日は、一日たりともありませんでした。プリュダンスのほうは、まるでその家がじぶんのものだとでもいうように、だれかれとなく知り合いを連れてきては歓待していました。

ご推察のとおり、こうした費用はすべて公爵が出していたのですが、それでもときどき、プリュダンスがマルグリットから頼まれたと言って、ぼくに千フラン札を無心しにくることがありました。ごぞんじのとおり、ぼくは賭博《とばく》で儲《もう》けていましたから、マルグリットに頼まれたというお金を喜んでわたしていました。そのうえ、彼女にはこれからもっと必要になるかもしれないと考えてパリにもどり、以前にも借りましたが、その後きっちり返済していたのと同じ金額も借りました。

こうしてぼくは、年金は別にして、ふたたび一万フランを手元におくことにしたのです。

けれども、マルグリットが友だち連中にご馳走《ちそう》する愉《たの》しみも、出費がかさむのと、それになによりもときどきぼくに無心をしなければならなくなったことで、すこしは控え目になっていきました。公爵はマルグリットを静養させるために家を借りてやったのに、いつきても数多くの馬鹿に陽気な女たちに出くわすので、とうとうやってこなくなりました。そんな女たちにじぶんの姿を見られるのが厭《いや》だったのです。こういう出来事があったものですからなおさらでした。ある日公爵は、マルグリットと差し向かいで夕食をとろうとやってきました。ところが、夕食のテーブルにつこうとする時間になってもえんえんと終わらない昼食の席に、まだ一五人ばかりの食客が居すわっていたのです。そういうこととはつゆ知らない公爵が食堂の戸を開けると、みんなにどっと大笑いで迎えられる羽目になって、その無遠慮な陽気さに面食らうあまり、あたふたと退散せざるをえなかったのです。

マルグリットは席を立って隣室で公爵をつかまえ、なんとかその出来事を忘れさせようとしました。しかし自尊心を傷つけられた公爵としては、どうにも腹の虫がおさまらず、このわたしを他人に尊敬させることさえできない女のどんちゃん騒ぎの尻《しり》ぬぐいをさせられるのはもうご免こうむる、と冷たく言い放ったまま、腹を立てて帰ったのです。

その日以来、公爵の名前はもう耳にしなくなりました。マルグリットがいくら食客を追いはらい、昔の習慣を変えてみても、公爵からはなんの音沙汰《おとさた》もないのです。それはぼくの思う壺《つぼ》でした。恋人がより完全にじぶんのものになり、念願の夢がやっと実現したのですから。マルグリットはもはやぼくなしでは生きられません。そこで彼女もあとさきのことなどなにも心配せず、ぼくらの関係を公然と見せびらかすようになったばかりか、ぼくのほうも彼女の家から出ることがなくなったのです。使用人たちはぼくのことを旦那《だんな》さまと呼び、正式にじぶんたちの主人と見なすようになりました。

プリュダンスがそんな新しい暮らしぶりのことで、マルグリットにさんざんお説教しましたが、マルグリットのほうはこう答えていました。あたしは彼を愛しているから、彼なしには生きていけない。これからどんなことがあっても、彼がずっとそばにいてくれる幸せを諦《あきら》めるつもりはないのだと。そしてこうも付けくわえていました。

もしこのことが気に入らないのなら、ここにはだれにもきてもらわなくても一向に構わないのだと。

これは、ある日プリュダンスがマルグリットにとっても大事な用件を伝えねばならないと言い、ふたりで閉じこもった寝室の戸にぼく自身が耳を当てて聞いたことなのです。

それからしばらくして、プリュダンスがまたやってきました。

彼女が入ってきたとき、ぼくは庭の奥にいたので、彼女には姿を見られませんでした。

マルグリットが彼女を迎えに出た様子から、前回盗み聞きしたのと同じような会話がふたたびはじまるのではないかと疑ったぼくは、前回と同じように立ち聞きしたくなりました。

ふたりの女が寝室に閉じこもると、ぼくは聞き耳を立てました。

「どうだった?」と、マルグリットがたずねました。

「どうだったって? あたし公爵に会ったわよ」

「あのひとなんて言ったの?」

「食堂での件なら喜んで許してやってもいいって。だけど、あんたがアルマン・デュヴァル氏と公然と同棲《どうせい》していることがわかったので、それだけは許せないって。そしてあたしにこう言ったわ。もしマルグリットがその青年と別れるなら、これまでどおり、どれだけでも好きなだけお金は出してやる。そうでないなら、なんであれ、このわたしに頼むことはやめてもらうほかはないだろうって」

「あなた、なんて返事したの？」

「そのお言葉はちゃんとお伝えしましょうって。そして、あんたに道理をわきまえさせますって約束してきたわ。ねえ、あんた、子供じゃあるまいし、じぶんの立場をよーく考えてみて。あんたがじぶんの身分をうしなっても、その埋め合わせはアルマンなんかにぜったいできっこないのよ。なるほど彼はあんたに心底惚《ほ》れ抜いているわ。でも、彼にはあんたの暮らしをまかなえるほどの財産はないじゃないの。だから、いつかはあんたと別れることになるけど、そんなことになってからじゃ遅すぎるのよ。公爵はもうなにひとつ、あんたにしてくれなくなるわよ。なんなら、あたしからアルマンに言ってもいいけど？」

マルグリットはじっと考えこんでいるようでした。その証拠に、なんの返事もしなかったのですから。その返事を待ちながら、ぼくの心臓は激しく高鳴っていました。

「いいえ」と、彼女は言葉をつぎました。「あたしアルマンと別れない。そして彼といっしょに暮らすのに、もう逃げも隠れもしないわ。これは狂気の沙汰《さた》かもしれない。でも、あたしは彼を愛しているのよ！　どうしようもないじゃないの。それに、いまじゃ彼も、だれにも邪魔されずにあたしを愛することに慣れてしまっているのよ。たとえ一日一時間だってあたしと離れなくちゃならないとなったら、ひどく苦しむにちがいないわ。それにあたしだって、生きる時間がもうそんなにないから、じぶんをこれ以上不幸にしたくないし、顔を見るだけでこっちまで年をとってしまいそうな気がする、あんな老人の我が儘《まま》に付き合っている暇はないのよ。あのひとは財布の紐《ひも》をしっかり締めていればいいわ。そんなケチなお金なんかなくたって、あたしはちゃんとやっていけるんですから」

「でも、どうやって?」

「そんなこと知らないわ」

プリュダンスがなにか答えようとしていたにちがいありませんが、ぼくはいきなりなかに入り、マルグリットの足元に駆けつけ身を投げだして、それほどまでに愛されることで自然と溢《あふ》れだしてくる涙で、彼女の手をぐっしょり濡《ぬ》らしてしまったのです。

「マルグリット、ぼくの命はきみのものだ。あんな男なんか、もうきみにはいらない。このぼくがいるじゃないか。ぼくがきみを見捨てるなんてことはけっしてない。きみがあたえてくれる幸福は、ぼくには充分に報いてあげられないほど大きなものなんだ。ねえ、マルグリット、これでなんの気兼ねもいらない。ぼくらは愛し合っているんだ! ほかのことなんか、どっちだっていいじゃないか」

「ええ、そうだわね、アルマン！」と、彼女はつぶやいて、ぼくの首に腕をからめてきました。「あたし、こんなに愛せるとは思えなかったほど、あんたを愛しているのよ。あたしたち幸せになりましょうね。静かに暮らしましょうね。いまとなっては恥ずかしくなってくるあんな生活に、あたしはこれっきり別れを告げるわ。だから、あんたも、あたしの過去のことをけっして責めないでね」

涙に声がつまって、ぼくはただじぶんの胸にマルグリットをひしと押しつけることでしか、答えることができませんでした。

「さあ」彼女はプリュダンスのほうを振り向き、感動した声で言いました。「この場面を公爵に報告して。そして、あたしたちにはあのひとはいらないって付けくわえておいてね」

この日から、公爵のことは問題にならなくなりました。マルグリットはもうぼくの知っていた女ではなくなり、ぼくが出会ったころにどっぷり浸《つ》かっていた生活を思いださせるようなことは、いっさい避けるようになりました。マルグリットがぼくに示してくれた愛情や心遣いを、かつていかなる妻も夫に、いかなる姉も弟に示したことがなかったにちがいありません。もともと病弱だった彼女はどんな印象にも感じやすく、どんな感情にも動かされやすかったのです。彼女は女友だちとも以前の習慣とも、昔の言葉遣いとも浪費とも縁を切ってしまいました。ぼくが買った魅力的な小舟で舟遊びに出かける姿を見たら、白いドレスに大きな麦藁帽子《むぎわらぼうし》をかぶり、腕には冷たい川風から身を護《まも》る小ざっぱりとした絹の外套《がいとう》をかけているだけのこの女がわずか四か月まえには贅沢《ぜいたく》と醜聞で名を馳《は》せた、あのマルグリット・ゴーティエだとはだれも思わなかったことでしょう。

ああ！　ぼくらは幸福になろうとあせりにあせりました。まるでその幸福がそう長くつづくはずがないことを見抜いていたかのように。

二か月まえから、ぼくらはパリにさえ行っていませんでした。またプリュダンスと心友のジュリー・デュプラをのぞけば、だれひとりぼくらに会いにきませんでした。マリー・デュプラのことはすでにお話ししましたが、マルグリットはのちに、ぼくがここにもっているこの感動的な手記を彼女に託すことになる女性です。

ぼくは一日中ずっと恋人の足元で過ごしました。庭に面した窓を開け、夏の光が陽気に射して花々を開かせ、また木陰にも侵入するのを眺めては、マルグリットもぼくもそれまで理解していなかったほんとうの生活というものを、ぴったり身を寄せ合ってしみじみと味わっていました。

この女性はどんなにちいさなものにでも子供みたいに驚いていました。彼女がまるで十歳の女の子のように、蝶《ちょう》や蜻蛉《とんぼ》を追って庭を走りまわる日もありました。かつては家族全員が楽に暮らせる以上のお金を花束のためにつかっていたこの高級娼婦《しょうふ》がときどき一時間も芝生のうえにすわり、じぶんと同じ名前の、ひなぎく《マルグリット》の素朴な花をじっと見つめていたりもするのです。

彼女が『マノン・レスコー』をよく読んだのはそのころです。感想を書きながらその本を読んでいる姿を見かけたことが何度もありました。そして彼女はいつも、女が恋をしたらマノンのような振る舞いはできないものだと言っていました。

二度か、三度、公爵が手紙を寄こしました。彼女は筆跡でそれとわかると、ろくに読みもせずに、その手紙をぼくにわたしました。

その手紙の文面を読んでみると、ぼくの目に涙が浮かんでくることがときどきありました。

公爵は、財布の紐を締めれば、マルグリットをじぶんのもとに取りもどせるものとばかり思っていたのですが、その手段がなんの役にも立たないとわかると、もう持ちこたえることができなくなりました。そこで手紙を書いて、どんな交換条件でもうけいれるから、どうか昔のように訪ねていくのを許してもらいたい、とふたたび求めてきたのです。

ぼくは度重なるその切羽つまった手紙を読みましたが、マルグリットにはその内容を話さずに破り捨ててしまいました。また、このあわれな人物の苦しみにたいする同情にこころを動かされはしたものの、その老人ともう一度会ってみるように勧めもしませんでした。そんなことを勧めようものなら、以前のように公爵に訪問してもらうことで、ふたたび家の出費をまかなってもらおうという魂胆ではないかと勘ぐられるのではないか、そういう危惧《きぐ》があったからです。ぼくがなによりも恐れていたのは、ぼくを愛したために今後彼女がどんな状況に追いこまれるかわからないけれども、いざというときになって、彼女の人生にたいする責任を回避しかねない人間だと思われることだったのです。

その結果、返事をもらえない公爵は手紙を書くのをやめ、マルグリットとぼくはさきのことなど気にせずに、ふたりだけの生活をつづけていったのでした。

第十八章

ぼくらの新しい暮らしの詳細を述べようとすれば、難しいことになるでしょう。それは当人にとってこそ魅力的なものですが、そんな話を聞かされるひとたちにとっては取るに足らない、ままごと遊びのようなものだったのですから。ひとりの女性を愛するとはどういうことか、一日がどれほど短くなるものか、ひとがどのような楽しい無為のうちに翌日に運ばれていくものか、あなたもごぞんじでしょう。また、たがいに信じ合い、たがいに分かち合う激しい愛から生まれる、あのあらゆるものにたいする忘却のこともごぞんじないはずはありません。愛する女性でないものはなんであれ、無用の長物のように思われてくるのです。じぶんのこころをちょっとでも他の女性たちにあたえてしまったことが悔やまれ、じぶんが手にしているのとは別の手をいつか握ることがあるなどとはすこしも思えません。頭は考えも想い出も、要するにたえず差しだされるただひとつの思いから気を逸《そ》らすようなものは、なにも受けつけません。毎日、じぶんの恋人のなかに新しい魅力、未知の快楽が見つかるからです。

生活はもはや、ひとつの絶え間のない欲望を繰りかえし実現することでしかなくなり、魂は愛の聖火を絶やさない任務を帯びた巫女《みこ》でしかなくなります。

ぼくらはよく、夜になると家を見下ろすちいさな木陰に行ってすわったものです。そこでふたりとも、翌朝まで抱き合って過ごす時刻の近づいてくることをぼんやり考えながら、宵の快活な調べに耳を傾けるのでした。また別の日には、寝室に太陽の光さえも入りこまないようにして、一日中寝そべっていたものです。カーテンがぴったり閉められているので、そのとき外界はぼくらにとって動きをとめています。ナニーヌだけがぼくらの寝室の戸を開けることが許されていましたが、それはただ食事をもってくるときだけです。しかしその食事でさえも、ぼくらは起きあがりもせず、笑ったりふざけたり何度も中断しながらとるのです。そのあとしばらく眠るのですが、このとき愛のなかに身を沈めているぼくらは、さながら息をつぐときにしか水面に浮かび上がってこない、ふたりの頑固な潜水夫のようなものだったのです。

それでもぼくはときどき、マルグリットが悲しみに沈んでいたり、涙に暮れていたりするのを見かけることがありました。どうしてそんな急に悲しくなるのかとたずねると、彼女はこう答えるのでした。

「ねえ、アルマン、あたしたちの愛はありきたりの愛じゃないのよ。あたしがまるで一度も他の男のものになったことがないみたいに、あんたがあたしを愛してくれるけど、あたしは怖くて怖くてしょうがないの。のちのち、あんたがじぶんの愛を後悔し、あたしの過去を許せないと言い出したりして、知り合ったころの、あの生活にもう一度放り出されることになるんじゃないかって。新しい生活の味を知ってしまったいまになって、もし昔の生活に逆戻りすることになったら、あたし、死んでしまうわ。だから言って、ぜったいあたしを見捨てないって」

「誓うよ!」

この言葉を聞いて、彼女はその誓いが誠実なものかどうか、ぼくの目に読みとろうとするかようにじっと見つめました。それから、ぼくの腕に身を投げ、顔をぼくの胸に埋《うず》めながらこう言ったのです。

「あたしがどんなに愛しているか、あんたは知らないんだから！」

ある晩、ぼくらは窓の手摺《てす》りに肘《ひじ》をついて、雲の寝床からやっと出てくるように見える月を眺めていました。木立を騒々しく揺るがす風の音を聞きながら手を取り合い、たっぷり一五分も黙っていたとき、マルグリットはこう言ったのです。

「もう冬ね。どこかに行きたいと思わない？」

「どういうところに？」

「イタリアよ」

「ここじゃ、退屈なの？」

「あたし冬が怖いの。とくにパリに帰るのが怖いの」

「どうして？」

「いろいろあるからよ」

そして彼女は、怖いというその理由を言わずに、いきなり言葉をつづけました。

「あんたも行きたい？　あたし持っているものを全部売ってしまうわ。むこうではそれで暮らせるでしょう。あたしの過去はなにも残らなくなるし、あたしのことを知っている者はだれもいなくなるでしょう。そうしてほしい？」

「行こう、もしそうしたいなら。マルグリット、ぼくらは旅に出よう」とぼくは言いました。「でも、帰ったときにあったら嬉《うれ》しいはずの物まで、どうして売らなくちゃならないんだ？　ぼくにはきみにそこまで犠牲を払わせずに済むほど大きな財産はないけど、五か月や六か月ぐらいゆったり旅ができるぐらいのお金ならあるんだよ、もしそれですこしでもきみの気が紛れるんなら」

「じつは、そうじゃないの」と言いながら、彼女は窓辺を離れ、部屋の薄暗いところにあるソファに近づいてすわりました。「むこうで無駄遣いしてなんになるの？　あたし、ここでも、あんたにずいぶんお金をつかわせているんでしょ」

「マルグリット、そんなことを言ってぼくを責めるのか。きみには思いやりがないんだな」

「ごめんなさい」彼女は言って、手を差しだしました。「こんな嵐のような天候だから気が高ぶっているの。それでついつい、こころにもないことを言ってしまうのよ」

そして彼女は、ぼくにキスをしてから、長いあいだ物思いに沈んでいました。

これと同じような場面が何度も繰りかえされました。どうしてそんなふうになるのかはっきりとはわかりませんが、それでもマルグリットが将来への不安をいだいているらしいことは見て取れました。彼女がぼくの愛を疑っているはずはありません。というのも、この愛は日ごとに高まっていったのですから。それでもぼくは、彼女が悲しそうにしているのをしばしば見かけるのです。しかし彼女は、からだの調子がよくないという以外に、その悲しみの原因を説明してくれようとはしませんでした。

ぼくはもしかするとこのあまりにも単調な暮らしにうんざりしているのではないかと思い、パリにもどろうかと何度か言ってみました。しかし彼女はいつもその提案をしりぞけ、この田舎ほど幸せになれるところは他のどこにもないときっぱり言うのでした。

プリュダンスはめったに顔を見せなくなり、逆にマルグリットのほうからひんぱんに手紙を書くようになりました。ぼくがその手紙を見せてくれと頼んだことが一度もないのに、それでもその手紙を書くたびに、彼女はなにか深い心配事に気持ちを奪われていくようでした。ぼくとしてはただあれこれ想像しているしかありませんでした。

ある日、マルグリットがずっと部屋に閉じこもってぼくが入っていくと、手紙を書いているのです。

「だれに書いているの？」と、ぼくはたずねました。

「プリュダンスよ。あたしがなにを書いたのか読んでもらいたい？」

なにかを疑っていると見られかねないことを恐れて、ぼくはそんなことを知る必要はないと答えました。とはいえ、その手紙が彼女の悲しみの真の原因を教えてくれるという確信はあったのです。

その翌日は素晴らしい天気でした。マルグリットは舟遊びをして、クロワシー島に行ってみたいと言い出しました。彼女はすこぶる陽気に見えました。もどったときには五時になっていました。

「デュヴェルノワ夫人がいらっしゃいました」と、ぼくらが入ってくるのを見てナニーヌが言いました。

「彼女、帰ったの？」マルグリットがたずねました。

「はい、奥さまの馬車で。奥さまもご承知だから、ということでした」

「それはよかったわ」マルグリットは元気よく言いました。「お食事にしてちょうだい」

その二日後、プリュダンスから手紙が届きました。そして二週間のあいだ、マルグリットのあの謎めいた憂鬱《ゆううつ》はふっきれたように思われました。そうして憂鬱の種がなくなると、これまでのことを許してくれるように、しきりにぼくに頼むのでした。

とはいえ、馬車はもどってきません。

「いったいどうしてプリュダンスは、きみの箱馬車《クーペ》を返してこないんだろう？」ある日ぼくはたずねてみました。

「二頭の馬のうち一頭が病気なのよ。それに、馬車にもいろいろ直さなきゃならないところがあるの。パリにもどってからにするより、あたしたちがここにいるうちに、いろいろやってもらっておいたほうがいいでしょう。ここじゃ、馬車なんて必要ないんだもの」

その数日後、プリュダンスがやってきて、マルグリットの言ったことをそのとおりだと認めてくれました。

女たちはふたりきりで庭を散歩していましたが、ぼくが加わると、話題を変えるのです。

その晩、プリュダンスは帰りしなに、こんな寒さじゃたまらないわと訴え、マルグリットにカシミアのショールを貸してくれるよう頼みこみました。

そんなふうにひと月が過ぎましたが、そのあいだマルグリットはこれまでなかったほど快活になり、じつにこまやかな愛情を示してくれたのです。

それでも馬車はもどってきませんし、カシミアのショールも返ってきません。そのことがどうにも気になってしかたありませんでした。ぼくはマルグリットがプリュダンスの手紙を入れている引き出しを知っていたので、彼女が庭の奥にいる一瞬の隙をついて、その引き出しに駆け寄って開けようとしました。しかし開きません。引き出しには厳重に鍵《かぎ》がかかっていたのです。

そこで、ふだんはアクセサリーやダイヤモンドが入っている引き出しを探ってみました。このほうは難なく開きましたが、宝石箱は消えてしまっていました。もちろん、そこに入っていたものとともに。

張り裂けるような不安に、こころが締めつけられました。

ぼくはなくなった理由をマルグリットに問いただそうとしましたが、そんなことを白状するわけもありません。そこで、彼女にこう言ったのです。

「ねえ、マルグリット。ちょっとパリに行ってきてもいいかな。実家の者たちはぼくの居所を知らないんだ。だから、父からもう何通も手紙がきているはずなんだよ。父もきっと心配しているだろう。返事ぐらいしてやらなきゃね」

「行っていらっしゃいよ」彼女はぼくに言いました。「でも、はやくここにもどってきてね」

ぼくは出かけました。

さっそくプリュダンスの家に駆けつけました。

「さあ」と、ぼくはいきなり彼女に言いました。「これからぼくの訊《き》くことに正直に答えてくれ。マルグリットの馬はどこにいる？」

「売ったわ」

「カシミアは？」

「売ったわ」

「ダイヤモンドは？」

「質に入っているわ」

「だれが売ったり、質に入れたりしたんだ？」

「あたしよ」

「どうして、ぼくにそのことを知らせてくれなかったんだ？」

「マルグリットに口どめされていたから」

「じゃあ、どうしてそのお金をぼくに頼まなかったんだ？」

「彼女がそうしたくなかったからよ」

「で、そのお金はどこに行ったんだ？」

「借金の支払い」

「じゃあ、彼女にはたくさん借金があるのか？」

「まだ、三万フランかそこいらね。ねえ、あんた、あたしちゃんと言っておいたでしょう？　だけど、あんたはあたしの言うことを真に受けたがらなかったんだから。でも、これでやっと納得できたでしょう。家具屋が代金を取りに公爵のところに行ったら、門前払いをくらわされたのよ。その翌日、公爵は家具屋に手紙を書いて、じぶんはゴーティエ嬢になにひとつ援助してやるつもりはないと言ったわけ。その男がお金を請求しにきたんで、いくらか内金を払ってやったんだけど、それがほら、あたしがあんたにもらった数千フランよ。そのあと、おせっかいな連中がこの家具屋に、おまえの債務者のゴーティエ嬢は公爵に捨てられ、一文無しの若造といっしょに暮らしているって教えたの。そして他の債権者たちも同じことを聞かされたものだから、いっせいにお金を要求したり、差し押さえにかかったりするようになったわけ。マルグリットはなにもかも売り払ってしまおうとしたけど、もう手遅れだったのよ。もっとも、あたしだって反対したでしょうけど。お金を払わなくてはならないのに、あんたには頼めない。そこで彼女は馬とカシミアを売って、宝石類を質に入れたのよ。どう、あんた、債権者の受取や質屋の質札を見てみたい？」

　そしてプリュダンスは引き出しを開けて、それらの書類を見せてくれました。

「ああ、あんたは」彼女はやっぱりあたしの言うとおりだったでしょうと言える権利をもつ女特有のしつこさで、こうつづけました。「ああ、あんたはこう思っているんでしょう、ふたりが愛し合い、羊飼いの少年少女みたいに田舎でゆったりとした生活をしていればそれでいいじゃないかって。だめよ、あんた、それじゃだめなのよ。理想の生活とは別に、物質的な生活ってものがあるんだから。どんなに純真な決意でも、馬鹿みたいに思われるけど、鉄のように頑丈な鎖でこの地上につながっているものよ。そしてこの鎖は容易なことで断ち切れるものじゃないのよ。マルグリットがそう何度もあんたを裏切らなかったのは、特別な気質の人間だったからだわ。あたしはそうするように勧めたんだけど、べつに悪いことをしたわけじゃない。だって、あたし、みすみす丸裸にされていくあの娘《こ》を見ていられなかったんだもの。でも彼女は、あたしの言うことを聞きたがらなかったわ！　あんたを愛しているから、どうあっても裏切ることができないんだってよ。とっても美しい、詩みたいな話だわ。でもね、そんなもん借金取り相手に通用するわけないんだわ。それで彼女はいま、もう一回言うけど、三万フランがなければ、にっちもさっちもいかなくなっているってわけ」

「わかった。じゃあ、ぼくがそのお金を出すよ」

「あんた借金するの?」

「もちろん、そうだよ」

「あんたもずいぶん見上げたことをするのね。お父さんと喧嘩《けんか》して、じぶんの収入は抵当に入れて、それでも三万フランなんてお金はね、今日や明日にはできっこないわよ。ねえ、アルマン、あたしの言葉を信じなさいよ。あたしはあんたより女ってものを知っているんだから。そんな馬鹿なことをするもんじゃないわよ。いつかきっと後悔することになるから。分別をもつことね。だからといって、あたしはなにもマルグリットと別れなさいと言っているんじゃないわよ。そうじゃなくて、夏の最初のころのような暮らしをしなさいって言っているの。黙って、彼女にこの窮状を抜け出す手段を見つけさせてやるのよ。公爵はそのうち、ちょっとずつ彼女とよりをもどすでしょう。

それからN伯爵。これはきのうも言われたことなんだけど、もし彼女が伯爵をパトロンにすれば、借金を全部返したうえに、お手当に月に四千か五千フランは出そうって言っているのよ。あのひと年収が二十万フランもあるんだわ。彼女としては結構なご身分というものよ。ところが、あんたのほうは、いつかはきっと彼女と別れなきゃならないんだから、なにも破産するまで別れるのを待つ必要なんかないでしょう。ましてあのN伯爵って間抜けなんだから、あんたはいくらだってマルグリットの恋人のままでいられる。彼女は最初こそいくらか泣くかもしれないけど、そのうちに慣れてしまうわよ。そしていつか、別れてくれたことをあんたに感謝することになるでしょう。あんたのほうは、マルグリットが結婚をしていて、その夫から女房を寝取ってやるんだって思えばいいじゃないの。それだけの話よ。あたし一回、こんなこと全部あんたに言ったことがあるわね。もっとも、あのときはただの忠告にすぎなかったけど、今度という今度は、どうあってもそうしなきゃならないわよ」

プリュダンスの言うことは、残酷なまでに正しかったのです。

「まあ、ざっとそんなところだけど」プリュダンスは出したばかりの書類をしまいながらつづけました。「商売女ってものはね、いつもじぶんが愛されることばかり考えて、いつかじぶんのほうが愛する側にまわるなんて思いもしないものなの。それがわかっていたら、せっせとお金を貯めて、三十にもなったら恋人のひとりぐらい、わけなくもてるくらいの贅沢《ぜいたく》もできるっていうものよ。あたしもそんなことぐらい、もっと早くわかっていればよかったんだけどねえ！　まあ、とにかくマルグリットにはなにも言わずに、パリに連れてきなさいよ。あんたはもう四、五か月も彼女といっしょに暮らしたんでしょ。まあ、それぐらいがいいところよ。あとは目をつぶっていてさえしてくれれば、それだけで充分。二週間もしたら、彼女はN伯爵をパトロンにして、この冬はせっせと貯金するでしょう。そして、来年の夏になったら、またふたりではじめればいいじゃないの。ねえ、あんた、みんなもそうやってるんだよ！」

プリュダンスはじぶんの忠告に満足げでしたが、ぼくは憤然としてその忠告を撥《は》ねつけました。

ぼくの愛と誇りがそんな振る舞いを許さなかっただけではありません。それにマルグリットも、ここまできたからには、いまさらそんな二重の役割をうけいれるくらいなら死んだほうがましだろうと確信していたのです。

「冗談はそれくらいにしてくれ」と、ぼくはプリュダンスに言いました。「結局、マルグリットにはいくらあればいいんだ？」

「さっきもあんたに言ったでしょう。三万フランほどよ」

「で、その金額はいつまでに必要なんだ？」

「二か月以内」

「かならず作る」

プリュダンスは、肩をすくめました。

「その金をあんたにわたそう」ぼくはつづけました。「しかし、ぼくが出したことはマルグリットには内緒にすると約束してくれ」

「だいじょうぶよ」

「また今後、もし彼女がなにかを売ったり、質に入れたりしようとしたら、ぼくに知らせてくれないか」

「そんな心配はないわ。彼女、もうなにももっていないんだから」

ぼくはまずじぶんの家に立ち寄り、父から手紙がきていないかどうか確かめました。四通きていました。

第十九章

父は最初の三通の手紙でぼくから連絡がないことを心配し、その理由をたずねていました。そして最後の手紙で、ぼくの暮らしぶりが変わったことを知らされたので近々パリにやってくると仄《ほの》めかしていました。

ぼくはずっと父をたいへん尊敬し、こころから愛情をいだいていました。そこで返事を出して、しばらく旅に出ていたために連絡できなかったこと、そして迎えにいくので、パリ到着の日をあらかじめ知らせてもらいたいこと、その二点を書いてやりました。

ぼくは召使いに田舎の住所を知らせて、C市の消印のある手紙がきたらすぐ届けるようにと頼んでから、ただちにブージヴァルにもどりました。

マルグリットは庭の入り口で待っていました。

その眼差《まなざ》しには不安の色が見えました。彼女はぼくの首に飛びつき、こう言わずにはいられませんでした。

「プリュダンスに会ったの？」

「いや」

「ずいぶん長いことパリにいたのね？」

「父から手紙がきていたので、返事を書かなきゃならなかったんだ」

そのしばらくあとに、ナニーヌが息を切らして入ってきました。マルグリットは立ちあがり、彼女のほうに行って小声で何事か話しました。

ナニーヌが出ていくと、マルグリットはぼくのそばにすわりなおし、ぼくの手をぎゅっと握りしめてこう言いました。

「どうしてあたしを騙《だま》したのよ？　プリュダンスのところに行ったんでしょう」

「だれが言ったんだ？」

「ナニーヌよ」

「どこでそんなことを聞きこんだんだ？」

「彼女、あんたのあとをつけたの」

「じゃ、きみがあとをつけろと言ったのか？」

「そうよ。あたしはこう思ったの。この四か月あたしから離れたことがなかったあんたが、こんなふうにパリに行かなきゃならないからには、よっぽどのわけがあるにちがいないって。もしかしてあんたになにか不幸なことがあったんじゃないのかしら、それとも、ひょっとしてあんたが別の女に会いに行くんじゃないのかしらって、心配で心配で堪《たま》らなかったのよ」

「子供なんだなあ！」

「これで安心したわ。あんたがなにをしたのかわかった。でも、あんたがなにを聞かされたのか、あたしはまだ知らないの」

ぼくは父の手紙をマルグリットに見せました。

「あたしがたずねているのはこのことじゃないわ。知りたいのは、あんたがなんでプリュダンスのところに行ったのかということよ」

「彼女に会うためさ」

「嘘だわ」

「じゃ、こう言おう。馬は元気にしているのか、きみのカシミアや宝石類はまだ必要なのかって、彼女にたずねに行ったんだよ」

マルグリットは顔を赤らめましたが、なにも答えませんでした。

「そうしたら」と、ぼくはつづけました。「きみが馬やカシミアやダイヤモンドをどう使ったのかわかったんだよ」

「で、怒っているのね？」

「きみが必要なお金をぼくに頼んでくれなかったことに怒っているんだよ」

「いい、あんた、あたしたちみたいな関係の場合はね、もし女のほうにいくらかでも誇りがあれば、恋人にお金をねだって、かけがえのない愛を金銭で汚すよりも、できるだけじぶんで犠牲を引きうけようとするものなのよ。あんたはあたしを愛してくれる。あたしもきっとそうだと思っているわ。でもね、あたしみたいな女にいだく愛を男のこころに繋《つな》ぎとめている糸がどんなに危ういものか、あんたは知らないのよ。だって、いつか気まずいことがあったり、うんざりすることがあったりしたら、あたしたちの関係が巧《うま》く仕掛けられた計算で成り立っていたんだと、あんたがすぐ思うかもしれないじゃないの！　それにしても、プリュダンスもおしゃべりね。あんな馬なんか、なんであたしに必要なのよ！　あれを売って、あたしはお金を貯めたのよ。あんなものがなくたって、いっこうに構わないんだし、あんなもののためにはもうお金を使わないの。あんたに愛してもらうこと、それだけよ、あたしに必要なのは。だから、馬がなくても、カシミアやダイヤモンドがなくても、変わらずにあたしを愛してね」

そういうことがすべてごく自然な口調で語られたので、耳を傾けながら、ぼくの目は涙でいっぱいになりました。

「でもねえ、マルグリット」ぼくは愛《いと》おしさのあまり恋人の手を握りしめながら答えました。「きみにもよくわかっていたんだろう、いつかぼくがその犠牲のことを知るようになり、それを知った日には、そんなことに我慢できないってことが」

「どうして我慢できないの？」

「だってねえ、マルグリット、きみがいくらぼくに愛情を注いでくれるからといっても、そのために宝石ひとつだって手放してほしくないんだよ。また、いつか気まずいことがあったり、うんざりすることがあったりしたときに、もし別の男と暮らしていたら、こんなに気まずいこともうんざりすることもなかったのに、といったふうに思ってほしくもないんだ。たとえほんのしばらくでも、ぼくといっしょに暮らしたことを後悔してほしくないんだよ。数日後には、きみの馬も、ダイヤモンドも、カシミアももどってくるだろう。あれは生命に空気が必要なように、きみには必要なものなんだ。そして、こう言うのも変だけど、ぼくは質素なきみよりも豪奢《ごうしゃ》なきみのほうが好きなんだよ」

「それはつまり、あんたがもうあたしを愛していないってことよ」

「そんな馬鹿な！」

「もしあんたがあたしを愛しているなら、あたしの好きなように、あんたを愛させてくれるはずでしょう。ところが、あんたはやっぱり、あたしのことをそんな贅沢《ぜいたく》が欠かせない女、いつもじぶんのほうがお金を出してやらねばならない女だって見ているのよ。あたしの愛のあかしをうけとるのが恥ずかしいんだわ。じぶんでは気づいていないようだけど、あんたはいつかあたしと手を切ろうと思っているのよ。そのときにどんな非難もうけないように、しっかり気配りしているんでしょう。なるほどいい考えだわ。あたしはもっとましなものを期待していたんだけど」

そしてマルグリットはちょっとからだを動かして、立ちあがろうとしました。そんな彼女を引き留めて、ぼくはこう言ったのです。

「ぼくはきみに幸せになってもらいたいだけなんだよ。そしてきみに非難されるようなことは、なにもしたくないだけなんだよ」

「じゃあ、あたしたち別れることになるわね！」

「どうしてなんだ、マルグリット？　いったいだれがぼくらを別れさせるっていうんだ？」

「あんたよ。あんたは、あたしがあんたの立場を理解することを許さず、虚栄心からじぶんの立場だけをそのままにしておきたがる。あたしがどっぷり浸《つ》かっていた贅沢に手をつけないことで、あたしたちを隔てている精神的な距離をそのままにして残しておきたがる。そして、あんたがもっている財産だけでつましい生活をしてもいいと思うほど、あたしの愛情が欲得抜きだってことを信じていないのよ。その気になれば、あんたのお金だけで、あたしたちはふたりとも充分幸せに暮らせるのに。あんたは馬鹿げた偏見の奴隷になっているから、そんな生活をするくらいなら、破産したほうがましだと思っているだけなんだわ。じゃあ、あんたはあたしが馬車や宝石をあんたの愛と比べているとでも思っているの？　なにも愛していないときには満足できても、愛しているときにはずいぶんつまらないものになってしまうあんな虚栄のなかにしか、あたしの幸せがないとでも思っているの？　あんたはあたしの借金を払い、じぶんの財産を当てにして、とうとうあたしを囲おうってわけね！　そんなこと、どれだけの時間つづくかしら？　二か月か三か月よ。そうなったら、あたしがしようと言っている暮らしをいまさらはじめようたって手遅れよ。だって、そうなってしまえば、あんたはあたしの求めることをなんだってうけいれる羽目になるわ。でも、そんなことは沽券《こけん》を大事にする人間にはできないものよ。だけどいまなら、あんたには八千フランか一万フランの収入があるんだから、それだけでふたりは生きていけるのよ。あたしのほうはじぶんがもっている余計なものを全部売るわ。それを売るだけで年に二千フランぐらいの収入になるでしょう。あたしたちは小綺麗《こぎれい》な住まいを借りて、ふたりきりで生活するのよ。夏には、やっぱり田舎にきましょう。でも、こんな家じゃなくて、ふたりに充分なだけのちいさな家にね。あんたはだれの厄介にもならず、あたしも自由になる。あたしたちはまだ若いのよ。お願いだから、アルマン、むかし、あたしがしなくちゃならなかったような、あんな暮らしには二度と追いやらないで」

ぼくには答えられませんでした。目に感謝と愛の涙があふれ、ぼくはマルグリットの腕に身を投げました。

「あたしはね」彼女は言葉をつぎました。「あんたにはなにも言わずにちゃんと段取りをととのえ、借金もすっかり返して、じぶんの新しい住まいを用意したかったのよ。そして十月に、あたしたちがパリにもどってから、すべてを打ち明けるつもりだったの。でも、プリュダンスがすっかり話したんだったら、あとで納得してもらうより、あらかじめ知っておいてもらわなくちゃならないわ。そうしてくれるぐらいに、あんたはあたしを愛してくれる？」

これほどまでの献身ぶりに抵抗することなどできません。ぼくは感激してマルグリットの手に接吻《せっぷん》しました。そしてこう言ったのです。

「きみの望むことなら、なんだってするよ」

そこで、彼女の決めたことが双方の合意になったのです。するとと彼女は狂ったかと思えるほど明るくなって、踊り、歌い、簡素な新しい住まいのことをもう楽しみにして、どの界隈《かいわい》のどんな間取りにしようかなどと相談するのです。

ぼくは、決定的にふたりを近づけてくれるはずのその決心を喜び、誇らしそうにしている彼女の姿を見ていました。

そうなると、こっちとしても相手にひけを取りたくありません。

ぼくはとっさにみずからの人生設計を組み立ててみました。じぶんの財産の状況を見きわめ、母から引きついだ年金をマルグリットに譲ろうと考えたのですが、それでもじぶんがうけいれる彼女の犠牲に報いるには不充分だと思われるのでした。

ぼくには父がくれる年金の五千フランが残ることになりますが、なにがあろうと、その年収だけで充分生活していけるのです。

ぼくはその決心をマルグリットには告げませんでした。そんな贈り物をしても、断るにちがいないと思ったからです。

その年金は六万フランの不動産抵当権のある家から入ってくるものでしたが、ぼくはその家を見たことさえありませんでした。ぼくが知っているのは、家族の古くからの友人である父の公証人が、三か月ごとに七百五十フランを届けてくれることだけで、ぼくとしてはただその領収書を書くだけでよかったのです。

ぼくとマルグリットが家捜しのためにパリに出かけた日に、その公証人のところに行き、問題の年金を他人に譲渡するにはどうすればいいのかたずねてみました。この律儀な男はてっきりぼくが破産したものと思いこみ、なぜそういう決意をしたのかといろいろ質問してきました。そこでぼくは、いずれその贈与をおこなう相手がだれかを話さねばならないのだから、いっそのことすぐに真実を言ってしまったほうがいいと思ったのです。

公証人としての、また家族の友人としての立場からして、彼は当然なにかしら異論を立ててもよさそうなのに、どんな異論も口にせず、万事宜《よろ》しくお計らいしましょうと言ってくれました。

当然のことながら、ぼくはこのことは呉々《くれぐれ》も父には内緒にしておいてほしいと頼み、ジュリー・デュプラのところでぼくを待っているマルグリットと落ち合いました。彼女はプリュダンスのお説教をさんざん聞かされに行くよりも、気心の知れたジュリー・デュプラのところに落ち着いたほうが好都合だったのです。

ぼくらは家捜しをはじめました。見てまわった物件がいずれも高すぎるとマルグリットが言いましたが、ぼくのほうはどれも質素すぎると思いました。それでもぼくらはついに意見が一致することになりました。パリでももっとも静かな界隈のひとつに、母屋《おもや》から独立した離れのような、ちいさな家屋を一軒借りることにしたのです。

そのちいさな離れ家のうしろには、家付きの可愛らしい庭がひろがり、まわりは壁に取り囲まれています。壁はぼくらを隣近所の目から切り離すには充分高く、しかも見晴らしを邪魔しない程度に低いものでした。

それはぼくらの期待以上の物件だったのです。

ぼくがじぶんの家を引き払うことを告げるためにいったん帰宅していたあいだに、マルグリットはある斡旋《あっせん》業者のところに行きました。なんでもその男は、いま彼女が頼みに行こうとしていることを、以前に彼女の友だちのひとりにしてやったことがあったそうです。

彼女はぼくに会うために、嬉々《きき》としてプロヴァンス街にやってきました。その男は、家具を一切合切売り払うことで借金をすっかり返済し、相手から領収書を取ったうえで、二万フランの現金をわたすと約束してくれたという話でした。

あなたはあの売り立ての金額からして、そのご立派な男がこのお得意さまのおかげで三万フラン以上も儲《もう》けようとしていたことがおわかりになったでしょう。

ぼくらはすっかり気分をよくしてブージヴァルにもどりました。途中、将来の計画のことをいろいろ語り合いましたが、ぼくらの無頓着《むとんちゃく》さ、そしてとりわけぼくらの愛のために、その将来はこのうえなく光り輝やいて見えました。

一週間後、ぼくらが昼食をとっていると、ナニーヌがやってきて、召使いのジョゼフが用事があると言ってやってきたと告げました。

ぼくは召使いを入らせました。

「旦那《だんな》さま」と彼は言いました。「お父上がパリに着かれ、お宅でお待ちです。すぐ来るようにとのお達しです」

この知らせ自体はべつに驚くにはあたらないものでしたが、これを聞いてぼくとマルグリットは、じっとたがいの顔を見つめ合いました。

ふたりともこの出来事のなかに、なにかしらの不幸を予感したのです。

そこで、ふたりがいだいたそんな印象について、彼女のほうからなにも述べようとはしなかったにもかかわらず、ぼくは手を差しのべながらこう答えたのでした。

「心配することはなにもないよ」

「できるだけはやく帰ってきてね」と、マルグリットはぼくにキスをしながら囁《ささや》きました。「あたし、窓のところで待っているから」

ぼくはジョゼフを先に送り出して、すぐに行くと父に伝えさせました。

じっさいぼくは、その二時間後プロヴァンス街に着いていたのです。

第二十章

父は部屋着を着て、広間で手紙を書いていました。

ぼくが入ったときの父の目の上げ方で、なにか深刻な成り行きになりそうだとすぐに察せられました。

それでもぼくは、父の顔つきからなにも察しなかったかのように近づき、父に接吻しました。

「お父さん、いつ着かれたんですか？」

「昨晩だ」

「それで、いつものようにここに落ち着かれたんですね？」

「そうだ」

「留守をしてお迎えにも行けず、すみませんでした」

ぼくはこの言葉を口にしてすぐ、父の冷ややかな顔から予想できる大目玉を食らうものとばかり思っていました。ところが父はなにも答えず、書き終えたばかりの手紙に封をして、郵便局に持っていくようにとジョゼフにわたしました。ふたりきりになると、父は立ちあがって暖炉にもたれかかりながら、こう言いました。

「さあ、アルマン、これから重大な話をしなければならない」

「なんですか、お父さん」

「おまえはなにも包みかくさず話してくれるね？」

「いつもそうしていますよ」

「おまえはマルグリット・ゴーティエという名前の女と暮らしているそうだが、それは本当か？」

「そうです」

「おまえはその女の素性を知っているんだろうね？」

「玄人《くろうと》の女です」

「そのために、今年はわたしとおまえの妹に会いに帰省するのを忘れたというわけか？」

「はい、お父さん、そのとおりです」

「じゃあ、おまえはその女によほど惚《ほ》れているのか？」

「おっしゃるとおりです、お父さん。彼女のために息子としての大事な義務にそむいたんですから、きょうはそのことを深くお詫《わ》びします」

おそらく父はこれほどきっぱりとした返事を予想していなかったにちがいありません。というのも、しばらく考えこんでしまうふうだったのですから。そのあとで、ぼくにこう言いました。

「いつまでもそんな暮らしをしていられないことは、もちろんわかっていたんだろうな？」

「そんな心配もしましたが、でも、まんざらできないことだも思いません、お父さん」

「しかし、わかっていたはずだ」父はちょっと素っ気ない口調になってつづけました。

「このわたしがそんなことを許すはずがないと」

「ぼくはこう思っていたんです。実直なお父さんの名前や家名を大事にして、それを汚すことさえしなければ、じぶんは好きなように生きて構わないんだと。そう考えると、それまでの心配もいくぶん軽くなりました」

情熱はひとを強くし、ほかの感情に立ち向かわせるものです。ぼくはマルグリットを守るためなら、どんな闘いでも、たとえじぶんの父親にたいする闘いでも辞さない覚悟でした。

「それなら、おまえもそろそろ生活を変えるときがきたようだな」

「お父さん、どうしてですか？」

「げんにいま、家族を大事にすると言いながら、おまえがその家族の名誉を傷つけるようなことをしているからだよ」

「お言葉の意味がよくわかりませんが」

「じゃあ、これから説明してやろう。おまえに女がいるなら、それはそれで結構だ。粋人が商売女の情けに花代を出すように、おまえがその女に金をくれてやるのも、また大いに結構だ。だが、その女のせいでおまえはもっとも敬うべき事柄を忘れ、おまえの恥知らずな生活の噂がわたしらの田舎にまで届くようになってきたんだぞ。そのため、おまえにあたえられた名誉ある家名にも汚辱の影がさすことになったんだぞ。こんなことはあってはならないし、絶対にやめにしてもらわねば困る」

「すみませんが、お父さん、ぼくについてそんな噂を教えたひとは、事情をよく知らないんですよ。ぼくはゴーティエ嬢の恋人ですから、いっしょに暮らしています。そんなこと、世間にざらにある話じゃないですか。ぼくはお父さんからうけとった名前をゴーティエ嬢にあたえたわけでもないし、じぶんがつかえる以上のお金を彼女のためにつかっているわけでもありません。また、借金だってしているわけでもありません。だから息子として、いまおっしゃったようなことを、父親から言われても仕方がないことをなにひとつしていないのです」

「じぶんの息子が悪道にはまりこもうとしているのを見たら、その悪道から遠ざけてやる。それは当然父親には許されていることだ。おまえはまだ悪いことはなにもしていないと言うが、これからそうすることになるだろうよ」

「お父さん！」

「はばかりながら、わたしはおまえなどより人生をよく知っている。完全に純真な感情というものは、完全に貞淑な女のうちにしか見られないんだぞ。どんなマノン・レスコーでもかならずデ・グリューをつくってしまうものなんだぞ。たしかに時代も風俗も変わってきてはいる。だが、もし世間が良い方向に変わるのでなかったら、いくら時代が進もうと、そんなものはなんの役にも立つまい。おまえはその女と別れるのだ」

「お言葉にそむくのは不本意ですが、お父さん、それはできません」

「じゃあ、このわたしが無理にでも手を切らしてみせよう」

「残念ながら、お父さん、いまではもう、娼婦《しょうふ》を流す聖[1]マルグリット島みたいなところはないんですよ。たとえまだあったとしても、もしお父さんがゴーティエ嬢をそこに送りこまれたら、ぼくはあとを追います。だって、しょうがないじゃないですか。間違っているのかもしれませんが、ぼくはあの女性の恋人でありつづけるのでなかったら幸福になれないんですから」

「まあ、アルマン、目を開けて、もう一度父親の顔をちゃんと見てみるんだ。この父親はずっとおまえを可愛がってきたし、おまえの仕合わせのことしか望んでいないんだぞ。いろんな男と関係したその女と夫婦同然に暮らすことが、はたしておまえの名誉になるとでも言うのか？」

「お父さん、そんなことはどうでもいいんですよ、もし彼女がこれからだれとも関係しなければ！　どうでもいいんですよ、彼女がぼくを愛してくれるなら、そしてもし彼女がぼくに注ぐ愛とぼくが彼女に注ぐ愛によって、彼女が生まれ変わるなら！　要は、もし彼女が改心するなら、そんなことどっちだっていいんですよ！」

「ほほう、それじゃあ、おまえさん、娼婦を改心させることがまともな男の務めだとでも思っているのかね？　じゃあ、神様がそんな奇怪な目的を人生にあたえられたとでも思っているのかね？　人間の心はそんなこと以外に情熱を燃やしてはならないとでも思っているのかね？　そんな酔狂な治療の結果が、はたしてどんなものになることやら。おまえが四十にでもなれば、いま言ってることをどう考えることになるか。きっとこんな色恋沙汰《ざた》など笑いものにすることだろうよ。もっともそれは、もしまだ笑うことが許され、このことがおまえの過去にあまり深い傷跡を残していなければの話だがな。かりにだ、もしおまえの父親がおまえのような考えをいだき、名誉と誠実を専一に揺るぎない生活を築き上げもしないで、勝手気ままな放蕩三昧《ほうとうざんまい》の生活に溺《おぼ》れていたとしたら、いまごろ、おまえはいったいどうなっていたのかね？　よく考えるんだ、アルマン。そして、もう二度とそんな馬鹿なことを口にするんじゃないぞ。どうだ、あの女とは別れるんだろうな。これは父親としてのたっての頼みなんだぞ」

　ぼくは返事をしませんでした。

「アルマン」と、父はつづけました。「おまえの大事なお母さんのためにも、どうか、いまの暮らしを諦《あきら》めてくれないか。実現の当てもない屁理屈《へりくつ》に縛られているだけのそんな暮らしなど、思ったより早く忘れてしまうものだぞ。おまえはまだ二十四歳じゃないか。将来のことを考えるんだ。おまえはその女をいつまでも愛することはできないし、その女だって同じことだよ。ふたりともじぶんの感情を大げさに考えているだけなのさ。このことで、おまえはじぶんでじぶんの出世の道を閉ざしているんだぞ。もう一歩でも深入りすれば、踏みいれた道から二度と離れられなくなり、おまえは一生のあいだ、若気の過ちを後悔することになるんだぞ。さあ、パリを離れて、ひと月かふた月、故郷の妹のそばで暮らしてみるんだ。身内の思いやりに包まれ、ゆっくり休んでいれば、そんな熱病もじきに治ってしまうさ。というのも、これは一種の熱病みたいなものなんだから。

　そうこうするうちに、相手の女のほうでも諦めて、別の男を見つけるだろうよ。そしていつの日か、じぶんがどんな女のために父親に勘当され、親子の縁を切られそうになったのかわかったときには、よくぞ父親が連れもどしにきてくれたものだと思い、おまえはきっとこのわたしに感謝することだろう。

さあ、アルマン、いっしょに帰ってくれるんだろうな?」

父の言うことは世間一般の女については正しいとぼくは感じていましたが、マルグリットについては間違っていると確信していました。それでも父がその最後の言葉を言ったときの口調がなんとも優しく、ほとんど懇願するようだったので、ぼくには答える勇気はありませんでした。

「どうなんだ?」父は動揺した声で言いました。

「ええーと、お父さん。ぼくはなにも約束できませんよ」ついにぼくはきっぱりと言いました。「そんなことを要求されても困ります。ぼくを信じてください」そして、父が苛立《いらだ》ったそぶりをするのを見ながらつづけました。「この関係の行く末について、お父さんはすこし大げさに考えすぎておられるんじゃないですか。マルグリットはお父さんが思っておられるような女じゃないですよ。なにしろ、この愛は悪道に投げこむどころか、ぼくの心中にこのうえなく立派な感情を育ててくれるんですから。たとえ相手がどんな女でも、真の愛はつねに男を向上させてくれるものです。もしお父さんがマルグリットを知っておられたら、ぼくがなんの危険にも身をさらしていないことがおわかりになるでしょう。彼女はどんな高貴な女性にも負けないくらい気高い娘なんです。他の女には貪欲《どんよく》さがあるのと同じくらい、あの娘は無欲なんですよ」

「そんなに無欲でも、おまえの全財産をいただく妨げにはならないわけか。というのも、これはよくおぼえておくんだね、せっかくお母さんから引きついだというのに、その女にくれてやろうとしているあの六万フランは、おまえの唯一の財産だったんだからな」

おそらく父はこの結びと脅しを、ぼくに止《とど》めを刺すための切り札として取っておいたのでしょう。

ぼくとしては、泣き落としにかかられるよりも、脅されるほうがずっと気楽でした。

「ぼくがそのお金を彼女に譲ることを、お父さんはだれから聞いたんですか？」ぼくは言葉をつぎました。

「わたしの公証人だよ。あの律儀な男が、わたしに相談もせずに、そんな手続きをするとでも思っていたのか？　いいか、このわたしがパリまで出てきたのは、おまえがどこの馬の骨かもしれない女に入れあげ、破産するのを防いでやるためだったのだぞ。死んだお母さんが遺産を残してくれたのは、おまえが恥ずかしくない暮らしをするためで、色女に太っ腹なところを見せてやるためなんかじゃなかったのだぞ」

「誓って言いますが、お父さん、この贈与については、マルグリットはなにも知らなかったんです」

「じゃあ、なんでそんなことをしたんだ?」

「マルグリットが、お父さんがさんざん悪し様に言われ、ぼくに捨てさせようとされるあの娘が、ぼくと暮らすためにもっている動産を全部売ってしまうという、そんな犠牲まで払ってくれたからです」

「で、おまえはその犠牲とやらをうけいれたわけか? いったいなんという男なんだね、おまえさんは。ゴーティエ嬢みたいな商売女に負担をかけさせておいて、それで平気だとはね。ああ、もうたくさんだ。おまえはその女と別れろ。さっきはおまえに頼んでいた。だが今度は命令だぞ。身内の人間にはそんな汚らわしいことをしてもらいたくない。さっさと荷造りして、いっしょに帰る支度をするんだ」

「ごめんない、お父さん」と、このときぼくは言ったのです。「ぼくは帰りません」

「なぜだ?」

「ぼくはもう、ひとの命令に従うような年齢ではないからです」

この返事に、父の顔面は蒼白《そうはく》になりました。

「わかった」と、父は言葉をつぎました。「こうなったらどうするか、こっちにはちゃんとわかっているんだぞ」

父は呼び鈴を鳴らしました。

ジョゼフが現れました。

「わたしの荷物をパリ・ホテルに運ばせてくれ」父はぼくの召使いに言いつけ、ただちに寝室に行って着替えを済ませました。

父が出てくると、ぼくはそのまえに進み出て、

「お父さん、約束してください」と言いました。「マルグリットを苦しめるようなことは、なにもしないと」

父は立ちどまり、軽蔑《けいべつ》したよう顔でぼくを見てから、こう答えただけでした。

「おまえ、やっぱり、頭がどうかしているな」

そのあと父はうしろ手で荒々しく戸を閉めて、出ていきました。

ぼくもつづいて外に出ると、辻《つじ》馬車を拾ってブージヴァルに発《た》ちました。

マルグリットは窓のところに待っていました。

1　南フランスのカンヌ沖にあるレランス諸島のひとつ。

第二十一章

と、彼女はぼくの首にとびついて叫びました。

「もどってきてくれたのね！　ああ、顔色が真っ青よ！」

そこでぼくは、父との喧嘩《けんか》別《わか》れのことを彼女に話してやりました。

「ああ、どうしよう！　そんなことじゃないかと思っていたわ」彼女が言いました。「ジョゼフがやってきて、お父さまが見えたと告げたとき、あたし、なにか悪い知らせを耳にしたみたいに身が震えたのよ。あんたもかわいそうに！　そんな辛《つら》い思いをさせたのも、みんなあたしのせいだわ。お父さまと仲たがいするより、あたしと別れたほうがいいんじゃないかしら。でも、あたしはお父さまにはなにも悪いことをしたわけじゃないわ。あたしたちはこうして静かに暮らし、これからももっと静かに暮らしていこうとしているだけなのに。あんたに恋人が必要だってことはお父さまもわかっていらっしゃるんでしょう。だったら、その恋人があたしでよかったと思っていただきたいわ。だって、あたしはあんたを愛しているんだし、じぶんの身分を超えた高望みもしていないんだから。あたしたちが将来のことをどういうふうに段取りをつけたか、お父さんに話してくれたんでしょうね？」

「話したさ。でも、そのことでもっと怒っていたみたいなんだ。そのような決意こそ、ぼくらが愛し合っているなによりの証拠だと睨《にら》んだんだよ」

「じゃあ、どうすればいいの？」

「このままいっしょに暮らすんだよ、マルグリット。そして、この嵐をやり過ごすんだ」

「この嵐は通りすぎてくれるかしら?」

「そうしてもらわなきゃ困るよ」

「でも、お父さまはこのままにしておかれるかしら?」

「なにをするって言うんだい?」

「そんなこと、あたしにはわからないわ。でも、父親が息子を服従させるためには、なんだってするんじゃないかしら。あたしの過去の生活をあんたに思いださせるとか、なにか新しい話でもでっち上げて、あたしを捨てるように仕向けるとか」

「ぼくがきみを愛していることは、わかっているじゃないか」

「わかっているわ。でも、あたしにはこんなこともわかっている。それは、遅かれ早かれ、いずれあんたがお父さまに服従しなければならないってこと。それから、きっとお父さまに説き伏せられてしまうってこと」

「ちがうよ、マルグリット、このぼくが父を説き伏せるんだよ。父があんなに怒っているのは、友人のだれかが陰口をたたいているからなんだ。でも、父は善良で公正な人間だから、きっと最初の印象を改めてくれるよ。それに、結局のところ、父のことなんてどうだっていいじゃないか!」

「そんなことを言わないで、アルマン。あたしのせいであんたが家族と仲たがいしたと思われるくらいなら、あたしはなんだって我慢するわ。今日いち日はこのままにしておきましょう。そして、明日になったら、またパリに行ってきて。あんたと同じように、お父さまのほうだってよく考えてくださるかもしれないわ。そうしたら、おたがいにもっと分かり合えるかもしれないじゃないの。お父さまの理屈に真っ向からぶつからずに、ちょっとはあちらの言い分に譲ってみたら。あたしにはそれほど執着していないって顔をするの。そうしたら、お父さまもこのまま大目に見てくださるかもしれないわ。ねえ、元気を出しなさいよ、アルマン。そして、これだけは信じていてね。なにがあろうと、このマルグリットはずっとあんたのものだってことを」

「そう誓ってくれる？」

「いまさら誓う必要なんてあるものですか」

愛するひとの声に説得されるのは、なんと心地よいものでしょうか！　マルグリットとぼくは、できるだけ早く現実のものにしなければならないとでもいうように、その日はずっと将来の計画を語り合って過ごしました。なにか起こるような気がしてしょっちゅう不安でしたが、さいわい、その日はなんら新しい出来事もなく過ぎさっていきました。

翌日、ぼくは十時に発って、正午ごろにホテルに着きました。

父はもう外出していました。

もしかするとぼくの家に行ったのではないかと思い、自宅に帰ってみました。

だれもきていません。公証人のところに行きましたが、同じことです！

ホテルにもどって、十時まで待ってみました。それでも父は帰ってきませんでした。

ぼくはブージヴァルへの道を引きかえしました。

マルグリットの姿が見えましたが、彼女は前日のようにぼくを待っているのではなく、暖炉の片隅にすわっていました。もうそんな季節になっていたのです。

彼女はかなり深く物思いに沈んだ様子で、ぼくが彼女の肘掛《ひじか》け椅子に近づいても、その足音が聞こえないらしく、振りかえりもしませんでした。ぼくが額に接吻《せっぷん》をすると、彼女ははっと目が覚めたとでもいうように身震いして、

「びっくりしたじゃないの」と言いました。「で、お父さまは？」

「会えなかったんだ。どういうことなのかわからない。ホテルにも、父が行きそうなどこにも、姿が見あたらないんだよ」

「じゃあ、明日もう一度やってみなくちゃ」

「向こうから言ってくるのを待っていたほうがいいんじゃないか。こっちとしては、やるべきことはすべてやったと思うよ」

「いや、だめよ。まだ充分じゃないわ。とくに明日は、もう一度お父さまのところに

行かないと」

「別の日じゃなくて、どうして明日なんだ？」

「だって」とマルグリットは言いましたが、この質問にちょっと顔を赤くしたように見うけられました。「だって、そのほうがよく熱意が伝わって、そのぶん早く許してもらえるでしょう」

なにが気がかりなのか、マルグリットはその日はずっとぼんやりして沈みこんでいました。ぼくはなにかしらの受け答えを得るのに、同じことを二度繰りかえさざるをえませんでした。彼女はこの二日間に突然起こった出来事のためにふと将来が不安になって、こんなふうに心配しているのだと言っていました。

ぼくは彼女を安心させようとしながらその夜を過ごしましたが、翌日になると、彼女はしつこく勧めてぼくをパリに発たせました。そのしつこさの理由がよくわからなかったので、ちょっと気にかかったのを覚えています。

前日と同じように、父は留守でした。それでも、出がけにこんな手紙をぼくに残していったのです。

《今日も会いに来たのなら、四時まで待っているように。もし四時になっても、わたしがもどっていなかったら、明日の夕食をともにしよう。おまえに話さねばならないことがある》

ぼくは言われた時刻まで待ちました。父はやはり姿を見せず、ぼくはホテルを出ました。

マルグリットは前日沈みこんでいたのに、その日はもどってみると、まるで熱に浮かされたようにそわそわしていました。ぼくが入ってくるのが見えると、首に飛びついてきましたが、長いことぼくの腕のなかで泣きじゃくっていました。

そんなにも急で、しかもだんだん激しくなっていく彼女の苦しみを見るに見かねて、ぼくはその理由をたずねてみました。彼女ははっきりとした理由を言わずに、女のひとが真実を答えたくないときによくする、あの言い逃れをするばかりでした。

彼女がすこし落ち着いてきたとき、ぼくはパリへ行った結果を話してやりました。父の手紙を見せ、先行きが楽観できるようなことも言ってやりました。

その手紙を見、ぼくの予測を聞いて、彼女がますます激しく泣き出すものですから、ぼくはナニーヌを呼びました。ぼくらは彼女が神経発作におそわれるのが怖くなり、一言も発せずにぼくの手を握り、ひっきりなしに接吻しているそのかわいそうな娘を、ふたりがかりで寝かしつけてやりました。

留守中にマルグリットをこんな状態にしてしまうような手紙でもうけとったのではないか、あるいはだれかが訪ねてきたのではないかとナニーヌにたずねてみましたが、だれも訪ねてこなかったし、なにもうけとっていないという返事でした。

それでも、前日以来なにかがあったのはたしかで、マルグリットがそのことを隠しているだけに、ぼくはよけい不安が募ってくるのでした。

晩になると、彼女もいくらか落ち着いてきたようでした。彼女はぼくをベッドの端にすわらせて、じぶんの愛はいつまでも変わらないことを、長々と繰りかえし言いつづけました。それからぼくに向かって微笑みましたが、無理にそうしているらしく、その目には涙がいっぱい溢《あふ》れていました。

ぼくはいろいろ手を尽くしてその悲しみの真の原因を白状させようとしましたが、彼女はあくまで頑固に、さきほどお話ししたような言い逃れをするばかりです。

やっと彼女もぼくに抱かれながら眠りこみましたが、それはからだを休めるのではなく、むしろ打ちのめすような眠りでした。ときどき叫び声をあげては、はっと目を覚まし、それからぼくがそばにいるのを確かめたあと、彼女を永遠に愛することをぼくに誓わせるのでした。

ぼくにはなにがなんだかわかりませんでしたが、断続的にぶりかえすその苦しみは結局朝までつづき、それからマルグリットは一種の半睡状態におちいりました。なにしろ二日まえから、一睡もしていなかったのです。

その安らぎも長くはつづきませんでした。

十一時ごろになって、マルグリットは目を覚まし、ぼくがもう起きているのを見ると、あたりを見まわして叫びました。

「じゃあ、もう行ってしまうの？」

「いや」ぼくは彼女の手をとって言いました。「ずっと眠らせておいてやりたかったんだよ。時間はまだ早いからね」

「パリには何時に行くの？」

「四時だよ」

「そんなに早く？　それまでいっしょにいてくれるのよね？」

「もちろんだよ。ずっとそうしているじゃないか」

「まあ、嬉《うれ》しい！」それから彼女はぼんやりした様子で言葉をつぎました。「お昼ご飯をたべましょうか？」

「きみがそうしたいのなら」

「そのあと、出かけるときまで、ずっとあたしを抱いていてくれるわね？」

「もちろん。そして、できるだけ早くもどってくるよ」

「もどってくるのね？」と言って、彼女は血走った目でぼくを見つめました。

「あたりまえじゃないか」

「それでいいの。あんたは今晩もどってくる。そして、このあたしは、いつものように、あんたを待っている。それから、あんたはあたしを可愛がってくれる。そして、あたしたちは幸せになる。知り合ってからずっとそうだったように、幸せになるのね」

こんな言葉がそれぞれ、なんともぎくしゃくした口調で発せられたのです。そこにはなにか絶え間なく身を苛《さいな》む一途《いちず》な思いが隠されているようで、マルグリットがいまにも錯乱状態におちいるのではないか、とぼくは心配で心配でたまらくなりました。

「ねえ、いいかい」ぼくは彼女に言いました。「きみは病気なんだ。ぼくはこのままきみを残していけないよ。父に手紙を書いて、待たないでくれるように言ってやろう」

「だめ！　それはだめよ！」彼女は突然叫びました。「そんなことをしないで。せっかく息子に会いたがっておられるのに、あたしが引き留めたってまた叱られるわ。だめ、だめよ、行かなくちゃ。どうしてもよ！　それに、あたしは病気なんかじゃない。すっごく元気なのよ。これは悪い夢を見たからだわ。その夢からまだ覚めていないだけなのよ」

このときから、マルグリットは明るく振る舞おうとして、泣くのをやめました。

いよいよ出かけねばならない時間がやってきたとき、ぼくは彼女に接吻《せっぷん》して、鉄道の駅までいっしょについてこないかとたずねました。散歩をすれば気も紛れるし、外気を吸えばからだにもいいだろうと思ったからです。

それになによりも、ぼくはできるだけ長いあいだ彼女といっしょにいたかったのです。

彼女は承知してマントをはおり、ひとりでもどらなくてもすむように、ナニーヌを連れてぼくについてきました。

ぼくは二十回も出発を取りやめようとしました。けれども、はやくもどってやれるという期待、また父を怒らせてしまうのではないかという危惧《きぐ》のために、いやいやながら列車に乗りこんだのです。

「じゃあ、今晩ね?」別れ際にぼくはマルグリットに言いました。

彼女は返事をしませんでした。

以前にも一度、これと同じ言葉に彼女が返事をしなかったことがありました。思いだされるでしょうが、あのときはG伯爵が彼女と一夜をともにしたのでした。しかし、あれはずっと昔の話でしたから、ぼくの記憶から消えてしまっていたようです。それに、もしこのぼくになにか恐れねばならないことがあったとしても、それはもうマルグリットに裏切られるということではありませんでした。

パリに着くと、ぼくはマルグリットの見舞いに行ってくれるよう頼むために、プリュダンスの家に駆けつけました。彼女の持ち前のあの饒舌《じょうぜつ》と陽気さによって、マルグリットの気も紛れるかもしれないと考えたからです。

ぼくは案内も乞《こ》わずに入りこみましたが、プリュダンスはちょうどお化粧の最中でした。

「ああ！」と、彼女は心配そうにぼくに言いました。「マルグリットもいっしょ？」

「いや」

「彼女、元気にしている？」

「病気なんだ」

「じゃあ、彼女、今日はこないのね？」

「なにか、くる予定でもあったの？」

デュヴェルノワ夫人は顔を赤くし、どこか戸惑い気味にぼくに答えました。

「そうじゃなくて、あんたがパリにきたんだから、彼女もやってきて、落ち合うんじゃないかって言いたかったのよ」

「いや、こないよ」

ぼくはプリュダンスを見つめました。彼女は目を伏せましたが、その顔つきで、ぼくに長居をされては困ると思っているのがありありとわかりました。

「ねえ、プリュダンス、ぼくはお願いにきたんだよ。もし暇だったら、今晩マルグリットを見舞いに行ってもらえないかってね。いっしょにいてやって、なんならあっちに泊まってくれてもいいんだよ。今日みたいな彼女を、ぼくは一度も見たことがないんだ。だから彼女、病気になるんじゃないかって心配で心配でたまらないんだよ」

「外で夕食の約束があるの」プリュダンスはぼくに答えました。「今晩はあたしマルグリットに会いに行けない。でも、明日《あした》ならきっと行くわよ」

デュヴェルノワ夫人にはほとんどマルグリットと同じように、なにか気がかりなことがあるようでした。そこでぼくは父のところに行ったのですが、父は最初の一瞥《いちべつ》でぼくを注意深く観察したようでした。

父はぼくに手を差しのべて、

「二度も訪ねてきてくれたようで、わたしは嬉しかったよ、アルマン」と言いました。

「そこでわたしは、あれからおまえもよく考えてくれたんだなと思っていたよ。もっとも、よく考えたということではこっちも同じだがな」

「よく考えられた、その結論がどのようなものか、うかがってもいいですか、お父さん？」

「それはな、ひとに聞かされた噂話をどうやら深刻に考えすぎていたということだ。そこでわたしは、これ以上おまえに厳しくするのはよそうと心に決めたんだよ」

「本当ですか、お父さん！」と、ぼくは嬉しさのあまり叫んでしまいました。

「まあ、若い男には愛人のひとりぐらいいなきゃなるまいよ。それに、わたしが新たに耳にしたところでは、おまえが他の女ではなく、ゴーティエ嬢の愛人であってくれ

なんだろう！」

「いいひとだなあ、お父さんて！　こんなお父さんがいてくれて、ぼくはなんて幸せ

て本当によかったと思っているのだ」

ぼくらはそんな調子でしばらく話し合い、やがてテーブルにつきました。父は夕食のあいだもずっと優しくしてくれました。

ぼくのほうはブージヴァルにもどって、このめでたい展開のことを早くマルグリットに話してやらねばと気が急《せ》くあまり、しょっちゅう時計を見ていました。

「おまえは時間が気になるようだな」と父は言いました。「早くこの場を発《た》ちたくてじりじりしているんだろ。ああ、若い者はどうしようもない！　おまえたちはいつも、いい加減な愛情のために真面目な情愛を犠牲にするんだね？」

「そんなことを言わないでくださいよ、お父さん！　マルグリットはぼくを愛しているんです。ぼくはそう確信していますよ」

父は答えませんでした。そのことを疑っているとも、信じているとも見えない様子でした。

父はその晩はじぶんのホテルに泊まって、翌日に帰ればいいだろうとしきりに勧めました。ぼくは病気のマルグリットを残してきています。そう父に言って、翌日またくることを約束したうえで、早々に彼女に会いに行く許しを求めました。

ちょうど気候もよかったので、父は駅のプラットホームまで送っていきたいと言いました。ぼくがこれほど幸福だったことは一度もありません。未来はこうあってほしいと願っていたとおりのものに見えてきました。

ぼくはこれまでなかったくらい父が好きになりました。

出発する間際になって、父は最後にもう一度ぼくを引き留めましたが、ぼくは断りました。

「じゃあ、おまえ、それほどあの女に惚《ほ》れているのか？」と、父はぼくにたずねました。

「ええ、気が狂ってしまうほど」

「それなら、お帰り！」と、父はまるでなにかの考えを追い払おうとするみたいに、ぼくの額に手を当てました。それから、なにかものを言いたげに口を開きましたが、結局ぼくの手を握るだけにとどめ、いきなりきびすを返したかと思うと、こう叫びました。

「じゃあ、明日またな！」

第二十二章

列車は動いているようには思えませんでした。

ぼくは十一時にブージヴァルに着きました。

家の窓はひとつとして明かりが灯《とも》っていません。呼び鈴を鳴らしても、だれも答えません。

これは初めてのことでした。やっと庭番が現れました。ぼくはなかに入りました。

ナニーヌが明かりをもってきました。ぼくはマルグリットの寝室に行ってみました。

「奥さまはどこだ？」

「パリにお出かけになりました」ナニーヌが答えました。

「パリだって！」

「そうでございます、旦那《だんな》さま」

「いつ？」

「旦那さまの一時間あとです」

「なにも言い残していかなかったのか?」

「なにも」

ナニーヌはぼくを残して出ていきました。

きっとなにか心配になったんだろう、ぼくは考えました。おれが父に会いに行くと言ったのは、一日羽を伸ばしてくる口実でなかったのかどうか、確かめるためにパリに行ったのかもしれないな。——それとも、なんかの大事な用件で、プリュダンスから手紙が届いたのかもしれないぞと、ぼくはひとりきりになったときに思いました。しかし、ぼくはパリに着くと早々にプリュダンスに会っていたのですし、あのときの彼女はマルグリットに手紙を書くかもしれないと思わせるようなことは一言も口にしていなかったのです。

デュヴェルノワ夫人の質問をふと思いだしました。ぼくがマルグリットは病気だと言ったとき、「じゃあ、彼女、今日はこないのね?」とたずねられた。それと同時に、なにか約束でもあったのかと疑わせるその言葉のあとで、ぼくに見つめられたとき、彼女が見せた戸惑い気味の様子のことも思いおこしたのです。その思い出とマルグリットが一日中流していた涙の思い出と重なりました。父の優しい迎え方のせいで、ぼくはその涙のことをうっかり忘れていたのです。

この瞬間から、この一日の出来事すべてが最初の疑惑に集中して、ぼくのこころのなかにその疑惑をしっかりと植えつけたのです。そうなるとあらゆること、父の温情までがその疑惑を裏づけるように思えてきました。

マルグリットはほとんど無理やりおれをパリに追いやったではないか。そばにいてやろうと言ったとき、落ち着きを取りもどしたふりをしてみせたではないか。おれは罠《わな》にかかったんだろうか？　マルグリットはおれを騙《だま》したんだろうか？　留守にしたことをおれに気づかれないように、早く帰るつもりだったのに、なにか偶然の出来事が起こって引きとめられているんだろうか？　それにしても、なぜナニーヌになにも言っていかなかったんだ？　また、どうしてこのおれに書き置きをしていかなかったんだ？　あの涙、この留守、この謎は、いったいどういうことなんだ？

こんなことを、その人けのない部屋の真ん中で、ぼくは置き時計を見つめ、恐怖に身をすくませながら思っていたのです。その置き時計も真夜中の零時を指していて、恋人がもどってくると期待するには遅すぎることを告げているようでした。

それにしても、ふたりで将来の生活のためにいろんな手筈《てはず》を整え、彼女が申し出た犠牲をぼくがうけいれたばかりのところなのです。そのあと彼女がぼくを裏切ることなどありうるでしょうか？　いや、とてもありそうもないことです。ぼくは最初の推測を打ち捨てようとしました。

あのかわいそうな娘に家財を買い取ってくれるひとが見つかって、その話をつけるためにパリに行ったのかもしれないぞ。彼女がそのことをあらかじめ言っておきたくなかったのは、いくらおれが承知していても、また将来の幸福に必要だとはいっても、それを売り払ってしまうことに辛《つら》い思いをするのがわかっているからだ。そんな話をして、おれの自尊心を傷つけ、神経を逆なでするのを嫌がったんだろう。彼女としては、なにもかもすっかり片づけてから姿を見せるほうがよかったんだ。プリュダンスが彼女を待っていたのも、もちろんそのためで、だからこそプリュダンスはおれのまえであんなボロを出したりしたんだな。マルグリットは今日のところは取引きを終えられず、じぶんの家に泊まっているのかもしれない。いや、ひょっとして、いまにも帰ってくるかもしれないぞ。おれが心配していることぐらいわかっているはずだし、こんなおれをこのまま黙って放っておきたくもないだろうから。

それじゃあ、どうしてあんなにも涙を流したんだろうか？　あのかわいそうな娘は、いくらおれを愛しているといっても、あれほどの贅沢《ぜいたく》な品々を手放すとなれば、やっぱり泣かずにはいられなかったのかもしれない。なにしろ、これまであの贅沢な品々に囲まれながら暮らしてきて、じぶんでも幸せだったんだし、ひとにも羨《うらや》ましがられていたんだから。

マルグリットがそんな未練をもったとしても、ちっとも不思議ではないと思いました。そして、この謎めいた留守の原因がやっとわかった、と彼女に言ってやり、キスを浴びせかけてやるのを今か今かと待ちかねていたのです。

しかし、夜が深まっていくのに、マルグリットはいっこうに帰ってきません。

不安の輪がじりじりと狭まり、ぼくの頭と胸を締めつけてきました。——もしかすると、彼女の身になにかあったのかもしれない！　怪我をしたか、病気に倒れたのか、あるいは死んでしまったのか！　もうすぐなにか痛ましい事故を告げる使いの者がやってくるのかもしれないぞ！　それとも、昼になってもおれはこのままずっと心配し、びくびくしていなければならないのだろうか！

留守をした彼女の身の上をあれこれ案じながら待っているこのときに、まさかマルグリットがぼくを裏切っているなど、考えも及ばないことだったのです。このぼくから遠いところに彼女を引き留めるには、彼女の意思とは関係のない原因がなければならず、考えれば考えるほど、ぼくはその原因がなにかの不幸以外にないと思いこむようになりました。ああ、男の自惚《うぬぼ》れというものは、じつにいろんな形で姿を現すんですね！

一時になりました。ぼくはもう一時間待って、もし二時になってもマルグリットが帰ってこなかったら、こちらのほうからパリに出かけてやろうと思いました。

さしあたって、本をさがしに行きました。というのも、ぼくはもうこれ以上考える気になれなかったからです。

テーブルのうえには『マノン・レスコー』が開かれたまま置いてありました。その頁がところどころ涙で濡《ぬ》れているように見えました。ぼくはぱらぱら頁をめくっただけで本を閉じてしまいました。いろんな疑念のヴェールに覆われてしまっているぼくの頭には、活字の意味がまったく伝わってこなかったのです。

時間がゆっくりと進んでいました。空は雲で覆われ、秋の雨がガラス戸をしきりに叩いています。空っぽのベッドはときどき墓穴のように見えてきます。ぼくは怖くなりました。

戸を開けて耳を澄ましても、聞こえてくるのは木々をざわめかす風の音ばかり。たった一台の馬車も道を通りません。教会の鐘の音が一時半を打ちました。

ぼくはだれかがくるのではないかと、びくついていました。こんな時刻、こんな天候のときにやってくるものと言えば、なにか不幸なことにちがいないと思われたのです。

二時になりました。ぼくはもうすこし待ってみました。ただ時計のカチカチという単調な音が沈黙を破っているだけです。

ぼくはついにその部屋から出ましたが、そこにあるどんな物も、不安にみちた孤独なこころがあたりに投げかける、あのもの悲しさに翳《かげ》って見えました。

となりの部屋では、ナニーヌが針仕事をやりかけたまま眠りこんでいました。彼女は戸が開く音で目を覚まし、奥様がお帰りになったんですかとぼくにたずねました。

「いや。でも、もし帰ってきたら、心配でたまらなくなったので、ぼくがパリに出かけたと言ってくれ」

「こんな時間に？」

「そうだ」

「でも、どうやって？　馬車は見つかりませんよ」

「歩いて行くさ」

「でも、雨が降っていますよ」

「なに、かまやしない」

「奥さまはいずれお帰りになりますよ。それに、お帰りにならなくても、どうして帰りが遅いのか見に行かれるには、夜が明けてからでも遅くはないでしょうに。いまお出かけになれば、途中で人殺しにでも出くわしかねませんよ」

「そんな危険はないさ、ナニーヌ。じゃあ、明日また」

この気立てのよい娘はぼくの外套《がいとう》を取りに行って、肩にかけてくれたあと、アルヌーおばさんを起こしに行って馬車がないかどうか訊《き》いてみようと申し出てくれました。しかし、ぼくはそれには及ばないと断りました。きっと無駄に終わるそんな試みをしたところで、その間に道のりの半分ぐらいは行けるにちがいないと思ったのです。

それにぼくには、ずっと苦しめられている神経のひどい高ぶりを鎮めるのに、外の空気を吸い、身体をへとへとに疲れさせる必要もあったのです。

ぼくはアンタン街の家の鍵《かぎ》を取り、表門まで送ってきたナニーヌに別れを告げてから出発しました。

ぼくはまずどんどん駆けだしましたが、降ったばかりの雨で地面が濡れているので、倍も疲れました。三十分も走ると、汗びっしょりになって立ちどまらざるをえませんでした。一息入れてから、また道をひた走りました。夜陰がいちだんと濃くなっていたので、道端の木にぶつかりはしないかと、たえずびくびくしていました。眼前に突然現れてくる木々はまるで、ぼくを追いかけてくる巨大な幽霊みたいでした。

二、三台の荷馬車に出会いましたが、それもたちまち背後に消えていきました。一台の四輪馬車《カレーシュ》が大急ぎでブージヴァル方面に向かっていました。その馬車が目のまえを通りすぎようとしたとき、なかにマルグリットがいるのではないかという期待が頭をもたげました。

ぼくは立ちどまって、「マルグリット！　マルグリット！」と叫びました。

しかし、だれもぼくには答えず、馬車はそのまま行ってしまいました。馬車が遠ざかっていくのを見送ってから、ぼくはふたたび出発しました。

[1]エトワルの市門まで辿《たど》り着くのに二時間かかりました。

パリの町が見えると、また新たに力が湧いてきて、ぼくは何度も歩いたこの長い並木道を駆け下りました。

その夜は、だれひとりとしてそこを通る者はいません。

まるで死の町を歩いているようでした。

やがて夜が明けそめてきました。

アンタン街に着いたときには、この大都会はまだすっかり目覚めていないものの、もういくらか身動きをはじめていました。

マルグリットの家に入ろうとしたとき、ちょうどサン[2]=ロック教会の鐘が五時を打ちました。

ぼくは門番にじぶんの名前を言いました。この門番はそれまで何度も二十フラン金貨をもらっていたので、ぼくが朝五時にゴーティエ嬢の家にきてもいい人間であることがわかっていたのです。

そこで難なく門を通りすぎました。

マルグリットが在宅かどうか訊いてみてもよかったのですが、門番は在宅していないと答えたかもしれません。それよりも、もう二分間疑っていたほうがよいと思ったのです。疑っているあいだは、まだしも希望がもてるものですから。

ぼくは戸に耳を澄まして、なかの物音や動きを探ってやろうとしました。

なにも聞こえません。田舎の静寂がここまでつづいているかのようです。

ぼくは戸を開けて、なかに入りました。

すべてのカーテンがぴったり閉ざされています。

ぼくは食堂のカーテンを引いて、寝室に向かい、その扉を押しました。

カーテンの紐《ひも》に飛びつき、乱暴に引きました。

カーテンが開いて、弱い光が射しこんできました。ぼくはベッドに駆け寄りました。

空っぽです！

ぼくは戸という戸を次々に開けて、全部の部屋を見てまわりました。

だれもいません。

ぼくは気が狂いそうになりました。

化粧室に行って窓を開け、何度も何度もプリュダンスを呼んでみました。

プリュダンスの窓はずっと閉まったままでした。

そこでぼくは門番のところに降りていって、ゴーティエ嬢が昼間ここにこなかったかとたずねました。

「はい」と、その男は答えました。「デュヴェルノワ夫人もごいっしょでしたよ」

「彼女はなにもぼくに言い残していかなかったのか？」

「なにも」

「そのあと、ふたりがどうしたのか知っているのか？」

「おふたりで馬車に乗られました」

「どんな馬車だった？」

「自家用の箱型馬車《クーペ》でした」

これはいったいどういうことなのか？

ぼくはとなりの家に行って、門の呼び鈴を鳴らしました。

「どちらにいらっしゃるんですか？」門番が扉を開いてたずねました。

「デュヴェルノワ夫人のところだ」

「まだもどっておられません」

「たしかか？」

「はい、旦那《だんな》さま。ここに昨晩届いて、まだお渡ししていない手紙まであるんですから」

そして門番が一通の手紙を見せるので、ぼくもつい釣られるように、そちらに目を遣《や》りました。

それはマルグリットの筆跡です。

ぼくはその手紙をひったくりました。

表書きには、こうありました。

《デュヴェルノワさん。これをデュヴァル氏におわたしください》

「これはぼく宛《あて》の手紙だ」とぼくは門番に言って、宛名《あてな》を見せました。

「あなたがこのデュヴァルさまで？」その男は念をおしました。

「そうだ」

「ああ、そう言えば、見覚えがありますよ。ちょくちょくデュヴェルノワ夫人のところにいらっしゃいましたね」

通りに出ると、ぼくはその手紙の封を破りました。

たとえ雷が足元に落ちてきたとしても、ぼくはその手紙を読んだときほど驚愕《きょうがく》しなかったことでしょう。

《アルマン、あなたがこの手紙を読むころには、あたしは別の男のものになっています。だから、あたしたちのあいだは、もうこれっきりです。

どうか、お父さまのそばにもどって、妹さんに会ってあげてください。あたしたちみたいなみじめな暮らしなどまったく知らない、清らかなお嬢さんに。そのお嬢さんのそばでなら、マルグリット・ゴーティエという名前の、あの身を持ちくずした娘によって苦しめられたことなど、すっかり忘れられることでしょう。短いあいだでしたが、あなたが愛してくださったその娘は、あなたのおかげで人生で一回かぎりの幸福な時間をすごすことができました。そして、いまとなっては、その人生も長くないことをねがっています》

この最後の言葉を読んだとき、ぼくはいまにも気が狂うかと思いました。一瞬じっさいに街路の敷石に倒れそうになったのです。目のうえに霞《かすみ》がかかり、こめかみの血がずきんずきんと脈打っていました。

やがていくらか気を取り直して、あたりを見まわすと、他の人びとの生活がぼくの不幸などにはなんのお構いもなく、ずっとつづいていることに呆然《ぼうぜん》としました。ぼくはマルグリットからうけた打撃にひとりで耐えられるほど強くはありませんでした。

そこで、父が同じ町に滞在しているので、十分もすればそばに行けて、どんな苦しみだろうと分かち合ってもらえることに思い当たりました。

ぼくは狂人のように、泥棒のようにパリ・ホテルに駆けつけました。父の部屋の鍵はドアに掛けっぱなしにしてありました。ぼくはなかに入りました。

父は本を読んでいました。

ぼくの姿を見てもちっとも驚かなかったところを見ると、どうやらぼくを待っていたようでした。

ぼくは一言も言わずに父の腕に飛びこみ、マルグリットの手紙をわたしてから、父のベッドのまえに倒れ伏し、ぽろぽろと熱い涙を流して泣きました。

1 一七八七年から一八六〇年まではここで入市税が取り立てられていた。

2 サン＝トノレ街にあるこの教会はラクロが『危険な関係』で舞台にしているが、コルネイユ、ディドロが埋葬され、また作者の父アレクサンドル・デュマ・ペールが女優のイダ・フェリエと結婚式をあげるなど、きわめて文学的な教会としても知られる。マルグリットの家のあるアンタン街からもっとも近い教会。

第二十三章

やがて周囲の日常生活がなにも変わらずに流れていっても、ぼくにとって今日明ける一日が以前の日々と同じようになるとは、とうてい信じられませんでした。ときどき、じぶんには思いだせないある状況のせいで、マルグリットから離れて一夜を過ごさねばならなくなったものの、いまブージヴァルにもどったら、これまでのようにさんざん心配している彼女にふたたび出会って、だれのせいでこんなふうに遠くに引きとめられていたのかと訊《き》かれそうな気もしました。ぼくらの愛のような習慣がいったん生活に根づいてしまうと、その習慣が断ち切られれば、それと同時に人生のあらゆる習慣の原動力が破壊されてしまうように思われるものです。

そこでぼくは、夢を見ているのではないことをきちんとじぶんに納得させるために、ときどきマルグリットの手紙を読み直してみなくてはなりませんでした。

ぼくのからだはこころの動揺にすっかり押しつぶされてしまい、身動きひとつできません。さんざん心配し、夜中歩きつづけたあげくに、明け方にあんな手紙を受けとったもので、芯《しん》からぐったりしていたのです。父はそんな完全な脱力状態に乗じて、いっしょに帰省することをはっきりとぼくに約束させました。

ぼくは父に言われるまま、なんでも約束しました。どんな言い争いにも耐えられなかったうえ、いま起きてしまった事態のあとでも、なんとか生きるのを助けてくれるような本物の愛情を必要としていたからです。

こんな悲しみに暮れているぼくを慰めてくれようとする父の気持ちが、骨身にしみて有り難く思われました。

ぼくが覚えているのは、その日の五時ごろ、父がぼくを駅馬車の座席にすわらせたことだけです。ぼくにはなにも知らせずに荷物をまとめさせ、じぶんの荷物といっしょに馬車のうしろに縛りつけて、ぼくを連れ帰ってくれたのです。

じぶんがなにをしているのか気がついたのは、ようやくパリの町が消えさり、道中の人けのなさに、みずからのこころの空虚を思いだしたときでした。

するとまた涙が流れてきました。

父は言葉では、たとえじぶんの言葉でも、ぼくを慰められないことを心得ていて、一言も言わずに泣くままにしておいてくれました。ただときどき、おまえの味方がここにいるのだぞと思いださせるように、ぼくの手を握ってくれただけでした。

夜になって、ぼくはちょっと眠りました。マルグリットの夢を見ました。

はっと目を覚ましたが、じぶんがどうして馬車のなかにいるのか理解できませんでした。

やがて現実がこころに蘇《よみがえ》ってきて、ぼくはまたがっくりと頭を胸に落としました。

父に話しかける気はしませんでした。こう言われるのをずっと恐れていたからです。

「ほら見ろ、わたしの言ったとおりだろう。あんな女に愛情なんぞあるわけはないのだ」

しかし父は笠《かさ》にかかるようなことはなく、ぼくらがC市に到着するまで、この帰省の原因になった出来事とはまるで関係のないことを口にしただけでした。妹を抱擁したとき、この妹のことにふれたマルグリットの手紙の言葉を思いだしましたが、どんなに気立てのいい妹でも、恋人を忘れさせてくれるには充分でないことがすぐにわかりました。

ちょうど狩猟が解禁された時期だったので、恰好《かっこう》の気晴らしになると考えた父は、近所の人びとや友人たちを集めて、たびたび狩猟の会を催しました。ぼくはべつに嫌がりもせず、かといって熱も入らず、出発以後のあらゆる行動の特徴となっていたあの無気力状態のまま加わりました。

獲物の駆り出しをすることになり、じぶんの持ち場もあたえられましたが、ぼくは銃に弾もこめずに脇に置いたきり、ぼんやりと夢想にふけっていました。

雲が通りすぎていくのを眺め、いろんな想念が人けのない平原をさまようにまかせながら、ときどき狩りの仲間が十メートル先の野兎を指し示して呼びかけても、ただ聞き流していたのです。

父はこんな些細《ささい》なことでもなにひとつ見逃さず、ぼくの穏やかな外見に騙《だま》されることはありませんでした。いくら打ちのめされようと、こいつのこころはいつかきっと恐ろしく危険な反動を引きおこすにちがいないと見抜いて、ぼくを慰めるように見えることは避けながらも、できるだけ気を紛らすよう努めてくれていたのです。

当然ながら、妹にはなにがあったのか知らされていなかったので、昔はあんなに快活だった兄がなぜ突然こんなにもぼんやりと寂しそうにしているのか理解しかねていました。

ときどき息子が寂しそうにしているのを見かねて父が心配するもので、ぼくは手を差しだし父の手を握りしめ、心ならずも父を苦しめていることを無言のうちに許してもらおうとしました。

こんなふうに一か月が経ちましたが、それがぼくには我慢の限界でした。マルグリットの想い出がたえずつきまとってくるのです。かつてあの女性をあまりにも愛したし、いまでも愛しているので、いきなり無関心になることなどとうていできない相談でした。ぼくが彼女にたいしてどんな気持ちをもっていたとしても、ともかくもう一度、それもただちに会わずにはすまない気持ちだったのです。

いったんこの願望がこころのなかに入りこみ、しっかりと根を下ろしてしまうと、長いことぐったりしていたぼくのからだにも、激しい意志が蘇ってくるようでした。ぼくにマルグリットが必要なのは将来のことでも、ひと月や一週間後のことでもありません。思い立ったその翌日でなければならなかったのです。そこでぼくは、片づけねばならない用事があってパリに出かけるけれども、すぐにもどってくるからと父に言いに行きました。

父はきっとぼくが出かけねばならない動機を見破ったにちがいありません。というのも、なんとか実家にとどまるよう何度もしつこく勧めましたから。しかし、いまにも癇癪《かんしゃく》を破裂させそうなぼくの状態を見て、もしその願望が果たされない場合どんな致命的な結果を招くかしれないとでも思ったのでしょう、ぼくを抱きかかえ、ほとんど涙ながらに、できるだけ早くもどってくるよう懇願しただけでした。

パリに着くまで、ぼくはまんじりともできませんでした。

いったん着いたら、なにをしようというのか、ぼくにもわかっていませんでした。しかし、なによりもまずマルグリットのことをなんとかしなければなりません。

ぼくは自宅に着替えに行き、天気も好《よ》く、まだ間に合う時間でもあったので、シャンゼリゼのほうに向かいました。

半時間もすると、遠くに円形《ロン・》広場《ポワン》からコンコルド広場のほうにやってくるマルグリットの馬車が見えました。

彼女は馬を買いもどしていたのです。馬車は以前と同じものでしたから。ただ、マルグリットは馬車のなかにはいませんでした。

彼女がいないことに気づいて、あたりに目を向けるとすぐ、歩いてこちらのほうにやってくるマルグリットの姿が見えました。ぼくが一度も見たことがない女といっしょでした。

ぼくのそばを通りすぎるとき、彼女の顔はさっと蒼《あお》ざめ、神経質そうな微笑で唇が引きつりました。ぼくのほうは心臓の激しい鼓動に胸がぐらぐらと揺れていました。けれども顔にはなんとか冷淡な表情をあたえることができて、もとの恋人によそよそしい会釈をしました。しばらくすると、彼女はじぶんの馬車のところにもどって、友だちといっしょに乗りこみました。

ぼくはマルグリットの人柄をよく知っています。思いがけずぼくと出会って、すっかり動転してしまったにちがいありません。彼女はきっとぼくが帰省したのを知らされ、ぼくらの訣別《けつべつ》の帰結にほっと胸をなで下ろしていたはずです。ところが、パリにもどってきたぼくの蒼い顔をまじまじと見て、ぼくが帰ってきたのはなにかの目的があってのことだとわかり、これからどういうことが起きるのだろうと危惧《きぐ》したにちがいありません。

もしぼくが不幸な境遇にあるマルグリットに出会ったのなら、そして彼女に復讐《ふくしゅう》するためではなく、救いの手を差しのべるためにもどってくることができたのなら、きっと彼女を許して、彼女を苦しめてやろうなどとはちっとも考えなかったことでしょう。しかし、ぼくが再会した彼女は、すくなくとも見かけは幸福そうでした。だれか別の男が、ぼくにはつづけさせてやれなかった贅沢三昧《ぜいたくざんまい》の暮らしを彼女に取りもどさせてやっていたのです。彼女のほうから持ちだした別れ話は、結局このうえなく卑俗な打算の結果だったわけで、ぼくの自尊心も愛も、したたかに辱められました。こうなったら、なんとしてもこの苦しみの代償を支払わせてやらねばなりません。

ぼくはあの女性のすることに無関心でいられませんでした。ということは逆に、あの女性をもっとも苦しめるのはぼくが無関心でいるということになるはずです。したがって、装うべきは無関心、ただ彼女にたいしてだけでなく、他の者たちから見ても無関心だと思えるような、そんな態度だということになります。

ぼくはできるだけにこやかな顔をするように努めながら、プリュダンスの家におもむきました。

小間使いが来訪を告げに行って、ぼくはしばらく広間で待たされました。

　やっとデュヴェルノワ夫人が現れて、ぼくを閨房 (けいぼう) に招じ入れました。ぼくがすわろうとした瞬間、広間の戸が開く音が聞こえました。それから軽やかな足音が床を軋《きし》ませ、踊り場の扉がバタンと閉まりました。

「お邪魔だった？」と、ぼくはプリュダンスにたずねました。

「ぜんぜん。マルグリットがきていたのよ。あんたの名前を聞いて、逃げだしたわ。いま出ていったのは彼女なのよ」

「では、いまじゃ、このおれが彼女を怖がらせるってわけか？」

「そうじゃないわ。でも彼女、また顔を合わせると、あんたが不愉快になるんじゃないかって思ったのよ」

「そりゃまた、どうして？」ぼくは楽に息をするのに苦労しながら言いました。すっかり動揺して、息が詰まりそうだったからです。「あのあわれな女は、じぶんの馬車や家財道具、それにダイヤモンドを取りもどすために、おれと別れたんだろ。じつにうまくやったもんだよ。こっちとしても、べつに恨む筋合いの話じゃないさ。今日、ちょっとあの女に会ったけどね」とぼくは無造作につづけました。

「どこで？」と、ぼくの顔をしげしげと眺めながらプリュダンスが言いましたが、これがあれほど恋に狂っていたのと同じ男なんだろうかと思っている様子でした。

「シャンゼリゼでさ。じつに美しい女といっしょだったね。あれはどういう女なんだろう？」

「どんな感じの女だったの？」

「金髪で、ほっそりして、長い巻き毛の女だった。青い目をして、とっても洒落《しゃれ》ていたね」

「ああ、そりゃオランプだわ。ほんと、あれはとってもきれいな娘《こ》だわね」

「彼女、だれといっしょに暮らしているんだい？」

「だれとも、っていうか、だれとでも」

「で、彼女どこに住んでいるのかな？」

「トロンシェ街……番地。ああ、あんた、もしかしてあの娘を口説きたいっていうの？」

「さきのことはわからないさ」

「じゃあ、マルグリットはどうするの？」

「彼女のことをぜんぜん考えなくなったと言ったら嘘になるだろう。でも、このおれは別れ方をわりと大事にする人間なんだ。ところが、あのマルグリットときたら、なんともあっさりとおれを捨てたんだからね。あんなに惚《ほ》れに惚れ抜いたおれはつくづく馬鹿だったと思ったよ。だって、おれは本当にあの女に首ったけだったんだもんな」

ぼくがどんな口調でこんなことを言ったか、あなたにはお見通しのことでしょう。ぼくの額には滝のような汗が流れていました。

「でも、彼女のほうだって、そりゃずいぶんあんたを愛していたのよ。いまだって変わらずに愛しているわ。その証拠に、今日あんたに会ったあと、すぐあたしんちにすっ飛んできて、その話をしたんだから。ここにきたときは、ぶるぶる震えて、いまにも気を失いそうだったわよ」

「ところで、彼女はなんて言っていたんだい？」

「こう言っていたわ。『あのひと、きっとあなたに会いにくるわよ』って。そして、くれぐれもじぶんを許してくれるよう、あたしのほうからあんたに頼んでほしいって」

「おれは彼女を許している。あんたのほうからそう言ってやってくれてもいいよ。あれは気っぷのいい女だったよ。でも、やっぱり娼婦《しょうふ》は娼婦さ。おれにたいする彼女の仕打ちだって、とっくに覚悟しておかなきゃならないことだったんだよ。あっちのほうから、ああいう決心をしてくれたんで、こっちは逆に感謝しているくらいさ。だって、いまとなってみると、あの女とずっと暮らそうなんて考えを実行していたら、いったいどんなことになっていたんだろうって思うもの。あれは本当に狂気の沙汰《さた》だったな」

「のっぴきならない必要に迫られてやったことを、あんたがそんなふうにやむをえないことだったと言ってくれるのを聞いたら、彼女もきっと嬉《うれ》しく思うわよ。ねえ、あんた、あんたたちは本当にいいときに切れたのよ。彼女が家財道具を売ってくれと頼みにいった男がいたでしょう。あのいんちき実業家がね、彼女の借金がいくらぐらいあるのかって、債権者たちに訊《き》きにいったんだわ。すると今度、債権者たちのほうが怖くなってきて、二日後に競売にかけようって話にまでなったのよ」

「で、いまじゃ借金の支払いは済んだの？」

「だいたいね」

「だれが金を出したの？」

「N伯爵。ああ、あんたねえ、こんなときに都合がいいひとって、いればいるものなのね！　つまり、伯爵が二万フラン出して、やっとのことで思いを遂げたってわけ。伯爵だってマルグリットに好かれていないことぐらい、ちゃんとわかっているのよ。それでも、彼女にとっても親切にしてくれるんだわ。あんたも見たでしょう、伯爵が馬を買いもどし、宝石類を質屋から取りもどしてやり、おまけに公爵からもらっていたのと同じだけのお手当まであげているんだから。もし彼女が静かに暮らしていきたいんだったら、あの男、ずっと彼女のそばについていてくれるわよ」

「で、彼女はどうしている？　ずっとパリに住んでいるの？」

「あんたが行ってしまってからというもの、彼女ブージヴァルには絶対にもどりたがらなくなったんだわ。だから、あたしが持ち物を全部取りにいってあげたのよ。あんたの物だってね。ここにまとめてあるから、だれかに取りにこさせてね。全部あるけど、あんたの花文字のある、あのちっちゃな財布だけは別よ。マルグリットがね、あれを取っておきたいって言って、いまでも家に持っているのよ。もし執着があるんなら、あたしが取りもどしてあげるけど」

「いや、持っていてもらって結構だ」ぼくは口ごもって言いました。というのも、じぶんがあんなにも幸福だったあの田舎のことを思いだし、マルグリットはぼくのもので、ぼくを思いださせるなにかをぜひ手元に残しておきたかったのかと考えると、心から目元のほうに涙が上ってくるのを感じたからです。

もしこのとき彼女が入ってきていたら、復讐してやろうという決意などたちまち消えうせて、きっとその足元にひれ伏していたことでしょう。

「それからね」プリュダンスは言葉をつぎました。「あたし、いまみたいな彼女を一度も見たことがないのよ。もうろくすっぽ眠りもしないで、舞踏会をはしごし、お夜食をたべ、酔っぱらっているんだもの。つい最近もね、お夜食のあと一週間もベッドに寝たきりだったの。ところが、お医者さんから起きてもいいって言われたら、また同じことをはじめるんだわ。それがもとで死ぬかもしれないっていうのにね。あんた、彼女に会いにいくつもり？」

「いまさら会ったところでなんになる？　おれはあんた、あんたに会いにきたんだよ。なにしろ、あんたはいつだっておれには優しくしてくれたんだし、マルグリットを知るまえから、あんたとは知り合いだったんだからね。あんたのおかげで、彼女の恋人になれたんだし、あんたのおかげで別れられたんじゃないか。ちがう？」

「ああ、もちろんよ！　あたし、彼女にあんたと手を切らせようと、なんでもやってあげたわよね。だから、のちのち、あんたに恨まれるようなことはないって思っているわ」

「そのことで、おれはあんたに二重に感謝しているんだよ」と、ぼくは付けくわえてから立ちあがりました。というのも、ぼくの言うことをいちいち真に受けるのを見ていると、この女が無性に不愉快になってきたからです。

「もう行ってしまうの？」

「そう」

ぼくは知りたいことは充分に知ってしまったのです。

「今度いつ会える？」

「近いうちに。さようなら」

「さよなら」

プリュダンスは戸口まで送ってくれました。そしてぼくは目に怒りの涙をうかべ、胸に復讐《ふくしゅう》の炎を燃やしながら自宅に帰りました。

そうか、やっぱりマルグリットは他の娼婦たちと変わりのない娼婦だったのか。そうか、あの女がおれに捧《ささ》げた深い愛も、昔のような贅沢《ぜいたく》な生活をまた取りもどしたいという欲望、馬車をもち乱痴気騒ぎをしたいという欲求に打ちかてなかったのか。

ぼくはひと晩中まんじりともせずにそんなことを考えていたのです。とはいえ、もしぼくがそう装っていたのと同じくらい冷静にものを考えていたなら、マルグリットの騒々しい今の生活こそ、断ち切れない一途な思いとしつっこくつきまとってくる想い出をなんとか忘れたいという願いの、切ない表れだったことが見抜けたにちがいありません。

不幸なことに、ぼくのこころを支配していたのは邪悪な情念で、ぼくはただあのあわれな女を苦しめる手段しか探し求めていなかったのです。

ああ、じぶんのけちな情念のひとつでも傷つけられると、男というものはなんと卑小に、卑劣になるものなんでしょうか！

ぼくがいっしょにいるのを見たあのオランプは、マルグリットの親友ではないにしても、すくなくとも彼女がパリにもどってきてから、いちばんよく付き合っていた女でした。その女が近々舞踏会を開くことになっていました。マルグリットも姿を見せるにちがいないと思ったぼくは、なんとかそこに招待してもらおうとして、ついにまんまと招待状を手にしました。

辛《つら》く苦しい思いに胸をいっぱいにしながら出かけてみると、舞踏会はもうすっかり盛りあがっていました。みんなが踊り、叫びさえしています。そして四人ひと組になって踊るカドリーユのなかに、ぼくはN伯爵と踊っているマルグリットの姿を見つけたのです。伯爵は彼女を見せつけることが大得意な様子で、みんなにこう言っているようでした。

「この女はおれのものだぞ！」

ぼくは暖炉にもたれて、わざと真向かいから、彼女が踊っているのを眺めてやりました。ぼくに気づくと、たちまち彼女は取り乱しました。ぼくはそんな彼女を見て、手振りと目配せで素っ気ない挨拶《あいさつ》を送りました。

この舞踏会のあと、彼女がぼくではなく、あの金持ちの馬鹿息子といっしょに立ちさっていくのかと思い、帰宅したあと家であのふたりがするにちがいないことを目にうかべると、ぼくの顔にかっと血がのぼってきて、なんとしてもあのふたりの恋路を邪魔してやるぞ、という気持ちになってくるのでした。

カドリーユが終わって、ぼくはこの家の主人に挨拶しに行きました。彼女は見事な肩とまぶしいほどの胸半分を招待客に見せびらかしていました。

その女はたしかに綺麗《きれい》でした。姿形から言えば、マルグリットより綺麗なほどです。このことは、ぼくが話しかけているあいだオランプに投げかけたマルグリットの眼差《まなざ》しからも、いっそうよくわかったのです。この女の愛人になる男なら、N氏と同じくらい得意になってもいいほどでした。じっさい彼女は、マルグリットがぼくに吹きこんだものに匹敵する情熱を吹きこむのに充分なくらいの美貌《びぼう》を備えていたのです。

その当時、彼女には愛人がいませんでしたから、だれかがそうなるのも難しいことではなさそうでした。要するに、相手の目をじぶんのほうに引きつけるだけのお金を見せさえすればよかったのです。

ぼくの決心は固まりました。よし、この女をおれの情婦にしてやろうじゃないか。

ぼくはオランプと踊りながら、愛人志願者としての役割を演じはじめました。

半時間後、死人のように真っ青になったマルグリットが外套《がいとう》を着て、舞踏会から立ちさりました。

第二十四章

これだけでも相当なものですが、まだまだ充分ではありません。ぼくはあの女性に影響力を及ぼすことができることを確かめたわけですが、そのあと、なんとも卑劣なことに、その影響力を悪用したのです。

彼女が死んだいまになって思うことですが、あんなにも彼女を苦しめたぼくの罪を、はたして神様が許してくださるものかどうか、われながら考えこまざるをえないほどです。

これ以上はないほど騒々しい夜食のあと、賭《か》け事がはじまりました。

ぼくはオランプの脇にすわって、大胆に金を賭けました。その大胆さに、どうしても彼女が注目せざるをえなくしたのです。ぼくがあっと言う間に三千フランか四千フラン勝って、その金をじぶんのまえに並べてみせると、彼女は熱い眼差しでじっと見つめました。

賭《か》けにはすっかり没入せずに、彼女に気を配っていたのはぼくひとりでした。その夜、ぼくはずっと勝ちつづけていたので、賭け金を彼女にまわしてやりました。というのも、彼女はじぶんのまえに置いた金ばかりか、おそらく家に置いてあった有り金まできれいにすってしまっていたからです。

朝の五時になって解散になりました。

ぼくは六千フランほど勝っていました。

賭け事をしていた連中はみな階下に降りてしまっていましたが、ぼくだけはだれにも気づかれないように、そっとうしろのほうに残りました。というのも、ぼくはそれらの紳士たちの、だれひとりとも付き合いがなかったからです。

オランプがみずから階段に灯をかざしていました。そこでぼくは他の連中のように降りるふりをしてから、引きかえしてこう彼女に言ったのです。

「折り入ってお話があるんですが」

「明日にしてください」彼女がぼくに言いました。

「いや、いまでないと」

「どんなお話ですか?」

「やがて、おわかりになりますよ」

そしてぼくは彼女の家にもどりました。

「あなたはずいぶん負けましたね」ぼくは彼女に言いました。

「ええ」

「お宅にあったお金もきれいに?」

彼女は返事をためらいました。

「隠さなくてもいいですよ」

「じつは、そうなの」

「このわたしは六千フラン勝ちました。ほら、全部差しあげますよ、もし今夜泊めていただけるなら」

ぼくはそう言いざま、お金をテーブルのうえに置きました。

「どうしてそんなことをなさるの?」

「もちろん、あなたを愛しているからに決まっているじゃないですか!」

「嘘よ。いまでもマルグリットを愛しているから、あたしの愛人になることで、彼女に復讐したいってわけなんでしょ。ねえ、あなた、あたしみたいな女を騙《だま》そうたって、そうはいかないわよ。おあいにくさま。あたしはそんな役割を引きうけるにはまだ充分に若いし、それに美しすぎるわ」

「じゃあ、断ると？」

「そうよ」

「無料でこのわたしを愛してくれるほうがいいんですか？　それでは、こっちのほうが承知できない。ねえ、オランプ、よく考えてごらんよ。もしだれか人を立て、いま言ったような条件で、この六千フランを届けさせたら、あなたもきっと承諾したんじゃないですか。わたしはそれよりも、直《じか》に交渉したほうがいいと思ったんですよ。こんなことをする理由なんか詮索《せんさく》しないで、ぜひ承諾してもらえないかな。おっしゃるように、あなたは美しい。だったら、わたしが恋するようになっても、なんの不思議もないじゃないですか」

　マルグリットもオランプと同じような商売女でした。それでも、初めて出会ったときには、いまこの女に言ったようなことは、マルグリットにはとうてい言えなかったことでしょう。それはぼくが彼女を愛していたからであり、彼女にはオランプという この別の女に欠けている天賦の美質があると見抜いていたからです。つまり、オランプがいくら飛びきりの美女だったとしても、ぼくはこの取引きを申し出て、やがてそれが成立しようとしている瞬間にもうすでに、当の相手に嫌悪感をいだいていたのでした。

もちろん、彼女は結局承諾しました。そして、この日の正午に、ぼくは彼女の愛人となって、その家から出ていきました。ぼくが置いていった六千フランの義理立てに、彼女はふんだんに愛撫《あいぶ》や睦言《むつごと》を惜しまなかったのですが、その思い出もベッドを離れたときには消えうせていました。

とはいえ、この女のために破産させられた男もいたんですよ。

この日からというもの、ぼくはたえずマルグリットを苛《いじ》めつづけることになったのです。オランプと彼女はもう付き合わなくなりました。理由は容易におわかりになるでしょう。ぼくは新しい恋人に馬車、宝石をあたえ、賭け事をするなど、要するにオランプのような女に惚《ほ》れこむ男にふさわしい馬鹿な振る舞いをすべてやったわけです。そこでたちまち、ぼくの新しい恋の噂がひろまることになりました。

プリュダンスさえもその噂に騙されてしまい、ぼくがマルグリットのことをすっかり忘れてしまったと思いこみました。マルグリットのほうは、ぼくの振る舞いの動機を見抜いたのか、それともみんなと同じように騙されていたのか、毎日のようにぼくから受ける痛手にも、毅然《きぜん》とした態度で対応していました。それでも、彼女は苦しんでいるようでした。というのも、どこで出会っても、ますます顔色が蒼白《そうはく》に、表情が寂しそうになっていくようでしたから。ぼくの愛は狂乱のあまり憎しみに転じたのでしょうか、彼女が毎日苦しむのを見ても、それが気晴らしになるのでした。ぼくが破廉恥なまでに残酷だったときは、マルグリットがときどき懇願するような視線を必死に向けるので、思わずじぶんの演じている役割を恥じ、すんでのところで許しを乞《こ》おうとするくらいだったのですが。

しかし、そんな後悔も稲妻みたいに束の間のことでしかありませんでした。また自尊心をかなぐり捨て、マルグリットさえ苦しめてやれば、なんでも思い通りに手に入ると思いこんだオランプも、男の後ろ盾を得て図に乗る女特有のしつこさで、たえずぼくを焚《た》きつけては機会あるごとに彼女を侮辱したのでした。

マルグリットはそんなぼくとオランプに会うのを恐れて、ついに舞踏会にも芝居にも姿を見せなくなってしまいました。そこで、面と向かって無礼な振る舞いをする代わりに、今度は匿名の手紙で責めたててやろうということになったのです。ぼくはオランプにマルグリットについてさんざん破廉恥な悪口を言わせ、じぶんでも言いふらしました。

そこまでできるというのは、気でも狂っていなければとうていありえないことです。ぼくはまるで悪い酒に酔っぱらい、頭では考えていなくても手のほうが勝手に動いて犯罪を犯してしまう、あのひどい神経の興奮状態におちいった人間のようでした。しかし、そんなことをしながらも、ぼくはひどく苦しんでいたのです。どんなに責め立てても、マルグリットのほうは侮るでも蔑《さげす》むでもなく、いつも気品をもって平静に応対するので、じぶんよりも彼女のほうがずっと立派な人間に見えてきて、それがまた癪《しゃく》にさわって仕方がないのでした。

ある晩、オランプはどこかに出かけ、そこでマルグリットに出くわしました。今度はマルグリットもじぶんを侮辱するその愚かな女を容赦せず、その剣幕に気押されたオランプが、ついに道を譲るという出来事がありました。オランプはぷりぷりして帰り、マルグリットのほうは気絶して担ぎ出されるという騒ぎにまでなったそうです。もどってきたオランプはその騒ぎのことを話して、じぶんがひとりなのをいいことに、あんたの恋人になったことで意趣返しされたのだから、今後はあんたが同伴していてもいなくても、あんたの愛している女に敬意を払ってもらわなくては困るという手紙をマルグリットに書いてほしいと言いました。

ぼくがさっそく同意したのは言うまでもありません。ぼくは見つかるかぎりの辛辣《しんらつ》なこと、破廉恥なこと、残酷なことを手紙に書き連ねて、その日のうちに彼女に送りつけました。

今度という今度は、手ひどい打撃になるから、あの不幸な女も黙って耐えることはできまい、とぼくは思いました。

ぼくはきっと返事がくるはずだと予測して、その日は一日中外出しないことにしました。

二時ごろに呼び鈴がなり、プリュダンスが入ってくるのが見えました。

ぼくはつとめて無関心なふりをして、わざわざ来訪された御用向きはなんでしょうかとたずねてみました。しかし、その日のデュヴェルノワ夫人はにこりともせず、ひどく思いつめた口調でこう言ったのです。ぼくがパリにもどってきてからというもの、つまりこのほぼ三週間というもの、マルグリットを苦しめる機会をひとつも見逃さず、そのおかげで彼女は病気になっている。昨夜の騒ぎと今朝の手紙のせいで、彼女はとうとう床についてしまったのだと。

要するに、マルグリットはぼくを責めずにプリュダンスを差し向けて、じぶんはこれ以上こんな仕打ちに耐える精神の力も身体の力もなくしているのだから、もう堪忍してほしいと言わせたのでした。

「ゴーティエ嬢が」とぼくはプリュダンスに言いました。「このおれを家から追い出すのは、あの女の当然な権利だよ。しかし、こっちが愛している女を、おれの恋人になったからといって侮辱するなんてことは、絶対に許しておけない」

「ねえ、あんた」と、プリュダンスは言いました。「あんたは、あんな薄情で芸もない女の言うなりになっているんだね。そりゃ、あんたが惚れているんだったらいいけどさ。だからといって、じぶんの身も守れない別の女をいじめていいわけがないわよ」

「だったらゴーティエ嬢もN伯爵をこっちに寄こせばいいじゃないか。それで勝負は互角になるさ」

「彼女がそんなことをするはずがないってことは、あんたにもよくわかっているでしょう。だから、ねえ、アルマン、あのひとをそっとしておいてあげなさいよ。あのひとに会ったら、あんただってじぶんの仕打ちが恥ずかしくなるはずよ。あの娘《こ》は顔色が真っ青で、咳《せき》をし、もう長くはないでしょうよ」

それからプリュダンスは手を差しのべて、こう付けくわえました。

「会いにいってあげなさいよ。そうすれば、彼女、とっても喜ぶわよ」

「おれはN氏の顔なんか見たくないんだ」

「Nさんはけっしてあの娘の家にはいないわよ。彼女がもう我慢できないって言うんだから」

「もしマルグリットがおれに会いたいなら、住所も知っているんだから、こっちにくればいいじゃないか。だが、おれは絶対アンタン街には足を踏みいれないよ」

「じゃあ、ちゃんと迎えてくれるって言うのね？」

「もちろん」

「それなら、彼女、きっとくると思うわ」

「きたらいいじゃないか」

「あんた、今日は外出する？」

「夜はずっと家にいる」

「じゃ、さっそくそう言っておくわ」

プリュダンスは帰っていきました。

オランプには会いに行けないと手紙を書くこともしませんでした。ぼくはあの女にはなんの遠慮もなく振る舞っていて、一週間にひと晩いっしょに過ごすかどうかという程度だったのです。彼女のほうでは、その間どこかの軽喜劇の役者でも引っぱりこんで、よろしくやっていたんでしょう。

ぼくは夕食に外出しましたが、ほとんどすぐにもどりました。家中の暖炉に火をおこさせてから、ジョゼフを帰しました。

一時間待っているあいだにぼくの気持ちを掻《か》き乱していた様々な思いを説明しようとしても、とうてい無理な話です。けれども、九時ごろになって玄関の呼び鈴が鳴ったとたん、その思いもたったひとつ激しい動揺に収斂《しゅうれん》されてしまい、扉を開けに行ったときには壁にからだをもたせて、なんとか倒れないようにしているのがやっとでした。

さいわい、控えの間は薄暗かったので、ぼくの顔色が変わったことも、外からは見えなかったのです。

マルグリットが入ってきました。

彼女は黒ずくめの衣裳《いしょう》で、ヴェールをかぶっていました。その顔はレースをとおして、かろうじて見分けられるだけです。

彼女は広間に入って、ヴェールを取りました。

その顔は大理石のように蒼白でした。

「あたしよ、アルマン」と彼女が言いました。「会いたいとおっしゃるので、こうしてやってきました」

それから両手に顔をうずめて、さめざめと泣きました。

ぼくはそんな彼女に近づいて、

「どうしたのですか」と、うわずった声で言いました。

彼女は返事をせずにぼくの手を握りしめました。というのも、涙のせいでまだ声が出なかったからです。それでも、しばらくしてやや落ちつきを取りもどすと、ぼくにこう言いました。

「ずいぶん、あたしをいじめてくれたわね、アルマン。あたしのほうは、なんにもしなかったのに」

「なにも?」と、ぼくは苦笑して言いかえしました。

「やむをえない事情でしなければならなかったこと以外には、なんにもしなかったのに」

ぼくがマルグリットを見て感じたことを、あなたは人生で経験されたかどうか、あるいはこれから経験されるかどうか、ぼくは知りません。

彼女が最後にこの家にきたときには、いますわったのと同じ場所にすわりました。ただあれ以後、彼女は別の男のものになっていたのです。ついついぼくの唇が向かいそうになる彼女の唇には、別の男が何度も接吻《せっぷん》しているのです。それでもぼくは、以前と同じようにこの女性を愛しているし、たぶんかつてなかったほど激しく愛しているとも感じていました。

にもかかわらず、彼女がここにこざるをえなかった用件について話を切り出すのは、ぼくとしてはなかなかしづらいことでした。

「じつはあたし、あなたにご迷惑をかけにきたんです。お願いがふたつもあるんですから。まず、昨日オランプさんに言ったことをどうか許してください。それから、たぶんあなたがこれからなさるつもりのことは、後生ですから、もう堪忍してください。パリにもどられてからというもの、わざとなのかどうか、あなたはずいぶんあたしを苦しめてくれましたね。今朝までどうにかその苦しみに耐えてこられたけど、いまはもうその四分の一の苦しみにも耐えられなくなっているんです。あたしのこと、きっとかわいそうに思ってくださるわよね？　こころのある男の方には、あたしみたいに病気で惨めな女に復讐《ふくしゅう》するよりも、もっと立派な仕事がいくらでもあるでしょうに。ほら、あたしの手を取ってみて。熱があるのよ。ベッドを離れてここにきたのは、あたしに親切にしてくださいとお願いするのではなく、どうかもうこんなあたしなんかに構わないでくださいってお願いするためだったんです」

言われたとおりに、ぼくはマルグリットの手を取りました。その手は燃えるように熱く、かわいそうに、彼女はビロードのマントのしたでも震えているのでした。

ぼくは彼女がすわっている肘《ひじ》掛《か》け椅子を暖炉のほうにうつしました。

「それでは、こっちが苦しまなかったとでも思っているんですか？」ぼくは言葉をつぎました。「あの夜、田舎でさんざんあなたを待ったあと、パリまで探しに行ったんですよ。そこで、あの手紙を手にして、気が狂いそうになったんですよ。マルグリット、どうしてあなたはぼくを裏切るなんてことができたんですか、あんなにあなたを愛していたこのぼくを？」

「あのことを話すのはやめておきましょうよ、アルマン。あたしはその話をしにここにきたんじゃないの。敵としてではなくあなたに会ってみたかったの、ただそれだけ。それから、もう一度だけあなたの手を握ってみたかったの。あなたには若くてきれいな恋人がいて、あなたはそのひとを愛していらっしゃるって、みんな言っているわ。

そのひとといっしょに幸せになって、あたしのことなんか忘れてください」

「で、あなたのほうも、さぞかしお幸せなんでしょうね？」

「アルマン、あたしが幸せそうな顔をしているとでもいうの？　ひとが苦しんでいるのを笑いものにしないで。なにが原因で、どれほどあたしが苦しんでいるか、だれよりもあなたが知っているはずなのに」

「もし、おっしゃるように、あなたが不幸なのだとしても、あなたの気持ちひとつで、不幸にならずにすんだのではないですか？」

「いいえ、アルマン、ちがうわ。いろいろ事情があって、あたしの意志ではどうにもならなかったのよ。別に娼婦《しょうふ》の本能に従ったわけじゃないわ。あなたのほうはそう言っておられるみたいだけど。あれにはもっと真面目な、どうしようもない理由があったんです。いつか、その理由を知れば、あなただってあたしを許すことになるでしょう」

「なぜ、その理由を今日言ってくれないんですか？」

「言ってみたところで、あたしたちの仲が元通りになるわけじゃないし、それにその理由は、あなたが離れてはならない人たちから、あなたを引き離してしまうことになるからよ」

「それはどういう人たちなんです？」

「あたしの口からは言えないわ」

「じゃあ、嘘をついているんだ」

マルグリットは立ちあがって、戸口のほうに向かいました。

ぼくはその無言の、見るからに苦しそうな様子を見て、こころを動かされずにはいられませんでした。このとき、ぼくは内心、この青ざめて涙を流している女性をかつてオペラ・コミック座でぼくをせせら笑った、あの軽はずみな遊女と引き比べていたのです。

「行っちゃだめだ」ぼくは戸口のまえに立ちはだかって言ったのです。

「どうして？」

「きみにどんなことをされたにしろ、ぼくはやっぱりきみを愛しているからだ。だから、どうしてもきみをここに置いておきたいんだ」

「それは明日《あした》になって、あたしを追い出すためなんでしょう？　いいえ、そんなこと無理だわ！　あたしたちの運命はもう離ればなれになったのよ。それをいっしょにしようなんて、やめておきましょう。そんなことをしたら、きっとあなたはあたしを軽《けい》蔑《べつ》することになるわ。でも、いまならあたしを憎むことができるだけですもの」

「ちがうよ、マルグリット」その女性にふれて、ぼくはじぶんのありとあらゆる愛情、ありとあらゆる欲望が目覚めるのを感じながら叫びました。「ちがうんだ、ぼくはすべてを忘れるよ。そして、いつか誓い合ったように、ふたりで幸福になるんだよ」

マルグリットは疑わしそうに頭を横に振って、それからこう言ったのです。

「あたしはあなたの奴隷なんでしょ、あなたの犬なんでしょ？　さあ、どうぞ、あたしを好きなようにしてください。抱いてください。どうせあたしはあなたのものなんですから」

それから彼女は外套《がいとう》を脱ぎ、帽子をとって、それをソファのうえに投げ捨ててから、いきなりドレスの胴部のホックを外しはじめました。というのも、彼女が罹《かか》っている病気によくあることですが、血が心臓から頭のほうにのぼってきて息が苦しくなったのです。

そのあとに、乾いてしゃがれた咳《せき》がつづきました。

「御者に」と、彼女はやっと言葉をつぎました。「車を帰すように言ってください」

ぼくはじぶんで降りていって、御者に帰ってもらいました。

ぼくがもどると、暖炉のそばに横たわっているのに、マルグリットは寒さで歯をガチガチいわせていました。

ぼくはそんな彼女を抱きとり、服を脱がせてやりましたが、彼女は身じろぎひとつしませんでした。それからぼくは、凍ったように冷たいそのからだをベッドに運んでやりました。

そして彼女のそばにすわり、愛撫《あいぶ》をしながら暖めてやろうとしました。

彼女は一言も言わず、ただ微笑んでいるだけでした。

ああ、あれは不思議な一夜でした。マルグリットがぼくに浴びせかける接吻に彼女の全生涯が乗りうつったようでした。そしてぼくのほうは、彼女を愛しに愛したので、その熱病のような陶酔の真っ最中に、もう絶対に他の男のものにならないように、いっそのこと彼女を殺したらどうだろうかと何度も思っていました。

もしあのような愛がひと月もつづいていたら、身も心も屍《しかばね》同然になってしまうことでしょう。

夜が明けるまで、ふたりとも一睡もしませんでした。

マルグリットの顔は蒼白《そうはく》で、一言も言葉を発しません。ときどき、大粒の涙が目から流れ出て、頰のうえにとまり、ダイヤモンドのように輝いていました。またときどき、ぐったりした腕をひろげてぼくを抱きしめようとしますが、その腕もやがて力なくベッドのうえに垂れ落ちるのでした。

ぼくは一瞬、ブージヴァルを出てからの出来事をきっぱりと忘れられそうな気がして、こうマルグリットに言いました。

「ふたりで旅に出たくない？　パリを離れたくないの？」

「いいえ、だめよ」と、彼女は怯《おび》えたような声で言いました。「ふたりとも不幸になるだけだわ。あたしはもう、あんたの幸福の役には立てないのよ。でも、息があるかぎり、あんたの気紛れの奴隷になってあげるわ。昼の何時でも夜の何時でも、あたしが欲しくなったらきてちょうだい。あんたのものになってあげるから。でも、もうじぶんの将来をあたしの将来と結びつけて考えないでね。あんたも不幸になるし、あたしも不幸になるから。あたしだって、もうしばらくはいい女でいられるわよ。せいぜいそれを利用したらいいじゃないの。でも、そのほかのことは求めないでね」

彼女が帰ってしまうと、ぼくはひとり取り残された孤独感にぎょっとするほどでした。彼女が立ちさって二時間しても、ぼくはまだ彼女があとにしたベッドのうえにすわったまま、彼女の頭の型そっくりに窪《くぼ》んだ枕を眺め、愛と嫉妬《しっと》のあいだに挟まれたじぶんが、これからどうなるのだろうかと思っていました。

五時になって、じぶんでもなにをするのかわからないまま、ぼくはアンタン街におもむきました。

扉を開けてくれたのはナニーヌでした。

「奥様はお目にかかれないのです」困ったような様子で言いました。

「どうしてなんだ？」

「N伯爵さまがいらしていて、どなたもお通ししてはならないとの言いつけなのです」

「なるほどね」と、ぼくは口ごもって言いました。「忘れていたよ」

ぼくはまるで酔っぱらいのように、ふらふらしながら家にもどりました。それからなにをしたか、おわかりになりますか？　嫉妬に狂って逆上したときだからこそ、あんな恥ずべき行為もできたのですが、それがいったいどんな行為だったのか、あなたはおわかりになりますか？　あの女、このおれを馬鹿にしやがったな、とぼくは思いました。すると今度は、彼女が伯爵と仲良くふたりきりになり、昨夜ぼくに言ったのと同じ言葉を繰りかえしている姿が目に浮かんできたのです。そこでぼくは、五百フラン札を取ると、こんな言葉を添えて送りつけました。

《今朝はあまりに早くお帰りになったので、お支払いするのを忘れていました。これがあなたの一夜の代金です》

やがて、その手紙を届けさせると、ぼくは外出しました。たちまちそんな卑劣きわまりない行為を後悔し、その後悔から逃れるみたいに。

オランプのところに行ってみると、彼女はドレスの仮縫いをしているところでしたが、やがてふたりきりになると、ぼくを楽しませるために卑猥《ひわい》な歌を歌いました。このような女こそ、すくなくともぼくにとっては、恥も、情けも、芸もない典型的な高級娼婦《クルティザーヌ》だったのです。というのも、人によっては、ぼくがマルグリットにたいして抱いたような夢を、この女にたいして抱いた男もいたのでしょうから。彼女がお金をせびったので、くれてやりました。そこであとはこっちの勝手ですから、ぼくは自宅にもどりました。

　マルグリットからの返事はありませんでした。

　ぼくがどんな不安と興奮のうちにその翌日の一日を過ごしたか、改めて言うまでもないことでしょう。

　六時半に、使いの男がぼくの手紙と五百フランの紙幣の入った封筒を届けてきました。それ以外には、なんの言葉も添えられていませんでした。

「だれにこの手紙をわたされたんだ？」と、ぼくはその男に言いました。

「小間使いといっしょに、ブーローニュ行きの郵便馬車で発《た》とうとしていらっしゃるご婦人です。かならず馬車が出てから、お届けするようにとのことでした」

　ぼくはマルグリットの家に駆けつけました。

「奥さまは今日六時、イギリスにお発ちになりました」と、門衛がぼくに答えました。

　もうなにもぼくをパリに引きとどめておくものはなくなりました、憎しみも愛も。これまでの様々な衝撃で、ぼくはへとへとになっていたのです。折しも、友人のひとりがオリエント旅行をしようとしていました。その友人といっしょに旅に出たいと言いに行くと、父は手形をくれ、紹介状を書いてくれました。その八日か十日後、ぼくはマルセイユから船に乗ったのです。

ときどきマルグリットのところで顔を見たことがある大使館員から、あのかわいそうな女性の病状を知らされたのは、ぼくがアレクサンドリアにいたときでした。そこで手紙を書いたのですが、あなたもごぞんじのあの返事を受けとったのはトゥーロンでした。

ぼくはただちに帰路に就きましたが、そのあとのことはあなたが知っておられるとおりです。

さてこれからさきは、ジュリー・デュプラから渡された書類を読んでいただくだけです。いまお話ししたことを補うものとして、これは不可欠な手記なのですから。

第二十五章

アルマンは、しばしば涙に中断されるこの長い物語に疲れ果て、マルグリットの手で書かれた手記を私にわたしてから、両手を額のうえに置いて目を閉じた。それは考えるためなのか、あるいは眠ろうとするためだったのか判然としなかった。しばらくして息がやや速くなったところをみると、どうやらアルマンは眠っているようだった。しかしそれは、どんな微かな物音にでもはっと目を覚ますような浅い眠りだった。

以下、私が読んだまま一字一句追加も削除もせずに、書き写しておくことにする。

《きょうは十月十五日。この三、四日まえから、あたしは体調がわるく、とうとうけさ寝ついてしまいました。お天気もうす暗く、気もちが沈んできます。そばにはだれもいないので、アルマン、あたしはあなたのことを考えています。あたしがこれを書いているいま、あなたはどこにいらっしゃるんですか？　ひとの話では、パリから遠く、ずっと遠くにおられるんだそうですね。だからマルグリットのことは、とっくにお忘れなのかもしれません。でも、あなたは幸せになってくださいね。なにしろ、あたしが人生でたった一度だけ喜びのときをすごせたのもあなたのおかげだったんですもの。

あたしはじぶんがしたことの釈明をしたいという気持ちにさからえずに、あなたに手紙を書いてみました。でも、あたしのような娼婦が書いた、そんな手紙など、死の力によってでも清められないかぎり、そしてただの手紙ではなく告解のようなものにならないかぎり、どうせうそにきまっていると思われるかもしれません。

きょうも体調がすぐれません。あたしはこの病気で死ぬかもしれません。こんなことを言うのも、あたしにはずっと、じぶんは若いうちに死んでしまうのではないかという予感があったからです。母が肺病で死にましたし、これまでのあたしの生き方は、母が残してくれたたったひとつの遺産だった、この病気をいっそう悪くすることだけのものでしたから。でも、あたしは、じぶんのことをあなたにちゃんと知っていただかずに、このまま死んでいきたくありません。もっともこれは、もしあなたがお帰りになったとき、ご出発まえに愛してくださった、あのあわれな女のことをまだ気にかけてくださるとしての話ですけど。

その手紙に書いたのは、次のようなことでした。それをもう一度ここに書くことができるのを、あたしはうれしく思います。じぶんにたいして、あらためて身のあかしを立てることができるからです。

アルマン、あなたは覚えているでしょう、あなたのお父さまがパリにこられたという知らせに、ブージヴァルにいたあたしたちがどんなに驚いたかを。それから、その知らせにあたしがふとおびえたこと、あなたがお父さまと言い争いになったとその夜に話してくださったことなども思いだされるでしょう。

あの翌日、あなたがパリに行かれ、なかなか帰ってこられないお父さまを待っておられるあいだに、ひとりの男が家にきて、デュヴァルさまからの一通の手紙をわたされたのです。

ここにその手紙をはさんでおきますが、それはとてもおごそかな言葉で、翌日なにか口実をつけてあなたを遠ざけたうえで、お父さまをお迎えするよう依頼するものでした。そして、あたしに折り入って話したいので、このことはあなたにはくれぐれも内密にしてもらいたいとのお言いつけでした。

あなたが帰ってこられたとき、翌日またパリに行かれることを、あたしがどんなにしつこく勧めたか、あなたもごぞんじのとおりです。

あなたが出かけてから一時間ほどして、お父さまがお出《い》でになりました。その気むずかしそうなお顔を見たあたしがどんなふうに感じたか、ここでは言わないでおきます。お父さまはいろいろ古めかしい考えがしみこんでいる方でした。娼婦というものはみんな、真心もなければ道理もわきまえない生き物、言ってみれば、お金を巻きあげる機械みたいなもので、まるで鉄の機械みたいに、なにかを恵んでくれるひとの手を打ちくだき、生活のめんどうを見て、世話をやいてくれる人間を情けも見境もなく引きさいてやろうと待ちかまえている、とでも考えていらっしゃるようでした。

あたしがお会いすることを承知するようにと、とても礼儀にかなった手紙を書いてこられたのに、じっさいにお出でになったときのお父さまは、その手紙とは似ても似つかない物腰でした。最初に口にされた言葉はひとを見下すような、ぶしつけで、どこかおどすようなものでさえあったのです。そこであたしは、そもそもここはあたしの家ですし、もしご子息をこころからお慕いしているのでなければ、こんなふうにじぶんの暮らしについてあれこれ言い訳しなければならない筋合いはございません、と申しあげねばなりませんでした。

それでデュヴァルさまはすこし落ち着かれましたが、それでもあたしにこう言いがかりをつけられたのです。あなたのために息子がみすみす破滅するのを、わたしはこれ以上ゆるしておくわけにはいかない。なるほど、あなたは美しい方だが、いくら美しいからといって、それをエサに若い男に莫大《ばくだい》な浪費をさせ、その若い男の将来を台なしにしていいはずはないではないか、と。

こんな言いがかりにたいして答えるには、たったひとつのことしかないじゃありませんか。それはあなたの恋人になって以来、あなたがつかえる以上のお金をたのまなくても、あたしがあなたへの貞節をたもつために、どんな犠牲もいとわなかったという証拠をお見せすることです。そこで質屋の質札、質に入れられなかったものを売りはらった相手の領収書をお見せしました。それから、じぶんの借金を返して、いっしょに暮らしてもあなたの重荷にならないようにするために、家財道具を売りはらうという決意のこともお話ししました。そして、あたしたちがいまどんなに幸せかということ、あなたのおかげではじめて静かで幸福な生活があると教えられたことなども申しあげたのです。するとお父さまもやっと納得され、あたしに手を差しのべられながら、じぶんの出方がまずかったとお詫《わ》びになりました。

それから、こう言われたのです。

「それでは、奥《マダム》さま、今度はひとつ、もう責めたり脅したりするのではなく、ひたすらお願いすることによって、これまで息子のためにはらっていただいたすべての犠牲よりも、さらに大きな犠牲をはらっていただけるよう努めてみましょう」

この前置きに、あたしは思わずふるえあがってしまいました。

お父さまはあたしに近づいて両手をとり、情愛のこもった口調でこうつづけられました。

「いいですか。どうか、わたしがこれから言うことを悪いように取らんでくださいよ。ただ、人生にはときどき情においてはまことにしのびないが、是が非でも従わねばならないこともあるのです。あなたは善良な方だし、あなたの魂には、あなたほどの値打ちもないのに、もしかしてあなたを蔑《さげす》んでいるかもしれない多くの世間の女たちなどの知らない高潔さが見られる。しかし、恋人とはべつに家族というものがあることをお考えいただきたい。色恋のほかに義務というものがあり、男にとっては情熱の年齢のあとに真面目な地位にしっかりと腰をおろしていなければ、世間の尊敬をうけられない年齢がやってくることをお考えいただきたい。わたしの息子はろくな財産もないくせに、母親から受けついだ遺産をあなたに譲ろうとしている。もしあなたがいまなさろうとしている犠牲をうけいれるお返しとして、息子がどんな逆境でもあなたが路頭に迷うことがないようにするためにその贈与をするなら、あるいは名誉と自尊心にかなうことかもしれない。だが、息子はあなたの犠牲をうけいれるわけにはいかんのですよ。というのは、もし息子がそんなことに同意したりすれば、あなたというひとをまるで知らない世間の目からは、そこになにか不名誉な動機があると見られ、ひいてはわたしどもの家名にも傷がつくことになりかねないからです。世間というものは、アルマンがあなたを愛しているかどうか、あなたが息子を愛しているかどうか、この相思相愛の関係が息子にとって幸福であり、あなたにとって名誉回復になるかどうか、などといったことを一切見てくれないものです。ただひとつのこと、すなわちアルマン・デュヴァルはじぶんのためにある商売女――失礼な言葉だが、いったん切り出した話は最後まで言わねばならないものですから――に家財道具を売らせて平然としていることしか見てくれんのですよ。また、これは世間によくあるように、あなたにも言えることだが、いつかふたりがたがいに非難し合い、後悔する日がかならずやってきましょう。そのときにはふたりとも、もはや切るに切れない鎖に縛られているはずです。そうなったら、あなたはどうされるおつもりですか？　あなたの若さはうしなわれ、息子の将来はめちゃめちゃになっているはずです。そして父親たるこのわたしも、ふたりの子供に期待していた、その一方からしか孝行をしてもらえなくなるのです。

どうですか、あなたは若いし、美しい。あなたの人生にはこれからもまだまだいろんな慰みもあるでしょう。あなたは気高いひとだ。だから、なにかの善行をほどこせば、その想い出が過去の多くの事柄をつぐなってくれるかもしれないじゃありませんか。あなたを知ったこの六か月というもの、アルマンはこのわたしのことを忘れておるのです。四度も手紙を書いたのだが、一度だって返事しようと思ってくれなかった。あいつの知らないうちに、もしかすると、このわたしが死んでいたかもしれないというのに！

これまでとは違った暮らしをするというあなたの決意のほどがどうであれ、あなたを愛しているアルマンとしては、もっぱらじぶんの不甲斐《ふがい》なさのせいで、あなたの美しさには似つかわしくないのに、あなたが貧乏住まいを強いられることにいずれ我慢できなくなるでしょう。そのとき、あいつはいったい、なにをしでかすものやら！あいつが博打《ばくち》をやったことを、わたしは知っている。それをあなたには言わずにやったことも知っている。しかし、一時の気の迷いで、わたしが娘の持参金のため、あいつのため、そしてわたしの老後のためと思って、長年にわたってせっせと蓄えてきたものの一部をうしないかけたこともあった。そして一度起こりかけたことは、これからもまた起こるかもしれないじゃないですか。

それに、あなたにしてもですよ、あいつのために捨てられる過去の暮らしが、またぞろ恋しくならないという確信が、はたしておありですかな？　あいつを愛したあなたが、いつか別の男を愛することはないという確信が、本当におありですかな？　そしてもし、あいつが年とともに、愛の夢よりも野心の思いのほうが強くなって、ふたりの関係を束縛のように感じてくるときがきたら、そんなあいつを慰めることなど、おそらくあなたにはできはすまい。それでも、あなたは平気でいられますかな？　どうか、奥さま、そのあたりのことをとくと考えてみてください。あなたはアルマンを愛しておられる。それなら、ここはひとつ、そのことをあいつに示すことができる唯一の方法、つまり、あいつの将来のために、あなたの愛を犠牲にすることによって示してもらえないものでしょうか。たしかにこれまでは、どんな不幸もまだ起こっていない。だが、いずれは不幸が、わたしが予測できるよりさらに大きな不幸がきっと起きるでしょう。アルマンは昔あなたを愛した別の男に嫉妬《しっと》するかもしれない。あいつはその男を挑発して、決闘にでもなって、殺されることだってあるかもしれない。そうなったら息子の命を返してくれと詰め寄るこの父親をまえにして、あなたがどれほど苦しまれることになるか、そのこともすこしは考えてください。

それから、マルグリットさん、すべてを知っていただきたい。というのも、これまですべてをお話ししたわけではないのですから。このわたしがなぜパリまで足を運ばざるをえなかったか、どうかそのことを知っていただきたいのです。さきにも言ったが、わたしには娘がひとりいる。若く、美しく、天使のように清らかな娘です。この娘がいま恋をしている。そしてやはり、この恋を人生の夢としているのです。ここらへんのところを、わたしはすべてアルマンに書いてやったが、あいつはあなたにすっかり参っていて、返事さえしてこんのです。まあ、それはさておくとして、じつは娘は結婚を望んでいる。好きな男を夫にして、ちゃんとした家族の一員になろうというわけだが、先方も当然ながら、こちらの家族も万事につけてちゃんとしたものであってほしいと望んでいる。ところがです、わたしの婿になるこの男の家族がパリでアルマンがどんな暮らしをしているか知ってしまったのですよ。そして、もしアルマンがこれからもずっとそんな暮らしをつづけるなら、この結婚話はなかったことにしてもらいたいと、このわたしに言ってきたのです。そんなわけで、あなたにたいしてなにひとつ悪いことをしたわけでもなく、またじぶんの将来に期待をかけて当然な権利があるこの娘の将来が、いわばあなたの掌中に握られているというわけなのです。

あなたには、はたしてそこまでの権利があるものでしょうか？　わたしの娘の将来を打ちくだいてもよいという力が、じぶんにあると感じられるのですか？　ねえ、マルグリットさん、あなたの愛と後悔の気持ちにかけて、ここはどうかひとつ、このわたしめに娘の幸福をあたえてはくださるまいか」

あたしはお父さまの考えを聞きながら、黙って泣いていました。それはこれまで何度もじぶんで思ってきたことだからです。しかし同じことでも、お父さまの口から言われると、もっと重大な現実味をおびてくるのです。何度も口元まで出かかったのに、お父さまがあえて口にされなかったことを、あたしはずっと考えていました。それはこういうことです。——おまえなんぞ、ただの商売女じゃないか。おまえたちの関係にどんな理屈をつけてみたって、そんなものはしょせん打算としか見えないよ。おまえみたいな過去のある女には、別の将来を夢みる権利なんかあるわけはない。おまえがいくら責任をとると言ってみたところで、昔のあんな習慣や世間の評判があるんだから、だれひとりとして信じてくれるわけはない、と。それに、アルマン、あたしはあなたを愛していたのです。デュヴァルさまが話されるときのいかにも父親らしい物腰、お父さまの言葉によってあたしのなかに引きおこされる清純な感情、やがて勝ちえることになるこの老人の敬意、そして、のちのちきっともっていただけるにちがいないあなたの敬意、それらすべてが重なって、あたしのこころに気高い考えが目覚めました。そしてその考えがじぶんの目から見てもじぶんを高め、あたしはこれまで知らなかったような、どこか清らかな自尊心と言ってもいいような気持ちにかりたてられたのです。息子の将来のためを思ってあたしに懇願しているこの老人が、いつの日か不思議な女ともだちの名前として、娘さんの祈りのなかにあたしの名前を加えるようにおっしゃるかもしれないと思うと、あたしはまるで別人のようになり、じぶんでじぶんのことが誇らしくなってきたのです。

なにしろあのときは興奮していたので、そんな印象もきっと真実を誇張して感じられたものなのかもしれません。でも、アルマン、それこそあたしがじっさいに感じたことなのです。そしてこのような新しい気持ちのせいで、あなたといっしょにすごした幸福な日々の想い出が語りかけてくる声にも、耳を貸さずにすんだのでした。

「よくわかりました」と、あたしは涙をふきながらお父さまに申しあげました。「あたしがご子息を愛していることを信じていただけますか？」

「はい、信じます」と、デュヴァルさまは言われました。

「これが欲得をはなれた愛だったことも？」

「むろんです」

「あたしがこの愛をじぶんの人生の希望にも、夢にも、そしてこれまでの償いにもしていたことを信じていただけますか？」

「はい、固く信じましょう」

「それでは、一度だけでいいですから、お嬢さまになさるような口づけをあたしにしていただけませんか。そうしていただけるなら、その口づけ、あたしがうける本当に清純な唯一の口づけのおかげで、じぶんの愛にさからう力があたえられることでしょう。そして、ご子息は一週間もしないうちに、おそばにもどってこられることでしょう。しばらくは不幸になられても、その後もう二度とこんな真似はなされないことでしょう」

「あなたは気高い娘さんだ」と、お父さまはあたしの額に口づけしながらおっしゃいました。「あなたがなさろうとしていることは、きっと神様もご覧になってくださるだろう。しかしわたしは、はたして息子のほうがどう出るものやら、そのほうがかえって心配になってくるのだが」

「ああ、ご安心ください。あのひとはきっとあたしを憎むことになりますから」

こうして、あたしたちのあいだに、おたがいにどうしても乗りこえられない垣根を設けなくてはならなくなったのです。

そこであたしはプリュダンスに手紙を書き、N伯爵の申し出をうけることにして、三人でお夜食をたべる手配をするように言ってやったのです。

あたしは手紙に封をして、その内容は言わずに、パリに着いたらこの住所にとどけてくださいとお父さまにお願いしました。

それでもお父さまは、その内容をおたずねになりました。

「なかにはご子息の幸福が入っているのです」と、あたしは答えました。

お父さまは最後にもう一度あたしに口づけなさいました。あたしは二粒の感謝の涙を額に感じましたが、その涙はむかしの過ちを洗い流してくれるようでした。ですから、別の男に身を任すことに同意したばかりだというのに、その新しい過ちによって償われるもののことを思いながら、あたしは誇らしい気持ちで晴々と輝いていたのです。

それも当然のことでした。アルマン、あなたもいつか、お父さまはこの世で出会える、もっとも尊敬すべきひとだとおっしゃっていたでしょう。

デュヴァルさまはふたたび車に乗って、お帰りになりました。

でも、あたしは女です。あなたに再会したとき、どうしても泣かずにはいられませんでした。それでも、あたしの気持ちがぐらつくことは一度もなかったのです。

じぶんがしたことは、はたして正しかったのかしら？　病気の床に入り、きっと死んでしまわなければ二度とこの床からはなれられない今になって、あたしはいつもそうじぶんに問いかけています。

あたしたちの避けられない別れが近づくにつれ、あたしがどう感じていたか、あなたはずっとその証人でした。あたしを支えてくださったお父さまは、もうそばにおられません。だから、すんでのところで、あたしはすべてをあなたに打ち明けそうになったこともあったのです。それほど、これからあなたに憎まれ、軽蔑《けいべつ》されることになるのだと考えると、怖くて怖くてしかたがありませんでした。

アルマン、きっとあなたが信じてくださらないことがひとつあります。それは力をあたえてくださるよう、あたしが神様にお祈りしたことです。でも神様があたしの犠牲をうけいれてくださったという証拠に、必死にお頼みしたその力をあたしにあたえてくださったのです。

そのお夜食のときには、あたしにはまだだれかの助けが必要でした。じぶんがなにをしようとしているのか知りたくなかったからです。それくらい、じぶんの勇気がくじけてしまうのを恐れていたのです。

あたしが、このマルグリット・ゴーティエが新しい男のことを考えただけで、これほどまで苦しむとは、いったいだれに予測できたでしょうか？

あたしは忘れるために、お酒を飲みました。そして翌日に目覚めたときには、伯爵のベッドのなかにいたのです。

アルマン、これが真実のすべてです。どうか、こんなあたしをお裁きください。そしてゆるしてください、あの日以来あたしにあたえられた苦しみをすべて、あなたにゆるしてさしあげたのと同じように。

第二十六章

あの運命の夜のあとからのことは、あたしと同じぐらいあなたもよくごぞんじです。でも、あなたがごぞんじないことは、そしてあなたには思いもよらないことは、あの別れ以来、あたしがどんなに苦しんだかということです。

お父さまがあなたを連れもどされたことをあとで知りましたが、あなたがあたしから遠くはなれたところで長くは暮らせないだろうと思っていました。ですから、シャンゼリゼであなたに出会った日も、動揺はしてもべつに驚きませんでした。

あれから、毎日のようにあなたから新しい辱めをうける日々がつづきましたが、あたしはその辱めをほとんど喜んでうけいれていました。だって、あれはあなたがいまでもあたしを愛してくださる証拠だったのですから。そのうえ、あなたがあたしを苛《いじ》めれば苛めるほど、いつかあなたが真実を知った日には、あたしがそれだけ立派に見えるにちがいないという気がしていたのです。

あれはそんなにも喜ばしい受難だったと言っても、アルマン、驚かないでください。

あなたがあたしを愛してくださったことで、あたしのこころが初めて気高い昂揚《こうよう》とでも言えるような気持ちを知ったのですから。

そうはいっても、あたしはいきなりそんなに強い女になれたわけではありません。あたしがあなたのために犠牲をはらってから、あなたがパリにもどってこられるまで、かなり長い時間がありました。そのあいだあたしは、気が狂ってしまわないように、そしてふたたび飛びこんだ生活でなんとか気を紛らすように、さんざんからだをいじめてやらねばなりませんでした。プリュダンスが言ったでしょう、あたしがどんなパーティーにも、舞踏会にも、お祭り騒ぎにも顔を出していたって？

あたしはどこか、そんなめちゃくちゃな生活のせいで、いずれすぐ死んでしまえばいいと期待していたところもあったのですが、この期待は遠からず実現されるでしょう。当然のことですが、あたしの健康状態はどんどん悪くなるいっぽうでした。そして、もうかんにんしてくださいとデュヴェルノワ夫人に言いに行ってもらったときには、身も心もすっかり疲れはてていたのです。

あたしが差しだした最後の愛のあかしに、あなたがどんなふうに報いてくださったか、死にそうになりながらも、一夜の愛を求められたあなたの声にさからえずに、もしかしたら、過去と現在をふたたび結びつけてくれるかもしれないとうかつにも信じてしまった愚かな女を、あなたがどんな侮辱によってパリから追いはらってしまわれたか、いまさらそんなことを思いだしてくださらなくてもけっこうです。でも、アルマン、あなたにはあんなことをする権利は充分あったんですよ。だって、あたしとの一夜に、みんながいつもいつも、あんなに高いお金をはらってくれたわけではなかったんですもの！

あのときに、あたしはなにもかもどうでもよくなりました！　オランプはあれからあたしのあとがまとしてN伯爵の恋人になり、人のうわさでは、あたしがパリからいなくなった理由をわざわざ伯爵にご注進におよんだそうです。ロンドンにはG伯爵がいらっしゃいました。伯爵はあたしみたいな娼婦《しょうふ》との愛については気持ちのいい時間を過ごすだけで充分だったと考えられ、ずっとかつての愛人の友だちのままでいてくださるし、けっして嫉妬《しっと》しないので憎しみもまたもたないという粋な男の方です。そして、あたしたちにたいして胸の内はちょっとしか見せませんが、財布の中身は惜しみなくあたえるというような、あのお大尽のひとりです。あたしはまず、この方のことを考えました。会いに行くと、とても気持ちよく迎えてくださいました。でも、向こうでは社交界のある女性の愛人になっていらしたので、あたしを連れて人前に出ては具合が悪いということで、お友だちに紹介してくださいました。そのお友だちの方々が、あたしにお夜食をごちそうしてくださり、そのあと、なかのひとりがあたしを引き取ったというわけです。

でも、アルマン、あたしはいったい、どうすればよかったんですか？

自殺する？ そんなことをすれば、幸福でなければならないあなたの人生に、無用な後悔を背負いこませることになったでしょう。それに、間もなく死のうとしている人間が自殺してみたところで、なんの役に立つというんですか？

あたしはまるで魂のぬけた肉体、考えることがない物体みたいになってしまい、しばらくそんな自動人形のような暮らしをしました。そのあと、パリにもどって、あなたの消息をたずねました。そこで、あなたが長い旅に発《た》たれたことを知ったのです。もうなにもあたしの支えになってくれるものはありません。あたしの生活はあなたを知る二年まえにもどってしまったのです。公爵とよりをもどそうとしましたが、あたしはあの方を手ひどく傷つけていました。また老人というものは、きっと先が長くないことを見こしているので、忍耐力がありません。日増しに病気にむしばまれたために、あたしは顔が真っ青になり、陰気になり、いっそうやせ細ってきました。恋をお金で買う男は、手を出すまえに、よく商品を吟味するものです。パリにはあたしよりずっと、ぴちぴちした女たち、むっちりとした女たちがいます。あたしはすこし世間から忘れられました。以上が昨日までの生活でした。

いまのあたしは、まったくの病人です。あたしは公爵に手紙を書いて、お金を無心しました。というのも、あたしにはお金がないからです。それでも債権者たちが何度もやってきて、情け容赦なく計算書を突きつけてくるのです。公爵は返事をくださるでしょうか？　アルマン、あなたはどうしてパリにいないの？　きっと会いにきてくれるわよね？　会えば、あたしもどんなにか慰められるかしれないのに。

　十二月二十日

　きょうはいやなお天気で、雪が降っています。あたしはひとりで家にいます。三日まえにひどい熱が出て、あなたにはひとことも書くことができませんでした。アルマン、新しいことはなにもありません。毎日、あなたからの手紙が届くかもしれないとなんとなく期待しているのですが、手紙はきません。たぶんこれからも、こないのかもしれません。相手を許さない強さをもっているのは、やっぱり男だけなのね。公爵も返事をくれませんでした。

　プリュダンスがまた質屋通いをはじめました。

　あたしはずっと血を吐いています。ああ、こんなあたしの姿を見たら、あなたもかわいそうに思ってくださるでしょう。暖かい空のもとにいるあなたは、こんなに胸にこたえる冷たい冬に閉じこめられないから、うらやましい。きょう、あたしはすこし起きあがり、窓のカーテンのかげから、もうすっかり無縁になったような気のする、パリの生活の動きをながめていました。知り合いの顔がいくつも、足早に、快活に、気楽に通りすぎていきました。どの顔もあたしの窓のほうを見上げてくれませんでした。それでも、なんにんか若い男のひとたちがあたしを見舞いにこられて、名前を残していかれました。まえにも一度、あたしが病気だったことがありました。あのときも、あたしのことを知らないあなたに、しかも初めてお目にかかった日にあんなに無礼な仕打ちをしたのに、毎朝あたしの容態をたずねにきてくださったんでしたね。あたしはまたこうして病気です。あたしたちは六か月いっしょに暮らしました。あたしは女のこころがもてるだけの愛を、あたえられるだけの愛をあなたに捧《ささ》げました。それなのに、いまあなたは遠くにいて、あたしのことを呪っていらっしゃいます。あなたからは、たったひとことの慰めの言葉もとどいてきません。でも、こんなふうに見すてられているのも、ただ偶然のせいなんだとあたしは信じています。だって、もしあなたがパリにいらっしゃったら、きっとあたしの枕元と寝室からはなれないでいてくださるはずなんですもの。

一二月二五日

お医者さまから、毎日ものなんか書いたりしてはいけないと言われています。じっさい、いろんなことを思いだしていると、熱が上がってくるようなのです。でも、きのう、あたしは一通の手紙をうけとりました。その手紙によって、あたしの気分がよくなりました。といっても、その手紙がもたらしてくれる物質的な援助よりも、その手紙にこめられたお気持ちのやさしさによってです。だからこそ、あたしはこうしてあなたに向けて書くこともできるのです。手紙はお父さまからのもので、これがその内容です。

奥さま《マダム》

ご病気だということを只今《ただいま》承りました。もし私がパリにおりましたならば、みずからお見舞いに行くべきところ、また愚息がここにおりましたならば、当然パリに駆けつけさせ、ご容態を伺わせるべきところです。ただ、私には当地C市を離れられぬ事情があり、また愚息アルマンはここから六、七百里も遠方におります。そこで、このような書面にて甚だ失礼ではございますが、奥さま、私がこのご病気のことでいかに心を痛めておりますか、どうかお分かり頂けたらと存じます。一日も早いご回復を衷心よりお祈り申し上げる次第であります。

なお、親友のH氏が近々お訪ね申し上げるはずですが、その節はどうかご面会をお許し頂きたく存じます。じつは氏に依頼したことがあり、ひたすらその結果を待ちわびているからであります。匆々《そうそう》。

あたしがうけとったお手紙はそのようなものでした。お父さまは本当に気高い方です、アルマン。くれぐれも親孝行してあげてくださいね。だって、これほど愛されるのにふさわしいお方は、この世の中にそうざらにはいらっしゃらないんですもの。お父さまの署名のあるこの紙は、あたしにはどんな名医の処方よりも効き目がありました。

今朝、Hさまがお見えになりました。お父さまに頼まれた用件が微妙なことなので、ひどく困っておいでのようでした。Hさまはつまり、お父さまから預かった三千フランをとどけにこられたのでした。あたしはまずお断りしたいと思ったのですが、Hさまは、そんなことをすればデュヴァル氏を傷つけることになるとおっしゃるのです。お父さまずこの金額をわたし、あとは必要なだけいくらでも差しあげるようにと、お父さまから言われているのだとも。あたしはそのご厚意をうけることにしました。お父さまからのものであれば、施しものなんかであるはずがないと考えたからです。もしあなたが帰国されたときにあたしが死んでいたら、いまここに書いたところを、どうかお父さまに見せてあげてくださいね。そして、あのような慰めの手紙まで書いていただいた、あのあわれな女は感謝の涙を流し、お父さまのために神様にお祈りしていました、と伝えてくださいね。

一月四日

ここのところずっと、あたしはひどく苦しい日々をすごしました。からだのせいで、これほどまで苦しむことがあるなんて知りませんでした。ああ、あたしの過去の生活！　あたしはいまになって、二倍にしてそのつぐないをしているのです。

毎夜、寝ずに看病してもらいました。もう息をすることもできなくなり、うわ言と咳《せき》とが、残りすくないこのあわれな人生の時間を分け合っているのです。

食堂にはボンボンやら、あらゆる種類のプレゼントやらが一杯あふれていますが、それは親しい人たちがもってきてくれたものです。そのなかにはきっと、のちのちあたしを恋人にしたいと思っているひともいるのでしょうけど、病気のせいで、このあたしがどんなありさまに成りはてたのか目の当たりにしたら、ぞっとして逃げだすことでしょう。

プリュダンスはあたしがうけとるものを、じぶんのお年玉にして、みんなに配っています。

いまは凍えそうな寒さです。でもお医者さまは、もし晴れた日がつづけば、これから何日かしたら、あたしが外出できるだろうと言ってくださいました。

一月八日

きのう、あたしは馬車で外出しました。すばらしいお天気でした。シャンゼリゼには、ひとがみちあふれていました。まるで、春のほほえみと言ってもいいくらいでした。あたしのまわりでは、すべてがお祭りのようでした。太陽の光のなかにあんな喜び、やさしさ、慰めがあるなんて、きのう気がつくまで思ってもみませんでした。あたしは知っているひとたちの大半に出会いました。みんながあいかわらず陽気で、それぞれの楽しみに夢中です。じぶんが幸福だということがわかっていない幸福な人たちがなんて大勢いるんでしょう！　オランプがN氏にもらった優雅な馬車に乗って通りかかり、眼差《まなざ》しであたしを侮辱しようとしました。あたしがそんな見栄の張り合いからどんな遠いところにいるか、彼女は知らないのです。ずっとまえから知っている若い男の方が、いっしょにお夜食でもどうかとさそってくださいました。どうしてもあたしと近づきになりたいという友人もいるからともおっしゃいました。あたしは寂しくほほえんで、熱のせいで燃えあがるような手を差しだしました。あれほどびっくりした顔を、あたしは見たことがありません。

あたしは四時にもどって、夕食にしましたが、食欲はかなりありました。

この外出で気分がよくなりました。

もしあたしが治るんだったら！

他の人たちの生活や幸福を見ることが、前日には魂の孤独と病室の影のなかに閉じこめられ、できるだけはやく死んでしまうことだけを願っていた者にも、まだまだ生きる意欲をあたえてくれるものなんですね。

一月十日

健康が取りもどせるかもしれないという、あの期待は淡い夢でしかありませんでした。いまのあたしはまた床についています。からだはすっかり膏薬《こうやく》におおわれ、まるで火傷《やけど》しているみたいです。さあ、このからだを売りに行ったらいいじゃないの！　そして、むかしはあんなに高く買ってもらえたのに、いまはどれだけもらえるのか見てみたらいいんじゃないの！

人生にこんなにも贖罪《しょくざい》の苦しみと試練の痛みがあることを神様がおゆるしになるなんて、生まれるまえのあたしたちがどんなに悪いことをしたのか、あるいは死後のあたしたちがどれほど大きな幸福に恵まれることになるのか、そのどっちかにちがいありません。

一月一二日

あいかわらず、あたしは苦しんでいます。

きのう、N伯爵がお金を送ってくれましたが、あたしはうけとりませんでした。あの男からはなにも恵んでもらいたくないのです。あの男こそ、あなたがあたしのそばにいない原因をつくった当人なんですから。

ああ、ブージヴァルの幸せな日々！　あの日々はどこに行ってしまったんでしょう？

もしあたしがこの寝室から生きて出られるなら、あたしたちがいっしょに暮らしたあの家に巡礼にいくつもりです。でも、あたしは死んだあとにしか、ここから出られないでしょう。

あすもあなたに書くことができるかどうか、それさえもわからないんですもの。

一月二五日

もう十一日も、あたしは眠れず、息がつまって、たえずこれで死ぬんだと思いつづけています。お医者さんはあたしにペンをもたせることを禁じられました。看病してくれるジュリー・デュプラのおかげで、あたしはまだこの数行を書いていられるのです。では、あたしが死ぬまえに、あなたはもどってこられないんですね？　では、あたしたちは永遠にこれっきりなのね？　もしあなたがきてくれたら、あたしは治るような気がするの。でも、治ったところで、それがなんになるのかしら？

一月二八日

今朝、あたしは大きな物音で目が覚めました。あたしの部屋で眠っていたジュリー・デュプラがあわてて食堂を見に行きました。男たちの声が聞こえ、その声と言い争う彼女の声が聞こえました。しかし、その声もなんの役にも立たず、彼女は泣きながらもどってきました。

男たちは差し押さえにきたのでした。あたしは彼女に、そのひとたちが法の裁きだと称していることを勝手にやらせておきなさいと言いました。執達吏は帽子をかぶったまま、あたしの寝室に入りこんできました。その男は引き出しをあけ、目につくものを書きこみましたが、さいわいにも法のお情けによって残してくれるというベッドにひとりの死にかけている女がいることには気づかない様子でした。

この男は帰りがけに、九日以内なら異議申し立てができると言い残していきましたが、そのくせ、見張りのひとを置いていったのです！　ああ、神様、あたしはいったいどうなるのでしょうか！　この騒ぎに、あたしの病気はさらにひどくなりました。プリュダンスはお父さまの友だちの方にお金を工面してもらえって言いましたが、あたしは断りました。

今朝、あなたのお手紙をうけとりました。ずっとずっと待っていたお手紙です。まだ間に合うように、あたしの返事があなたのところに届くかしら？　もう一度あなたに会えるのかしら？　きょうは一日中幸せでした。おかげで、この六週間すごしたあの辛《つら》い日々を忘れることができました。あたしはなんだか元気になりそうな気がします。あなたに返事を書いているあいだは、気分がめいっていたのに。

結局のところ、人生はいつもいつも不幸なことばかりとはかぎらないんですね。もしかしたらあたしは死なないかもしれない、あなたがもどってくるかもしれない、ふたたび春にめぐりあい、もう一度あなたに愛してもらい、ふたりで去年の暮らしがまたできるかもしれないと考えると！

あたしもどうかしちゃったのかしら！　やっとペンをもてるかどうかというところなのに、こんな馬鹿げたこころの夢を書いているんですもの。

これからなにが起ころうと、アルマン、あたしはあなたを愛していたのです。そしてもしあたしがあの愛の想い出に助けられ、もう一度あなたの顔をすぐそばで見られるかもしれないというかすかな希望のようなものがなかったら、とっくのむかしに死んでいたことでしょう。

二月四日

G伯爵がもどってこられました。恋人に裏切られて、とっても悲しそうでした。ずいぶん愛しておられたのだそうです。伯爵はそんなことを話しにあたしの家にこられたのです。あのかわいそうな男の方は事業のほうもうまくいっていないそうです。それでも、執達吏にお金をやって、見張りのひとを追っ払ってくださいました。

　伯爵にあなたのことを話すと、伯爵は必ずあたしのことをあなたに話すと約束してくださいました。そのあいだ、あたしはむかしあの方の愛人だったことをすっかり忘れていました！　あの方のほうでも、つとめてそのことをあたしに忘れさせようとしてくださったのです！　ほんとうにいい方です。

　公爵はきのう、あたしの見舞いにひとをつかわされ、そして今朝お出《い》でになりました。この老人がなぜまだ生きていられるのか、あたしにはわかりません。三時間あたしのそばにいてくださいましたが、言葉の数は二十足らずでした。あたしの顔色が蒼《そう》白《はく》なのを見ると、目から二粒の大きな涙を落とされました。きっとお嬢さんの死の想い出がよみがえってきて泣かれたのでしょう。

　公爵としては二度もお嬢さんの死に目に立ち会った気持ちだったのでしょうか、その背中はまがり、頭はうなだれ、くちびるはだらりと下がり、目から光が消えていました。めっきり衰えたからだには、年齢と苦しみとが二重にこたえたのでしょう。あたしに非難めいたことは、なにひとつおっしゃいませんでした。それどころか、病気があたしのなかでふるった猛威を見て、ひそかに喜んでいるような感じさえうけました。まだ若いあたしが苦痛にあえいでいるのに、じぶんがしゃきっと立っていられることが、どこか誇らしそうだったのです。

悪天候がもどってきました。だれもあたしに会いにきません。ジュリーはあたしのそばにいて、精一杯の看病をしてくれます。あたしが以前ほどお金をあげることができないので、プリュダンスはなにかと口実をつけて遠ざかるようになりました。死にかけているいまになって、お医者さまたちが——というのも、何人もいらっしゃるのです。これは病がこうじた証拠です——どんなに気休めをおっしゃられようと、あたしはお父さまの言葉にしたがったことをほとんど後悔しています。もしもあのときに、あなたの将来の邪魔になるとしてもせいぜい一年のことだとわかっていたら、あたしはその一年をあなたといっしょにすごしたいという願いにさからえなかったことでしょう。そうしていたら、すくなくともあたしは親しいひとの手を握りながら死んでいけたのに。それに、もし今年をふたりきりで暮らしていたら、あたしがこんなに早く死ぬこともなかったでしょうに。

ああ、なにごとも神様の思《おぼ》し召しのままです！

二月五日

ああ、アルマン、きてちょうだい。あたしはひどく苦しいの。ああ、神様、もう死んでしまうわ。きのう、あたしはとても寂しく、まえの晩と同じように長くなりそうな晩をじぶんの家ではないところですごしたくなりました。朝に公爵がやってきました。死ぬことを忘れたようなこの老人を見ると、かえってじぶんの死が早まりそうな気がします。

からだが焼けるようなひどい熱がありましたが、あたしは着替えさせてもらって、ヴォードヴィル座につれていってもらいました。ジュリーが頰紅をつけてくれました。そうでないと、まるで死人のようだったからです。あたしはあなたと初めて逢《あ》い引きしたあの桟敷《さじき》席に行きました。そしてずっと、あの日あなたがすわっていた席を見つめていました。でも、きのうはその席にがさつな男がすわり、俳優たちの馬鹿馬鹿しいせりふに、げらげら笑いこけているのでした。あたしは半死の状態で家に連れもどされました。夜中、咳《せき》をし、血を吐きました。きょうのあたしは、もう話すことができず、やっと腕を動かせるだけです。ああ、神様、神様！　あたしはもう死にます。覚悟はしていましたが、これよりもっと苦しむのかと思うと、もうたまりません。でも、もし……》

この言葉からあとは、マルグリットが書き記そうとした文字が判読できない。そこで、このさきはジュリー・デュプラが書きつづけていた。

《二月一八日

アルマンさま

芝居に行きたがった日以来、マルグリットの病気はさらに悪くなりました。すっかり声が出なくなり、やがて手足もつかえなくなりました。わたしたちのかわいそうな友の苦しむことといったら、言葉では言いつくせないほどです。このような気持ちの動揺には慣れていないものですから、わたしは始終はらはらし通しです。

こんなときに、あなたさまがそばにいてくださったら、どんなによかったことでしょう！　マルグリットはほとんどいつもうわ言を言っていますが、うわ言を言っているときも意識がはっきりしているときも、なにかものが言えるときに口にするのは、きまってあなたさまの名前なのです。

お医者さんから、もう長くはもつまいと言われています。病気がこんなにひどくなって以来、老公爵はこなくなりました。

こんな姿を見ていると辛《つら》くてかなわん、と公爵はお医者さんに言われたのでした。

デュヴェルノワ夫人の振る舞いも感心できません。いままでマルグリットに寄生するみたいな暮らしをしてきたので、もっと彼女からお金が引き出せるものと当てこみ、支払いきれないような借金をしたのです。ところがマルグリットがなんの役にも立たなくなったと見ると、ぴたりと見舞いにこなくなったわけです。G伯爵は借金に追いつめられて、またロンドンにもどらねばなりませんでした。発《た》つときに、わたしたちにお金をいくらか送ってくださいました。できるだけのことをしてくださったのです。それでも、また差し押さえのひとがきました。債権者たちは売り立てをするためにただマルグリットが死ぬことだけを待っているのです。

わたしはじぶんのなけなしの財産をはたいてでも、その差し押さえをやめさせようとしました。でも執達吏に、ほかにも判決の下った差し押さえがあるので、そんなことをしても無駄だと言われました。どうせ長くはないのだから、彼女が会いたがらず、また一度も彼女を愛したことがない家族のためにわずかのものを救ってやるよりも、このさい、きっぱりすべてを諦《あきら》めたほうがいいと言うのです。このかわいそうなマルグリットは、見かけこそ華やかですが、そのじつ、どんな貧窮のなかに死のうとしているのか、あなたさまには想像もおできにならないでしょう。昨日のわたしたちには、お金がまったくありませんでした。食器類、装身具、カシミヤなどは質に入っていて、残りは売られたか、差し押さえられたかしているのです。マルグリットにはまわりで起きていることはわかるようですが、体ばかりか、精神も、心も苦しんでいます。大きな涙が頬をつたっていますが、その頬はひどく痩《や》せ細り、真っ青なので、たとえあなたさまが会いにこられても、これがあれほどじぶんの愛した女の顔だとは、きっと見えないことでしょう。彼女が書けなくなったとき、かわりにわたしがあなたさまに手紙を書くことを約束させられました。だから、こうして彼女の目のまえで書いているのです。彼女は目を向けていますが、わたしのことは見えません。その眼差《まなざ》しはすでに近づいてきた死のヴェールに覆われているからです。それでも彼女は微笑んでいます。そして彼女のすべての考え、魂のすべてがきっとあなたさまにあるのだと思います。

扉が開けられるたびに、彼女の目はぱっと輝きます。やがて、それがあなたさまでないとわかると、その顔はふたたび苦しげな表情に変わって、額は冷や汗でびっしょりとなり、頬が紫色に変わるのです。

二月一九日、深夜

かわいそうなアルマンさま、きょうは悲しい一日でした！　今朝、マルグリットは息ができなくなり、お医者さまが瀉血《しゃけつ》をなさいました。すると、すこしばかり声がもどってきました。先生が司祭を呼んではどうかとお勧めになると、彼女も同意しました。先生はみずからサン＝ロック教会に神父さまを迎えに行ってくださいました。

そのあいだ、マルグリットはベッドのそばにわたしを呼んで、衣装ダンスを開けてほしいと頼みました。それから、ボンネットとレースで覆われた部屋着を指さし、弱々しい声で言ったのです。

「告解がすんだら、あたしは死ぬわ。そしたら、あれを着せてね。死んでいく女だっておしゃれをしなくちゃね」

そして、泣きじゃくりながらわたしを抱きしめ、こう付けくわえました。

「あたしは話せるけど、話すと息が詰まるの。ああ、息が苦しい！　窓を開けて！」

わたしはわっと泣き崩れながら、窓を開けました。するとそのすぐあとに神父さまが入ってこられました。

わたしはお迎えに出ました。

神父さまはどんな女の家にきたのかわかると、とんでもない扱いをされるのではないかというように、ちょっと不安そうなご様子になられました。

「大丈夫です、神父さま。どうかお入りくださいませ」と、わたしは言いました。

神父さまはごくしばらくだけ病室に入っておられましたが、やがて出てくると、こうおっしゃいました。

「あの方は罪人として生きてこられたが、これからはキリスト教徒として死んで行かれるでしょう」

そのしばらくあと、神父さまは十字架をもった侍者ひとりと、聖具室係の男を連れてもどってこられました。この聖具室係の男が鈴を鳴らして、神様がこの瀕死《ひんし》の女のもとにお出《い》でになったことを告げていました。

三人とも、昔はいろいろと怪しげな言葉が飛びかっていたはずのあの寝室に入られました。しかしこのとき、その寝室は聖なる幕屋となっていました。

わたしは跪《ひざまず》きました。その光景によってもたらされた印象が、今後どれだけのあいだ残るものやらわかりませんが、わたし自身がこれと同じ死を迎えるときまで、およそ人間世界の出来事で、これほどわたしに感銘をあたえるものがあるとは思えませんでした。

神父さまは死に行こうとしている女の手足、額に聖油をぬり、短い祈りを唱えられました。そしてマルグリットが天国に――もし神様が彼女の人生の試練と清らかな死をごらんになったとしたら、彼女がきっと行くにちがいない天国に――旅立つ準備が整ったのでした。

このときから、彼女はひとつの言葉も発せず、ひとつの身動きもしなくなりました。苦しそうな呼吸の音さえ聞こえなかったなら、わたしは何度も、彼女が死んだものと思ったにちがいありません。

二月二〇日、午後五時

すべてが終わりました。

今夜二時ごろに、マルグリットは末期の苦しみを迎えました。彼女があげる叫び声を聞いていると、どんな殉教者でもこれほどの責め苦に耐えたことがなかったのではないかと思われるくらいです。彼女は二度、三度とベッドのうえにすっくと立ちあがりました。それはまるで、神様のほうに昇っていくじぶんの生命をふたたび取りもどしたがっているかのようでした。

また彼女は二度、三度とあなたさまの名前を呼びました。やがて、すべての声も音も消えさり、彼女はぐったりとベッドのうえに崩れ落ちました。目から静かに涙を流して死んでいきました。

そのとき、わたしは彼女に近づき、呼びかけました。答えがないので、わたしは彼女の目を閉じ、額にキスをしてあげました。

かわいそうなマルグリット、いとしいマルグリット。もしもそのキスであなたを神様のみもとに送れるものなら、このわたしだって聖女になりたいと思いました。

それから、わたしは頼まれたとおりの服を彼女に着せてあげ、サン＝ロック教会に神父さまをお迎えに行きました。そして彼女のために二本のろうそくを灯《とも》し、教会で一時間お祈りしました。

わたしは彼女からもらったお金を、貧しい人びとにわけてあげました。

宗教のことはよく知りませんが、わたしの涙が真実のものであり、祈りが熱烈なものであり、施しが真心のものであることを神様がお認めになられ、まだ若く美しいまま死んでいくのに、目を閉じ、屍衣《しい》でつつんであげる者とてこのわたししかいなかった女を、きっとあわれんでくださるにちがいないと思っています。

二月二二日

今日、お葬式がありました。教会にはマルグリットの友だちが大勢やってきました。なかには、こころから泣いている友だちもいました。葬列がモンマルトルの墓場に向かったとき、あとについてきたのはたったふたりの男の方だけでした。わざわざロンドンから駆けつけてくださったG伯爵と、ふたりの従僕に支えられて歩いておいでの公爵でした。

わたしは彼女の家にもどり、涙を流しながらこれを書いています。目のまえには悲しげにランプが燃えていますが、そのそばに夕食が用意してあります。あなたさまも想像されるように、この夕食に手をつける気はしません。でもこれはナニーヌがわたしのために作ってくれたものなのです。というのも、この二四時間以上、わたしはなにも食べていなかったのですから。

わたしの人生では、これらの悲しい印象も長いあいだこころに留《とど》めておくことなど、できそうにありません。マルグリットの人生が彼女のものでなかったのと同じように、わたしの人生もまたじぶんのものではないからです。だからこそ、これらの一部始終を、げんにそれが起こった場所で書きとめているのです。あなたさまがお帰りになるまで、もしこれから長い時間が流れるのだとすれば、この悲しい出来事のすべてをありのままにお伝えできなくなるのを恐れてのことです。

第二十七章

「読まれましたか？」と、アルマンはこの手記を読み終えた私に言った。

「あなたがどれほど苦しまれたか、よくわかります。もしここに書かれていることのすべてが事実なら」

「父はすべてが事実だと手紙で確認してくれましたよ」

私たちは、こうした悲しい結末に終わった運命について、なおしばらく話し合った。

それから私は帰宅し、しばし休息をとった。

アルマンはあいかわらず悲しそうだったが、この話をしてしまったことでいくらか気が晴れたのか、たちまち元気を回復したので、私たちは連れだってプリュダンスとジュリー・デュプラを訪ねていった。

プリュダンスは破産したばかりのところだった。彼女は私たちに、それがマルグリットのせいだと言った。つまり、病気のあいだ、マルグリットに金を貸してやるために、彼女はたくさんの手形を切った。ところが、そのマルグリットが返済せずに死んでしまうばかりか、債権者であることを証明するような領収書ももらっていなかったために手形の支払いができなかったのだという。デュヴェルノワ夫人はそんな作り話をでっち上げては、あちこちで言いふらし、みずからの商売の不振の言い訳にしていたのだった。彼女はアルマンから千フラン引きだした。彼はそんな話をちっとも信じていなかったが、なんとか信じるふりをしてやりたかったのだ。それほどまでに、死んだ恋人にかかわることなら、なんでも大切にしていたのである。

つぎに、わたしたちはジュリー・デュプラの家に行った。彼女は間近に見たあの悲しい出来事のことを話し、心友の想い出に、真心のこもった涙を流していた。

それから、私たちはマルグリットの墓に行ってみた。墓のうえでは、四月の太陽のさわやかな光が若葉を開かせはじめていた。

アルマンには果たすべき最後の義務が残されていた。帰省して父親に会うことである。今度もまた、彼は私についてきてもらいたがった。

私たちはC市に着いて、息子が描いて見せてくれた肖像どおりのデュヴァル氏に会った。大柄で、威厳があり、親切なひとだった。

彼は嬉《うれ》し涙でアルマンを迎え、優しく私に握手をした。私はすぐに、この総徴税官にあっては父性愛が他のすべての感情を支配しているのを見てとった。

ブランシュという名の彼の娘は、清らかな考えしか魂がうけつけず、唇が敬虔《けいけん》な言葉しか漏らさないような少女で、曇りのない目と眼差《まなざ》し、静かに落ち着いた口をしていた。帰ってきた兄に微笑むその純真な娘は、ここから遠いところで、ただじぶんの名前を出して神の加護を祈ってもらうためだけに、ひとりの遊女がみずからの幸福を犠牲にしたことなど、知るよしもなかった。

私はしばらくこの幸福な家族のもとで過ごしたのだが、父も娘も癒《い》えかけたこころを抱いて帰ってきた男にかかりきりだった。

私はパリにもどって、聞かされたとおりにこの物語を書いた。もしかすると異論があるかもしれないが、この物語にはただひとつの取り柄しかない。それは真実であるという取り柄である。

私はこの話から、マルグリットのような娼婦《しょうふ》はみんな彼女がおこなったような犠牲を払うことができるという結論を引きだすものではない。とんでもない話だ。しかし私は、すくなくとも彼女たちのひとりが、人生において真摯《しんし》な愛を経験し、そのために苦しみ、死んでいったことを知ったのである。私が読者に物語ったのは、じぶんがじっさいに知ったことなのであり、このことはひとつの義務でもあったのだ。

私はべつに悪徳の使徒というわけではないが、どこであれ、気高く不幸な者が祈りをあげる声が聞こえるなら、今後ともそれを伝えるつもりでいる。

繰りかえし言うが、マルグリットの物語はひとつの例外である。しかし、もしこれがありふれた実例であったなら、なにもわざわざここに書くまでのことはなかったであろう。

『椿姫』訳者解説

作者について

一八四八年に発表されてたちまち大評判になり、一九世紀フランス小説のなかでもっとも読まれている作品のひとつであるばかりでなく、この原作をもとにした様々な芝居、映画、とりわけヴェルディの不朽のオペラによって世界中に知れわたっている『椿姫』の作者アレクサンドル・デュマ・フィスは、一八二四年に二十二歳の野心満々の文学青年アレクサンドル・デュマの「私生児」として生まれた。というのも、のちにユゴーと並び称される文豪デュマはまだ無名であり、念願かなって名を挙げ、世に出るまでには二九年の華々しい劇壇デビュー作『アンリ三世とその宮廷』を待たねばならなかったから、若気の至りで年上のしがないお針子に生ませた子供など、ただ出世の妨げになるだけだったからである。私たちの作者が文豪の「息子（フィス）」として正式に認知されるのはようやく三一年、息子が七歳になってからにすぎない。とはいえ、私たちの作者は文豪の「私生児」としてまだしも幸運だったと言えるかもしれない。よく知られた小説『三銃士』や『モンテ・クリスト伯』などをはじめ、戯曲、小説、紀行文、回想録、料理大全にまでおよぶ全作品が二八二巻に達するという多産な作家だった文豪はまた、当時の花形女優をはじめ、手当たり次第つぎつぎに愛人をつくって倦《う》むことを知らず、「わしはこの世のどこかに五百人からの子供がいると思うね」と豪語しているほど、本来的な意味においても多産な傑物だったからである。だから文豪としては、唯一アレクサンドル・デュマの息子（フィス）と名乗らせてやっているだけでも有り難いと思え、くらいに考えていたのかもしれない。

一八世紀フランスにクレビヨン・フィスという作家がいた。これは父親で当時有名な悲劇作家だったプロスペル・ジョリヨ・ド・クレビヨンと区別するためだったのだが、それでも息子には父親の名前のまえにクロードという名前が加えられていた。ところがデュマ・フィスにはそのクロードに当たるものさえなく、しかも当人がなにかしら父親と区別する名前を欲しいと思った形跡もない。それくらいに父親の存在が圧倒的だったのだろう。

　ところが文豪は多少罪の意識もあったのか、この息子を猫可愛がりに可愛がった。「名誉あるデュマの名を名乗る男は、堂々たる生活を送らねばならない。飯はカフェ・ド・パリで食う。快楽は一切これを拒んではならぬ」という教訓を息子にあたえて、バルザックやミュッセ、作曲家のフランツ・リストや俳優のフレデリック・ルメートルらじぶんの仲間の錚々《そうそう》たる文人・芸術家たちが出入りするパリの高級カフェやレストランを連れ回し、《ヴァリエテ》座その他、顔の利く芝居小屋の女優たちにも紹介して、立派な服を買ってやり、小遣いをたっぷりとあたえてやるなどしたのである。

息子としては、じぶんの母を蔑《ないがし》ろにした父親の途方もない色狂いや、いくら巨額の金を稼いでもだれかれ構わず大盤振る舞いして消尽しつくさねば気がすまないといった、ロマン派的な経済観念に批判がなかったわけではないものの、それでも甘やかされるがままに一端の遊び人となり、一八歳のときに有名な彫刻家の美貌《びぼう》の妻を最初の愛人にしたあと、パリの粋筋の綺麗《きれい》どころを自室に連れ込んで放蕩《ほうとう》に明け暮れていた。そんなある日、株式取引所広場のとある店で、白衣にイタリア製の麦藁帽子《むぎわらぼうし》のすらりとした美女を見かけて一目惚《ひとめぼ》れした。そして、この二年後の四四年、《ヴァリエテ》座でその美女、じつはいわゆる「半社交界」の女王として名高い高級娼婦《しょうふ》マリー・デュプレシーと運命的に再会し、彼女の「心の恋人」になったのである。ほぼ同い年のこの若いふたりの関係は一年ほどつづいたが、翌年の夏に突然訣別《けつべつ》がやってきた。訣別の原因は、彼が彼女と付き合うために背負った借金にあったのか、彼女のパトロンの差し金によるものか、あるいは彼女自身がいくら若いツバメだとはいっても、あまりに嘴《くちばし》の黄色いセンチメンタルな若造に嫌気がさし、成熟した大人の魅力をもつ高名な音楽家リストに夢中になったからなのか、あるいはまた小説に書かれているような、彼が彼女を独占しようとして果たせなかった怨恨《えんこん》と嫉妬《しっと》心によるものなのか、それはわからない。

いずれにしろ、この失恋がデュマ・フィスの運命を大きく変えた決定的な出来事であったことだけは間違いない。さらにこれに加えて、彼が失恋の傷心を癒《いや》すために、父親といっしょにスペイン、北アフリカに長期旅行に出かけているうちに、マリー・デュプレシーは四七年二月、結核のために二三歳の短い生涯をあっけなく終えてしまった。それでなおさら彼女の死に大きな衝撃をうけ、取り返しのつかない悔恨と自責の念をかかえることになったのだった。そこで彼は、翌四八年に田舎に引きこもり、事実上の処女作小説『椿姫』をわずか一か月で書きあげて上梓《じょうし》したのだが、これがたちまち空前のベストセラーとなり、以後彼が幸運に見放されることはなくなる。

当時は小説よりも演劇のほうが作家としての名声を確立するのに重要だった。そこで五一年にあいかわらず好評の小説を芝居にすることを考え、「金めあてに、若さにまかせて一週間」で脚本を書きあげた。ところが、国は四八年の〈二月革命〉でルイ・フィリップの七月王政から第二共和制に変わっていたために、時の内務大臣は娼婦が堂々と主役を演じるこの作品を「不道徳」だとして上演を禁止した。しかし図らずも、この年の暮れにルイ・ナポレオンのクーデターがあり、五二年から〈第二帝政〉の時代になって、新皇帝ナポレオン三世の懐刀モルニー公が内務大臣になった。そして幸運なことに、この内務大臣のたっての所望で、新時代の到来を喧伝《けんでん》するかのように上演された芝居『椿姫』が、近代劇の黎明《れいめい》を告げる画期的演劇として大成功をおさめることになった。さらに幸運なことに、たまたまパリに滞在していたイタリアのオペラ作曲家ヴェルディがこの芝居を見たことから、翌年彼の名前を世界的にする近代オペラの代表傑作『ラ・トラヴィアータ』が誕生することになったのである。

これ以後デュマ・フィスは一九世紀後半の代表的な劇作家、併せて「第二帝政」とそのあとにつづく「名士たちの共和国」と呼ばれる「第三共和制」のオピニオンリーダーとして、名誉も富も、さらには実の娘の顰蹙《ひんしゅく》さえ買うほどの艶福《えんぷく》さえもたらす、輝かしい作家的地位を保ちつづけることになった。これは四〇年代前半に栄光の絶頂期にあったデュマ・ペールが四八年の「二月革命」のあおりを受けて莫大《ばくだい》な負債で首がまわらなくなり、数十万フランもの金を費やした「モンテ・クリスト城」をその十分の一の値段で売り渡さざるをえなくなったほど落ちぶれたのと著しい対照をなす。だから三〇歳近くなるまで、ロマン派の巨匠の親がかりだった息子は、三〇歳を過ぎるあたりから、逆に父親の面倒を見るほうにまわることになり、父親はじっさい北フランスの息子の別荘で一八七〇年に生涯を終えている。また七四年には、父親の見果てぬ夢だったアカデミー・フランセーズ会員にもなり、父親の友人でライバルだったユゴーからも祝福をうけることにもなった。

こうして、一九世紀のデュマ父子の関係は一八世紀のクレビヨン父子の関係にやや似てくるのだが、しかし社会的な成功者たる現実派のデュマ・フィスの文学的評価は九五年の死後も、また二〇世紀になってからはなおさら、あまり芳しいものとは言いがたい。あまりにもロマン派的だったじぶんの父親を反面教師に仕立てたり、みずからの恋人や妻をモデルにして当時好評を博した数多くの「問題小説」や「問題劇」も、売春や離婚、私生児の教育や女性の権利といった社会的問題を扱った評論の類も、せいぜい「ブルジョワ的道徳を説いたモラリスト」の作品といった程度の評価しかあたえられていないのが実情である。結局のところ、現在デュマ・フィスは、ただ『椿姫』の作者としてのみフランス文学史に残っていると言って過言ではない。とはいえ、『椿姫』はたんに『ラ・トラヴィアータ』の原作とのみ見なされるには、あまりにも優れた文学作品である。そこで、つぎに小説としての『椿姫』に話をうつすことにしよう。

モデル小説

モンマルトル墓地と言えば、スタンダールやヴィニーなどの作家たち、俳優のルイ・ジューヴェ、舞踏家のニジンスキー、音楽家のオッフェンバック、画家のギュスターヴ・モロー、映画監督のフランソワ・トリュフォーらの墓があり、訪れる人も多いパリ観光の隠れた名所のひとつである。この名所のなかの第一の名所が、墓地の正門を通ってすぐ左手にある第一五区一番の「椿姫」こと本名アルフォンシーヌ・プレシーの墓である。ここだけは現在でも花束が絶えることはない。そこから歩いて五分の第二一区の一番に、まことに立派な横臥《おうが》像をそなえたデュマ・フィスの墓がある。作家はロシア貴族で、ふたりの子をなし、しかもつい半年まえに死んだ正式の妻ではなく、半世紀近いまえに死んだ恋人の遊女のそばで永眠することを願ったのである。これはマリー・デュプレシーとの短く辛《つら》い恋が彼の人生にいかに深甚な意味をもっていたかという無言の証拠であろう。

小説『椿姫』のヒロイン、マルグリット・ゴーティエのモデルがこのマリー・デュプレシーであったことは、作者自身がのちに公然と認めているばかりでなく、一八五一年にこの小説のために書かれたジュール・ジャナンの序文はすでに、小説のことは二の次で、肝心なのは小説のモデルなのだと言わんばかりに、マリーのことしか語っていない。となれば、マルグリットに恋したアルマンはデュマ・フィスそのひと、しかも飛ぶ鳥を落とす勢いの文豪デュマの、あの甘ったれた放蕩息子にちがいないとは、だれにでもわかることである。しかも念入りにも、アレクサンドル・デュマもアルマン・デュヴァルも、ともにイニシャルはA・Dになるのである。また、デュマ・フィスがマリーに書いた訣別の手紙はそっくり小説に活かされているし、病床のマリーにスペインから書いた見舞い状のことも小説のなかで言及《い》されている。さらに、マルグリットが住んでいるアンタン街は、かつてマリー・デュプレシーが住んでいたところだし、マルグリットとアルマンが初めて出会うのも、マリーとデュマ・フィスと同じく《ヴァリエテ》座である。だから、『椿姫』は大筋において作者自身の経験に基づいたものだと言って差し支えがない。じっさいデュマ・フィス自身も、「ものを書くのはたやすいことだ。二十歳のときに少し辛い体験をする、それだけで充分だ。あとは体験の辛さをそのまま語ればいい」と言っている。

そこで当然、ではマルグリットを「保護」していた外国の富豪の公爵とはだれなのか、彼女を「世に出した」G伯爵とはだれなのか、という話になる。そして老公爵はロシア皇帝のオーストリー大使をしていたシュタッケルベルク伯爵、寛大で洒落者《しゃれ》のG伯爵はあの名門貴族グラモン家の跡取り息子だったと判明して噂が噂を呼ぶ。それなら、マルグリットにさんざん嫌われながらも、最後の最後に思いをとげる、あのしつこい金持ちの馬鹿息子は、もしかすると富豪の銀行家ペルゴー伯爵の息子ではないか。またおっちょこちょいで憎めないガストン、蓮《はす》っ葉で意地の悪いオランプとはだれのことか……といったふうに、現代のようにテレビも週刊誌もない時代の読者大衆が好奇心をそそられ、それがこの小説を前代未聞のベストセラーにした原因のひとつ

に暴露する点でも画期的なものであった。もしこのようなモデル詮索《せんさく》や内幕暴露の興味を計算ずくで書いたのだとすれば、この二十三歳の作家も相当ジャーナリスティックなセンスに恵まれていたということになるのだろうが、しかし、たとえそのような計算があったのだとしても、それはおそらく無意識的な副産物だったにちがいない。なにしろ、このときのデュマ・フィスとしては、若くして死なねばならなかった恋人にたいする自責と悔悟の念、そしてできれば贖罪《しょくざい》の気持ちで、やむにやまれずこの小説を書いていたはずであり、とてもそんなあざとい計算をする心の余裕などなかったにちがいないのだから。

になったのである。

また、この小説はパリの「半社交界」あるいは「裏社交界」の内幕をきわめて大胆

小説のモデル

デュマ・フィスとしてはおそらく、フロイトなら「喪の作業」と言ったかもしれないことをやろうとし、じぶんの耐え難いまでに辛い経験をなんとか小説という形で昇華することを切実に願っていた。そのためには、恰好《かっこう》の小説のモデルがあった。アベ・プレヴォーの『マノン・レスコー』である。

作者はこの小説を書くにあたって、まず『マノン・レスコー』を何度も読みかえす

ことからはじめたという。そしてじっさい、この一八世紀の恋愛小説がマルグリットの遺品の競売で売られていなかったなら、そもそも『椿姫』の物語ははじまらないのだし、作中では話者も、主人公のアルマン、その恋人マルグリットはもとより、ふたりの関係を断ち切るアルマンの父親さえ、マノンとデ・グリューのことを考え、しばしば話題にする。若い男の運命を狂わせてしまう宿命の女との恋愛の顚末《てんまつ》を話者に語り、この話者がその身の上話を「一字一句も変えずに」伝えるという設定もこのふたつの小説に共通する。

マルグリットとアルマンがやがて暗転が待ち受けているとも知らずに、パリ近郊のブージヴァルで過ごすひと夏の幸福な暮らしも、『マノン・レスコー』でマノンとデ・グリューがシャイヨーで送る束の間の牧歌的生活から想を得たものだろう。なぜなら、マリー・デュプレシーとデュマ・フィスにはそのような想い出はなかったからである。また、若い恋人たちの関係が父親の介入によって生木を裂くように別れさせられることも、このふたつの小説の筋の共通点である。というのも、「名誉あるデュマの名を名乗る男は、堂々たる生活を送らねばならない。快楽は一切これを拒んではならぬ」と教訓をたれていたロマン派の巨匠の父親が、息子とパリ随一の美女との恋愛を「家名を高める」と誉めてやっても、地方の名士であるデ・グリューやアルマンの父親のように「家名に傷がつく」のではないかと小心翼々と恐れることなどありえなかったからである。そもそもデュマ・ペールがわが身を省みて、そんなことを「私生児」の息子に言えた義理ではなかっただけでなく、この豪毅《ごうき》で気前のよい父親は、じぶんには用済みになった女たちを息子にまわしてやっているという噂さえあったのだ。そして金銭の話がやたらに問題になることや主人公が賭博《とばく》に手を出すこと、また登場人物の名前がB氏や、N氏やG伯爵といったふうにただイニシャルだけで書かれていることなども、このふたつの小説に共通している。そのうえ、次の重要な共通点は見逃せない。

『マノン・レスコー』というのは不思議な恋愛小説で、ヒロインのマノンがいくら魅力的で、可愛らしく、美しいと繰りかえし語られても、その髪の色、鼻の形、顔の色艶《いろつや》、背丈、肉づきなどが具体的にどうだったのかという肝心の「肉体の描写」だけは完全に欠如している。すべてが読者の想像に任されていると考えることもできるのだが、かならずしもそうではなく、じつはマノンの肉体が「恐怖と嫌悪の対象」でしかなかったからだという説がある（ジャック・プルースト）。なぜか？　この小説の最後で流刑地アメリカの砂漠で死んだマノンはデ・グリューの手で涙ながらに埋葬される。ところが、話はこれで終わらない。小説ではさりげなく「私のいとしい恋人の遺《い》骸《がい》はサンヌレのはからいで、ちゃんとした場所に運ばれた」とマノンの墓が移し替えられ、その遺骸、つまりマノンの「腐敗した肉体」をデ・グリューが見たことが暗示されている。そしてこの小説はこの墓の移し替えのあとで語りはじめられるという設定になっている。だからこそ、語り手はマノンの肉体に言及しようとするたびに、「恐怖と嫌悪」をおぼえて、どうしても言葉すくなにならざるをえないのだ。『椿姫』もまた『マノン・レスコー』と同じ物語構造をもっているが、マルグリットの「腐敗した肉体」があたえる「恐怖と嫌悪」がマノンのそれよりずっと露骨に、ほとんどショッキングなくらい露骨に描かれていることは言うまでもない。だからこそよけい、アルマンがマルグリットの美しさを語るとき、かならずと言っていいほどに、彼女の「気っぷ」「気品」「気高さ」といった精神的な美質に言及せざるをえなかったのだろう。ただしこの点に関して、作者がどこまで『マノン・レスコー』の物語構造に自覚的だったのか疑問は残る。なぜなら、マリー・デュプレシーの墓場の移し替えはデュマ・フィスではなく、じっさいにはペルゴー伯爵の手によってなされ、デュマ・フィスは関係していないのだから。しかし、いずれにしても、アルマンにとって『椿姫』が、デ・グリューにとっての『マノン・レスコー』と同様、一種の「喪の作業」にほかならなかったという事情に変わりはないであろう。また、以上のことで『椿姫』が『マノン・レスコー』を下敷きにした小説であることも納得できるのではないだろうか。

オペラ　演劇　映画

ヴェルディのオペラ『椿姫』は、まさしく「愛は死よりも強い」という格言を例証するような大団円で終わっている。ここには小説にはないアルマンとマルグリット（アルフレードとヴィオレッタ）の感動的な再会の場面があり、さらに小説では不可欠と言えるほど重要な狂言まわしの役を演ずるプリュダンスが影をひそめ、代わりにアルフレードの父親ジェルモンが前面に出てきて、過去の心ない仕打ちを後悔しつつ、ふたりの恋を許し、祝福さえもする。要するにこのオペラでは小説が徹底的に通俗化、メロドラマ化されて、愛と死が緊密に結びつき、死のなかでこそ初めて愛が昇華されて成就するといった西欧的な「愛の神話」を歌いあげるものとなっている。ドゥニ・ド・ルージュモンの『愛と西欧』によれば、このような「愛の神話」はキリスト教異端のカタリ派に淵源《えんげん》をもち、たとえば『トリスタンとイゾルデ』物語などに典型的に見られるものだという。してみれば、ヴェルディは三年後にヴァーグナーがおこなうのと同根の発想に基づいてあの名作を作曲したのだろうか。

もっとも、ヴェルディがもとにしたのは、デュマ・フィスの小説ではなく、戯曲のほうである。そしてすでにこのような通俗化、メロドラマ化はデュマ・フィス自身によってこの戯曲でおこなわれているのである。一八五二年に初演され、のちにサラ・ベルナールの当たり役になったこの戯曲では、舞台で演じられる物語の単純化の必要性と検閲に配慮した良俗重視のため、つまり極力観客を安心させ、姦通《かんつう》、売春、放蕩《ほうとう》などの不道徳を過度に称《たた》えないために、アルマンが死に行くマルグリットに再会するのであり、父親のデュヴァル氏は（むろんマルグリットが間もなく死んでいくことがわかっているからだが）ふたりの愛を称え、「わが娘」と呼んで事実上結婚を認めさえしている。

のみならず、小説には存在しなかったマルグリットのお針子仲間だった実直なニシェット（小説のジュリー・デュプラを思わせる）と若い弁護士ギュスターヴ（アルマンも弁護士資格をもっていた）の幸福なカップルまで登場し、たとえ貧しい生まれだろうと律儀に誠実に生きさえすれば、贅沢《ぜいたく》を好んでふしだらな生活を送ったマルグリットとはちがって、人並みに結婚するのも夢でないのだと暗示されている。そしてもちろん、マルグリット自身も孤独に死ぬのではなく、デュヴァル父子をはじめ多くの登場人物たちに見守られ、まるで娼婦《しょうふ》でなくて聖女のように、感動と感謝の涙を誘いながら死んでいく。他方、プリュダンスのほうはなんとも気の毒というべきか、あまりにも下品で明け透けな狂言回しの役割はご用済みになり、いてもいなくてもいいような、たんなる打ち明け相手に格下げされている。ロマン派の巨匠だったデュマ・ペールが晩年、「息子の書くものはどうも説教が多すぎる」と嘆息していたのも、無理からぬところがある。もうすでに「ブルジョワ的道徳を説いたモラリスト」の面目が顕著なのである。

デュマ・フィスの小説と戯曲をもとにしたとされるグレタ・ガルボとロバート・テイラー主演の映画『椿姫』も、プリュダンスにしかるべき地位を回復させてやっているとはいえ、マルグリットがブージヴァルでニシェットとギュスターヴの結婚式を挙げさせてやるほど善意にあふれ、いかにもハリウッド映画らしく、当然オペラや戯曲と同じように、マルグリットがアルマンの腕に抱かれて完全な和解を果たし、ふたりの愛についてはなんの疑いもなく死んでいくといった、ほとんどハッピー・エンドに近い「愛の神話」の大団円で終わっている。また、ヴェルディのオペラでは、ヴィオレッタ（マルグリット）の娼婦性が極力弱められ、すこし変わった経歴を持つ貴婦人のように描かれているが、ここでもその傾向が見られ、マルグリットは多数の男を相手にするのではなく、ロシアの金持ちの男爵のオンリーのように設定されている。ただし、ここではヒロインが貴婦人でなく、田舎出身であまり教養のない娘だったことが忘れられていない。

小説『椿姫』

いずれにしろ、通俗化され、メロドラマ化された『椿姫』はいずれも、恥ずべき過去にもかかわらず、あるいはその過去のゆえにかえって、一途《いちず》な愛に殉ずる愛の化身として提示されていることに変わりはない。だが小説『椿姫』は、はたしてそのような西欧的な「愛の神話」の物語なのだろうか。むろんそう読んでも一向に差し支えはない。これはたしかに若い作者にしか書けない「青春恋愛小説」にちがいないからである。だがフランスの批評家ロラン・バルトはこう書いている。

《『椿姫』の中心的な神話は〈愛〉ではなく、〈承認〉である。（……）マルグリットはまずアルマンによって〈承認〉されたと感じたことにほろりとするのであり、その後の彼女の情熱＝受難（passion）はこの承認の絶えざる懇願でしかなかったのだ。だからこそ、アルマンを諦《あきら》めることでデュヴァル氏に承諾する犠牲は、いささかも道徳的なものではなく、実存的なものなのだ。これは承認の要請の論理的帰結、主人たちの世界にじぶんを承認させる高位の（愛よりもずっと高位の）手段にほかならないのである》（『神話作用』）

バルトのこの解釈がけだし卓見だと思われるのは、なによりもまずテクストの正確な読みとりに基づいているからである。マルグリットがなぜアルマンを「愛する」ようになったかと言えば、それは「あなたがじぶんのためではなく、あたしのためにあたしを愛してくれるから」である。また、彼女がじぶんの愛を犠牲にするのは、必死に懇願する老人の「敬意」と、アルマンの未来の「敬意」を考え、もし彼らの敬意が得られるなら、「じぶんの目から見てもじぶんを高」めることができて、「じぶんでじぶんのことが誇らしくなって」くると感じたからである。つまり、彼女の根底にあったのは、このように他者の「承認」への願いだったのだ。また、作中マルグリットはアルマンとの訣別《けつべつ》を決意したあとで、マノンとじぶんを引き比べ、愛があればマノンのようには振る舞えないものだと批判する。というのも、彼女には彼女なりの愛のかたちがあったからで、それはたとえ限られた特殊な手段であっても、結果として愛する他者の「承認」(「敬意」)が得られるように(つまり最初の「承認(reconnaissance)」への変わらぬ「感謝(reconnaissance)」となるように)振る舞うことだったのである。

ところで「承認」という言葉は哲学的な響きをもち、たとえばヘーゲル哲学では「主人」と「奴隷」の弁証法とともに論じられている。ヘーゲルの用語なら、マルグリットが感じる「誇らしさ」はさしずめ、「他者の〈自己〉において自分自身を肯定的に知る」普遍的自己意識ということになるだろう。というのも、彼女にとってアルマンの「承認」が貴重だったのは、日頃の彼女が「じぶんがじぶんでなく、人間じゃなくて品物なのよ。彼らの(パトロン=主人たち)の見栄の点では最初のものでも、敬意の点では最後のもの」と感じるような、つまりは「奴隷」のような状況に置かれていたからであり、ただアルマンとの関係だけがそれとは別の可能性を開くように思われたからにほかならない。

と、このように『椿姫』の解説にヘーゲルなどをもちだすのは、必ずしも野暮で衒《げん》学《がく》的なこととは言えない。なぜなら、「承認の要請」とは要するに、だれか他者にじぶんが認められたいということだから、これはどんな人間にもある感情、いや猫のような媚《こ》びのない、気難しい動物にさえも見られる本能でさえある。のみならず、マルグリット自身が「主人」と「奴隷」というヘーゲル的な概念をこの小説の決定的な場所でけっして忘れないのである。彼女はアルマンにたいして、じぶんの恋人になる条件として「あたしを信頼し、あたしに従順で、しかも口が堅いひとになって欲しい」、つまりじぶんが主人として支配し、相手に奴隷同然になってくれることを求める。これにたいしてアルマンは、いくらかの内面の葛藤《かっとう》のあと、結局「ぼくはきみの奴隷になる。犬になる」と答えさせられるのである。ヘーゲルは近代における対他関係のありようを、「生命」を賭《と》した「主人」と「奴隷」の闘いという極端な比喩《ひゆ》によって語っていた。マルグリットとアルマンの関係も死を介した闘争の側面をもっているとはいえ、スタンダールの『赤と黒』のジュリアンとマチルドほどではない。ここではより穏当に、ヘーゲルが「生命」と言っているところを、アルマンがじぶんの「生命」よりも尊いと思っている「愛」という言葉に置き換えて、ヘーゲルをパラフレーズすればふたりの関係をこのように言いうる。「一方の者は愛のほうを選んで、個別的自己意識としての自己の「愛の」保存をはかり、その代わりにじぶんが承認されることは断念する。それにひきかえ、他方の者は自己自身への関係［自立性］を誇示して、服従者としての前者によって承認される。これが主人と奴隷の関係である」（『エンチクロペディー』）

じっさい、小説『椿姫』におけるマルグリットとアルマンの終始一貫した関係もこれ以外のものではなく、その結果、個別的自己意識にとどまるアルマンは、マルグリットから、「あたしの可愛い坊や」と呼ばれて、なにかしらすこしでも強い喜怒哀楽をおぼえるたびに、たわいもなく泣く徹底してセンチメンタルな男にとどまらざるをえないのだ。ちなみに、アルマンがこれほどまでにセンチメンタルでありながら、ときどき突然破廉恥なまでに愛する相手に残酷になれるのは、〈他者〉の「承認」を断念して「個別的自己意識」に甘んじる人間は、だいたい自己中心的で身勝手な人間になるからである。ホモ・センチメンタリス（感傷的人間）には〈他者〉の観念がなく、したがって〈他者〉にたいする「思いやり」もまたないのである。こうして「普遍的自己意識」をもつマルグリットはみずからの「自立性」を誇示する強い女「主人」として、誇りのない男「奴隷」のようにアルマンを支配しつづけるが、それでも全編二七章のちょうど真ん中の第十四章あたりから、つまり彼女が本気でアルマンを愛しはじめ、（みずからの経済力とともに）愛を失うことを恐れるようになると、徐々に立場の逆転、つまり「主人」が「奴隷」になりかけ、彼女の立場が弱くなってくる。

だが、『椿姫』では、たとえ「愛」のためでも、「主人」が屈して「奴隷の奴隷」になるといった弁証法的な主客の転倒はけっして生じない。たしかに、ふたりが最後に出会い、彼女が身を捧《ささ》げる場面では、「あたしはあなたの奴隷なんでしょ、あなたの犬なんでしょ？　さあ、どうぞ、あたしを好きなようにしてください」と一見立場が逆転したような状況が現出するかに見える。だが、これは病と絶望による一時的な気の曇り、あるいは最初の「承認」への「感謝」に由来する消極的な寛大さにすぎないばかりか、並の人間であればとっくに口を割って和解、すくなくとも理解を求めるところで、彼女は結局死が避けられなくなるまでふたりの訣別の真の原因（みずからの気高い犠牲）のことだけは絶対に口にしないのである。また、この前後にアルマンがいくら心ない復讐《ふくしゅう》の仕打ちを重ねても、明晰《めいせき》な彼女にはそれが「喜ばしい受難（passion）」だったのであり、いつか彼が真実を知ったときには「あたしがそれだけ立派に見える」ことを確信していたと手記に書いている。

以上のようなことが、小説『椿姫』のヒロイン、マルグリットという人物の人間的本質であり魅力だと思われる。だから、この小説の核心である彼女の自己犠牲は、必ずしも愛するひとや家族の将来を思い、殊勝にも身を引くといった「道徳的」なものだけではなく、バルトがするどく指摘したように、通俗的、メロドラマ的な「愛」なぞよりもずっと「高位」に位置する「実存的」な選択だったと言うべきなのである。

　ではみずからの「体験の辛《つら》さをそのまま語ればいい」と考えてこの小説を書いたというデュマ・フィスは、泣き上戸のアルマンのような異常にセンチメンタルで自己中心的な人物だったのだろうか。じつを言えば、賭博《とばく》に勝つには賭博にのめり込んではならないのと同様、心底センチメンタルな作者にはセンチメンタルな人物は書けないものである。マルセル・プルーストが言ったように、「生きる自我」と「書く自我」とは別の次元に属するからだ。だれでも「二十歳のときに少し辛い体験をする」ことはあっても、だれにでもその体験を感動的に書けるわけではない。また、そもそも「辛い体験」といっても、それが正確にどんな体験だったのかということさえ、じつはじっさいに書いてみなければわからないのである。それゆえに、文学作品というものがこの世に存在する。だから、みずからの「体験の辛さをそのまま語ればいい」としてこの小説を書いているうちに、思わず知らずマルグリットの「気高さ」という人間的本質を発見し、それを書いた、あるいは書けたというところにこそ、小説家としてのデュマ・フィスの偉大さがあったというべきなのだ。じっさい、この小説はじつに緊密な構造をもち、見事に伏線がはられて寸分の隙もなく、登場人物の心理分析も精緻《せいち》きわまりないし、話法も文体も生彩に富んで味わい深いものであって、ラ・ファイエット夫人からサガンにつながり、アベ・プレヴォーやラクロからスタンダールを経てプルーストやラディゲにまでいたる、フランス心理小説の伝統を十全に体現する傑作なのである。

ミラン・クンデラを信じれば、ジャンルとしての小説には固有の知恵があり、その知恵は個々の小説家よりもすこしばかり聡明《そうめい》である。この「小説の知恵」に耳を傾けず、みずからの小説よりも聡明たろうとする小説家がいるとすれば、その小説家は職業を変えるべきだという。デュマ・フィスは『椿姫』を書いているあいだは「小説の知恵」に耳を傾けていた。だが、その後「問題小説」(や「問題劇」)を書くときには「説教」が多くなった、つまり小説(もしくは演劇)の知恵には耳を貸さず、ただ「説教」の手段にすぎない作品よりもじぶんが聡明であることを誇示しようと願った。それが、たとえば彼より三歳年上の正真正銘の小説家フロベールなどの芸術との根本的な違いだったのだろう。

翻訳について

本書の底本としたのは、デュマ・フィスが一八四八年の初版に訂正をほどこし、五二年にMichel Lévy社から刊行した版である。この版がFolio classique, Pocket classiques, GF Flammarion, Le Livre de pocheなどの底本になっているので、私はもっぱら活字の大きさのゆえにFolio classique版をもちいた。

わが国における『椿姫』の翻訳は、サラ・ベルナール演ずるマルグリット・ゴーティエをパリで見たことがあった長田秋濤が、明治三六年（一九〇三年）にフランス語からの直接訳で、しかも当時よくあった翻案ではなく全訳、いわゆる「周密訳」で刊行したのが最初である。フランス語のLa Dame aux caméliasを「椿姫」と訳したのはさすがである。これを直訳して「椿をもつ婦人」などとしては、だれも読む気にならなかっただろう。ここではマルグリットは後藤露子となり、たとえばマルグリットの死後の競売の場面は、「青春の齢《よわい》傾いて色香衰へるのが栄華の夢の見終《みじまい》で、先《ま》ず浮世では死ぬ訳になる。今此家《このや》の主人は此憂目を免《のが》れて、栄華の最中に彼《あ》の世へ旅立ちをした。神様がお救ひ下すつたのである。凡《およ》そ哀れは多いが不徳の人の老衰した程の哀れはあるまい。況《いわん》や婦人に於《お》いてをや……」といったふうに訳されている（なお長田は戯曲のほうもこれ以前に訳していて、これは川上音二郎・貞奴一座によって一九〇一年パリの《アテネ》座において日本語で上演されている）。

その後も『椿姫』は何度も訳されたにちがいないが、現在比較的入手しやすいものとしては岩波文庫の吉村正一郎訳、新潮文庫の新庄嘉章訳がある。また文庫本ではないが近年訳出されたものとして朝比奈弘治訳（新書館、一九九八年）がある。これはさすがに気鋭の一九世紀フランス文学専門家の訳だけあって、力のこもった解説「『椿姫』―近代の愛の神話」も見事なものであり、大いに参考にさせていただいた。

付記

この度新しく角川文庫の一冊となるアレクサンドル・デュマ・フィス作『椿姫』は、以前に光文社の古典新訳文庫に入っていたが、久しく絶版になっていた。それを嘆く声も少なからず耳にしていたところ、幸運にも角川書店のご理解のおかげで、二〇〇八年の旧稿を全面的に見直し、かなりの改稿をおこなうことができたのは、きわめて幸いなことだった。なお、訳者解説と年譜はほぼ同じものが引き継がれている。

この改訂版の企画・編集に際しては、角川書店編集部、とくに佐藤愛歌さんの並々ならぬご尽力と協力を得た。末筆ながら、心から感謝したい。

二〇一五年五月二五日

訳者

アレクサンドル・デュマ・フィス年譜

一八〇二年　アレクサンドル・デュマ・ペール（父）誕生。その父親はナポレオン麾《き》下《か》の将軍だったが、皇帝に嫌われ、不遇の晩年を送った。祖父ダヴィー・ド・ラ・パイエットリ侯爵がサン＝ドマング島の黒人奴隷マリー・デュマに生ませた子供だった。したがって、デュマ姓は黒人の母方に由来する。

一八二四年　七月二七日、作家アレクサンドル・デュマ（一八〇二―一八七〇）、母をお針子のカトリーヌ・ロール・ラベー（一七九三―一八六八）としてパリで生まれるが、「私生児」として届けられる。

※一月一六日、アルフォンシーヌ・プレシー（通称マリー・デュプレシー、椿姫のモデル）ノルマンディー地方で誕生。

一八三〇年　父デュマ、息子（フィス）とその母ロールをパシーに住まわせる。

一八三一年　父は息子を認知して、息子はヴォーティエ私塾の寄宿生になるが、「私生児」としていじめられる。

一八三三年　父親の友人が校長をしていたサン＝ヴィクトール学寮に転校し、エドモン・ド・ゴンクールらを知る。その後三九年にコレージュ・ブルボン（現リセ・コンドルセ）に通学して、勉学をつづける。

一八四〇年　父デュマの女優イダ・フェリエとの結婚に衝撃を受ける。
※二年まえにパリに出て八百屋、帽子屋などで働いていたアルフォンシーヌ・プレシーはレストラン店主ノレに見そめられ、その囲われ女になるが、やがてギッシュ公爵（のちにグラモン侯爵の家名を受け継ぎ、ナポレオン三世治下で外務大臣になる）の愛人になり、マリー・デュプレシーの名前でジョッキー・クラブなど貴族仲間に紹介され、社交界に出してもらうことになる。

一八四一年　父親の手元に引き取られ、遊びの手ほどきを受ける。最初の詩作をするも、バカロレア試験では不合格になる。

一八四二年　父のフィレンツェ旅行に同行。その後、独身の遊び人として社交に明け暮れ、借財を重ねる。彫刻家プラディエの妻を最初の恋人にする。
※マリー・デュプレシーはギッシュ公爵に教育され、やがてパリ社交界の花形になり、アンタン街二二番地に移り住む。エドゥワール・ド・ペ

ルゴー伯爵に見そめられる。

一八四四年　父親の邸宅をたびたび訪れ、共作の計画を語り合う。マリー・デュプレシーと《ヴァリエテ》座で出会い、その恋人になる。

※マリー・デュプレシーは八〇歳のロシア貴族、シュタケルベルグ伯爵に出会い、「保護」されるようになり、マドレーヌ大通り一一番地に住む。デュマ・フィスに出会い愛人にする。

一八四五年　五万フランの借金を返済するために、小説を試作するが失敗作に終わる。八月マリー・デュプレシーと訣別《けつべつ》。

※デュマ・フィスと訣別したマリー・デュプレシーは、「あたしの愛《いと》しいアデ、あなたはどうして率直に話してくれないのですか？　あなたには女友だちとしてあたしを扱ってもらいたいと思います。だから、あなたから一言あってしかるべきです。あたしはやさしくあなたにキスをします、恋人として、あるいはひとりの女友だちとして。これはあなたが選んでください。いずれにしても、あたしはずっとあなたの忠実な友です。マリー」と書き送る。デュマ・フィスはこれにたいして、次のように返事する。「親愛なるマリー、ぼくはじぶんの望むとおりにあなたを愛するほど金持ちでもありませんし、あなたの望まれるとおりにあなた

ましょう。あなたはほとんど関心がないにちがいない男の名前を、そしてぼくのほうはいまでは不可能になった幸福を。ぼくがどれほど寂しいか申し上げる必要もないでしょう。ぼくがどれほどあなたを愛しているか、あなたはとっくにごぞんじだからです……A．D．八月三〇日深夜」。一一月彼女は作曲家のフランツ・リストに夢中になり、一時関係を結ぶ。

一八四六年

マリーを忘れようと努めて、《ヴォードヴィル》座の女優アナエス・リエヴェンヌを恋人にし、また小説で金を稼ごうとして、『四人の女と一羽の鸚鵡《おうむ》』を試作。一一月、父親とともにスペイン、アルジェリア、チュニジアに旅行。

※二月一一日、マリー・デュプレシーはロンドンでエドゥワール・ド・ペルゴー伯爵と極秘結婚するが、パリにもどるとすぐに別居。結核が悪化し、バーデンに転地療養するが、快方に向かわず、マドレーヌ大通りの自宅に閉じこもったまま、外出しなくなる。一〇月一八日、マドリードでマリーの病状を知ったデュマ・フィスは、「どうかこのぼくを、あなたのお苦しみを悲しんでいる者のひとりに加えてください。あなたが

この手紙を受けとられる一週間後には、ぼくはアルジェにいるはずです。もしぼく宛《あて》の局留めで、一年まえにぼくがおかした過ちを許してくださる、一言なりの言葉が見つかるなら、許されたぼくはいまよりずっと寂しさを感じずにパリにもどれることでしょう。もしあなたが全快されたら、どんなに嬉《うれ》しいことでしょう」と見舞いの手紙を書き送る。

一八四七年　一月四日、トゥーロンにもどり、翌月一〇日、マルセイユで二月三日のマリーの死を父親の友人から知らされる。彼女の死を悼む詩を含む詩集『若さの罪』を父親の援助で出版するが一四部しか売れず。

※二月三日、パリでマリー・デュプレシー死去。葬儀はマドレーヌ寺院で営まれ、椿の花で飾られた棺がモンマルトル墓地に仮埋葬された。列席者は少なかったが、シュタケルベルグ伯爵とエドゥワール・ド・ペルゴー伯爵の姿があった。二月一六日、マリーの棺は永代墓地に移し替えられたが、その手続きはペルゴー伯爵がおこなった。二月二四日から二七日にかけて、マリーの遺品の競売がおこなわれ、八万九〇一七フランの売り上げがあった。たまたま、パリに滞在していたイギリスの作家ディケンズもこの競売を興味深く見物したという。

一八四八年　パリ近郊のサン＝ジェルマンに閉じこもって、『マノン・レスコー』を読み返し、一か月で書き上げた『椿姫』を刊行、一躍大成功をおさめる。いわゆる〈二月革命〉がおこり、ルイ・フィリップが退位し、第二共和制になるが、この時代の変化には同調せず、懐疑的だった。以後、五二年まで一二冊の「問題小説」を執筆。父親とオランダ旅行。

一八五一年　あいかわらず好評をつづけている『椿姫』を芝居にするが、当時の内務大臣レオン・フォシェが作品をあまりに「不道徳」と判断し、上演を許可せず。ロシア貴族ネッセルロード伯爵夫人に恋し、そのあとを追ってベルギー、オランダ、ポーランドに行くが、ロシア入国を拒否される。ポーランドでショパン宛のジョルジュ・サンドの書簡を入手し、これをサンドに届けると、サンドは焼却した。以後サンドを「ママン」と呼んで親しく付きあうようになる(ただしサンドのほうは擬似的な母子関係とは別の関係を求めたという)。また、当時の流行作家ジュール・ジャナンの有名序文付きで小説『椿姫』第二版を刊行(全面改訂版は翌年)。一二月ルイ・ナポレオンのクーデターにより、フランスは翌年から〈第二帝政〉時代にはいる。モルニー公爵が内務大臣に就任する。

一八五二年　二月二日、演劇『椿姫』(五幕)がモルニー内務大臣の許可を得て、パリの《ヴォードヴィル》座で上演され、「世紀の大成功」を博す。この報《しら》せを受けた父デュマは「わが子よ、おまえこそわたしの最高傑作だよ」と祝福する。以後、第二帝政時代の代表的作家としての地位を固めていき、その名声は徐々に父親を凌《しの》ぐようになり、女性、金銭、堕落を告発する保守的なオピニオンリーダーになっていく。なお、この演劇の上演を、たまたまパリに滞在していたジュゼッペ・ヴェルディが見た。

一八五三年　またこの年、ロシア皇族の夫人で、「青い眼をしたセイレン」ナディア・ナリンシュキンの愛人になるが、その夫は離婚を拒否する。

一八五四年　三月六日、演劇『椿姫』によるピアーヴェ台本・演出、ヴェルディ作曲のオペラ《ラ・トラヴィアータ（道をふみはずした女）》（三幕）がヴェネツィアのフェニーチェ座で初演されるが、大失敗に終わる。

一八五五年　ヴェルディのオペラ《ラ・トラヴィアータ》がヴェネツィアのサン・ベネデット座で再演され、圧倒的な成功をおさめる。

一八五七年　五幕の芝居『半社交界』を《ジムナス》座で初演し、成功を博す。以後ロマン主義と訣別し、写実的風俗演劇に専念する。

一八五八年　戯曲『金銭問題』（五幕）を《ジムナス》座で初演。父とロンドンに旅行。レジオン・ドヌール勲章を受ける。

じぶんの身辺に題材を得た戯曲『私生児』（五幕）を《ジムナス》座で

一八六〇年　初演。翌年の同じ劇場で上演された『放蕩親父《ほうとう》』も同じ題材。
一八六四年　ナディア・ナリンシュキンとのあいだに娘コレット誕生。
一八六六年　三月五日、戯曲『女性たちの友』（五幕）の初演。一〇月二七日《テアトル・リリック》座で、ヴェルディのオペラ《ラ・トラヴィアータ》が《ヴィオレッタ》の題名で初演。暮れに七か月まえから未亡人となっていたナディア・ナリンシュキンと結婚し、娘コレットを認知。
一八六七年　この頃から、フランス北部のディエップ近くのピュイに二軒の別荘を購入し、そこでの執筆を好むようになる。最後の小説『クレマンソー事件』を発表。
一八六八年　次女ジャニーヌ誕生。
一八六九年　デュマ・フィス戯曲全集（第一期）をミシェル・レヴィー社より刊行。
一八七〇年　母ロール・ラベー死去。
一八七一年　コンスタンチノープル、アテネ、ヴェネツィアを旅行。デュマ・フィス戯曲全集（第二期）を刊行。
父アレクサンドル・デュマ、ノルマンディーのデュマ・フィスの別荘で死去。普仏戦争でフランス軍敗北、第二帝政崩壊。
〈パリ・コミューヌ〉勃発《ぼっぱつ》。これに関して、数多くの時事論文を書く。

一八七二年　小説『椿姫』全面改訂版を刊行。
一八七四年　アカデミー・フランセーズ会員に選出される。
一八七七年　この年から時事論文・雑文集『幕間』（全三巻）の刊行開始。
一八七九年　評論『離婚問題』を刊行。
一八八二年　「離婚にかかわる法律に関するナケ氏への公開書簡」刊行。
一八八五年　戯曲『ドニーズ』（三幕）を《コメディ・フランセーズ》座で初演。
一八八七年　戯曲『フランション』（三幕）を《コメディー・フランセーズ》座で初演。四十歳近く年下の既婚婦人のアンリエット・レニエの愛人になる。
一八九一年　数年来病気で、嫉妬《しっと》に苦しめられていた妻ナディアがデュマ・フィスの家を出て、娘コレットのもとに身を寄せる。
一八九五年　四月妻ナディア死去。六月アンリエットと再婚、娘たちの顰蹙《ひんしゅく》を買った。七月遺書を認《したた》める。一一月二七日マルリー＝ル＝ロワで死去。遺言により遺体は、モンマルトル墓地のマリー・デュプレシーの墓近くに埋葬。

本書は二〇〇八年八月、光文社古典新訳文庫より刊行されたものを改稿のうえ文庫化いたしました。

椿姫《つばきひめ》

デュマ・フィス　西永良成《にしながよしなり》＝訳

平成27年 6月25日　初版発行
令和6年 3月10日　10版発行

発行者●山下直久

発行●株式会社KADOKAWA
〒102-8177　東京都千代田区富士見2-13-3
電話　0570-002-301（ナビダイヤル）

角川文庫 19235

印刷所●株式会社KADOKAWA
製本所●株式会社KADOKAWA

表紙画●和田三造

ISBN978-4-04-103194-0　C0197